读客

读客外国小说文库

激发个人成长

致命谎言

[英] 肯·福莱特 著
孙璐 译

KEN FOLLETT

Code To Zero

江苏凤凰文艺出版社
JIANGSU PHOENIX LITERATURE AND ART PUBLISHING LTD

历史备注

美国的第一颗空间卫星“探索者一号”原定于1958年1月29日发射。然而，当天深夜，发射时间被推迟至次日。官方公布的理由是天气原因。可是，到卡纳维拉尔角观看卫星发射的人们却提出质疑：当天是一个晴朗、阳光明媚的典型的佛罗里达州晴天。但美国陆军却声称，是一种叫作“高空急流”的天气现象妨碍了卫星的发射。

次日晚间，发射再次推迟，理由与前一天一样。

1月31日，星期五，官方终于决定进行尝试性发射。

从1947年开始，美国中央情报局（CIA）……已经投入数百万美元进行一个重要的研究项目，试图找到有效的药物或其他秘密的方法完全控制正常人——无论他们是否出于自愿——让他们根据命令来行动、讲话、吐露最宝贵的秘密，甚至忘记下令者想让他们忘掉的东西。

——约翰·马克斯

《寻找“满洲候选人”：中央情报局和精神控制》，1979年

目　录

Part 1

第一章
凌晨五点

朱庇特-C型火箭竖立在卡纳维拉尔角26号发射场的发射架上。为了保密起见，火箭上覆盖着大块的帆布护罩，只有尾部暴露在外，从这个部位可以看出它是美国陆军中常见的“红石”运载火箭，但是披着“罩袍”的其余部分，构造却是极不寻常的……

他是被吓醒的。

更惨的是，他惊魂未定：心脏狂跳，喘息不止，身体紧绷，就像刚刚做完噩梦那样。而且，清醒过来并没有让他摆脱恐惧，他隐隐觉得发生了可怕的事情，却并不知道是什么事。

他睁开双眼，隔壁房间投射过来的暗淡光线笼罩着周边的物体，显得模糊一片，只能辨认出它们的大致轮廓，周围虽然都是些他熟悉的东西，却处处透着一种凶险的意味。从附近的某个地方传来水在储水箱中流动的声音。

他想要冷静下来，于是吞了口唾沫，努力以惯常的速度呼吸，试图理清思路。他躺在坚硬的地面上，浑身冰冷疼痛，还有种宿醉未醒的感觉：头疼，口干舌燥，想要呕吐。

他坐直身体，因为恐惧而全身打战。强力消毒水清洗过的潮湿地板泛出令人厌恶的味道。他发现眼前有一排洗手池。

这是一座公共厕所。

他感到恶心，自己竟然睡在一间男厕所的地上。到底发生了什么事？他身上的衣物很齐全，穿着一件外套，脚上是厚重的靴子，不过他觉得这些穿戴不是自己的。他的恐慌逐渐平息下来，但却被一种更加深刻的恐惧取而代之，这种感觉不那么令人情绪激动，却使他有更充分的理由焦虑不已：他遇到的事情一定糟糕透顶。

他需要照明。

他站起来四下打量，在昏暗中张望，猜测门的位置。他伸出胳膊，探测前方是否有看不见的障碍物，结果碰到一堵墙，于是就像螃蟹那样贴墙横走，双手继续摸索，触到一个似乎是玻璃制成的冰冷平面。“可能是一面镜子。”他猜想。接着摸到一个纸巾架，然后是个金属箱，或许是台自动售货机。最后，他的手指碰到一个开关，便把开关打开。

明亮的灯光倾泻在白瓷砖墙上，厕所地面是水泥的，一排隔间的门全部开着，角落里好像还有一堆旧衣服。他绞尽脑汁回想自己是怎么来到这里的，昨天晚上发生过什么？没有印象了。

那种歇斯底里的恐惧感又回来了，他意识到自己什么事情都不记得了。

他咬紧牙关，防止自己叫出声来。昨天……前天……脑海一片空白。他叫什么名字？不知道。

他转到水池旁边，池子上方安着一块长长的镜子，镜中映出一个流浪汉，头发乱七八糟，脸脏兮兮的，眼睛瞪得挺大，神色癫狂。他盯着流浪汉看了一秒钟，突然惊恐地意识到了什么，扭过头朝身后注视，接着惊叫一声，镜中的男人做出与他一模一样的动作：那个流浪汉就是他自己。

再也控制不住内心的恐慌，他张开嘴巴，发出悚然的喊叫：“我是谁？”

地上的一堆旧衣服动了起来，然后翻了个个儿，从里面露出一张脸。有人嘟囔道：“你是个流浪汉，路克，别嚷嚷。”

他的名字叫路克。

因为得到了这点信息，他甚至对回答者产生了些许感激之情。虽然只知道自己叫什么名字远远不够，但这至少算是个可以去集中注意力回想的线索。说话的那个男的穿着一件破烂的花呢外套，腰间扎着一条绳子权当腰带，脸也很脏，不过年纪不大，一副狡猾的模样。只见他揉着眼睛小声抱怨道：“我头疼。”

路克问：“你是谁？”

“我是皮特，你个白痴——你瞎了吗？”

“我没——”路克吞下要说的话，抑制着慌乱的情绪，“我失忆了！”

“没啥好奇怪的。你昨天灌了一大瓶酒，不失忆才怪！”皮特舔舔嘴唇，“那瓶该死的波本，我可是一点儿都没喝到。”

波本酒可以解释他的宿醉感，路克想。“但我为什么要喝掉一整瓶？”

皮特嘲弄地说：“这是我听过的最弱智的问题。当然是为了喝醉！”

路克吓了一跳。他竟然是个酗酒的无业游民，还睡在公共厕所里。

他觉得渴得要命，就趴到水池上，拧开龙头，就着水管喝里面的冷水。这让他感觉好了一些，他擦擦嘴，强迫自己再照一次镜子。

现在他的表情冷静了许多，癫狂的神色不见了，代之以迷茫和惊愕。镜子里的他看起来不到四十岁，深色头发，蓝色眼睛，既没留络腮胡子也没有唇髭，脸上只有一片浓密的黑胡茬儿。

他转身看着同伴。“路克什么？”他问，“我姓什么？”

“路克……什么的，我他妈的怎么知道？”

“我怎么变成这样了？从什么时候开始的？为什么会发生这种事？”

皮特站起来。“我得吃早饭。”他宣布。

路克也觉得饿了。他不清楚自己有没有钱。他开始翻衣服口袋，从雨衣和夹克开始，一直翻到裤子。所有衣袋都是空的。他没钱，没有钱包，连块手绢都没有，也没有私人物品，更不用说什么线索了。“我分文没有。”他说。

“别开玩笑了，”皮特挖苦道，“来吧。”他晃晃悠悠地钻进一条走廊。

路克跟在后面。

再次见到光时，他又吓了一跳。他置身于一座庞大的庙宇，空旷的四周安静得古怪。大理石地面上放着一排排的红木长凳，像是教堂长椅，不过前来朝拜的会众可能只有鬼魂。巨大的房间周围有几排柱子，顶端架着一根横梁，上面站着一群怪异的石头武士，戴着头盔保卫神圣的庙宇。它们的头顶是高耸的穹顶式天花板，装饰着镀金的八边形图案。路克的脑子里冒出一个疯狂的想法：他觉得自己是某种奇怪的宗教仪式的祭品，就是这个仪式让他失去了记忆。

他敬畏地问："这是什么地方？"

"华盛顿特区的火车总站。"皮特说。

路克不再胡思乱想，这样一切都说得通了。他放松地打量着墙上的污垢，大理石地面上被踩扁的口香糖，还有角落里的糖纸和烟盒，觉得自己就是个傻瓜。他身处一座宏伟的火车站大厅，不过现在正是清晨，这儿还没有被乘客填满。刚才他是自己吓唬自己，就像在一间黑暗的卧室里幻想着妖怪的孩子。

皮特朝着一扇标有"出口"字样的凯旋式拱门走去，路克加快速度跟在后面。

一个咄咄逼人的声音吼道："嘿！嘿！你们两个！"

皮特哼了一声："啊——噢。"随即加快了脚步。

一位壮汉逼过来，一套铁路制服紧绷在身上，他义正词严地问："你们这些要饭的是从哪来的？"

皮特哼哼唧唧地说："我们马上走，马上走。"

路克觉得受到了侮辱，竟然在火车站被一位胖警官撵了出去。

警官似乎觉得只把他们撵走还不够。"你们在这儿过的夜，对吧？"他寸步不让，"你们知道这是不允许的。"

虽然觉得自己"罪有应得"，但被人像小学生一样训斥还是令路克恼羞成怒，他昨晚可是在厕所里过夜的。他压下一句顶撞的话，快步走开。

"这里可不是廉价旅馆，"警官继续说，"该死的无赖，快滚吧！"他猛地推了一下路克的肩膀。

路克一下子转过身，面对着警察。“别碰我。”他说，那既冷静又不乏威胁的语调让他自己都吃了一惊。警官立刻闭上了嘴。“我们马上就走了，你不用再多说什么话——明白了吗？”

那人向后退了一大步，看起来挺害怕。

皮特抓住路克的胳膊。“我们走。”

路克觉得羞愧：那家伙虽然是个爱管闲事的笨蛋，但是他和皮特是游手好闲的流浪汉，铁路部门的雇员有权把他们赶出去，自己没有必要恐吓他。

他们穿过宏伟的拱廊，外面天还没亮，几辆汽车停在车站门前的环形交叉路口周围，不过街道很安静。天很冷，路克裹紧了身上的破衣服。时值冬季，清晨的华盛顿特区覆盖着寒霜，从气候来看，现在可能是一月或者二月。

可他不知道如今是哪一年。

皮特向左一拐，他明显知道该去哪里，路克紧随其后。“我们去哪？”他问。

“H街上有个教堂，我们可以吃到免费早餐，要是你不介意唱一两句赞美诗的话。”

“我快饿死了，让我表演全套的清唱剧都没问题。”

皮特从容地沿着一条曲里拐弯的路线前进，两人逐渐穿过一片房租低廉的街区。整个城市还没有睡醒，一排排房子里面全是黑灯瞎火的，商店、小饭馆和报摊也都没开始做生意。有栋房子的卧室窗户上挂着廉价的窗帘，路克盯着它，想象着窗帘后面有个男人盖着毯子正在熟睡，他老婆热乎乎地躺在旁边。思虑及此，路克感到一阵嫉妒。一般人这个时候还在梦乡里沉睡，而他只能和那些不得不在黎明前早起、到外面寒冷的街道上求生计的男男女女为伍：穿着工作服、拖着步子赶早班的男人；包裹着围巾手套、骑着自行车的青年人；在灯火通明的公交车厢里独自抽烟的女人。

那些令人不安的问题在他的脑子里翻覆，就像要煮开了一样。我酗酒多长时间了？试过戒酒没有？有没有能帮助我的亲人？我是什么时候遇到皮特的？我们俩从哪里弄的酒？又在哪里喝的酒？可是皮特看起来不爱说话，路克只能耐心等待，巴望着皮特在吃过东西之后能够吐露一言半语。

他们来到一座小教堂，这教堂夹在电影院和烟店中间，一副傲然不群的模样。从教堂侧门进去，走下一段楼梯，就是地下室。这是一处狭长的空间，天花板很低——八成是个地窖，路克猜测。房间的一头摆着一架立式钢琴，还有个小布道坛，另一头设有炉灶。地下室中段放着三排搁板桌和条凳，三个流浪汉已经坐在那里了，他们一人占据一张桌子，正耐心地盯着眼前的空气。在炉灶那头，一个身材矮胖的女人翻搅着一口大锅里的东西。在她旁边看守咖啡壶的是个灰胡子男人，戴着牧师硬领，面带微笑地说着："请进，请进！进来暖和一下。"语气透着欢快。路克小心翼翼地和他打招呼，有点不相信真有这样的好人。

跟外面的严寒相比，里面的确暖和。路克松开自己脏大衣上的扣子。皮特说："早上好，洛纳根牧师。"

牧师说："你以前来过吗？我忘记你叫什么了。"

"我叫皮特，他叫路克。"

"你们和耶稣的门徒重名！"这位牧师的友善看起来发自真心，"现在还不到吃早餐的时候，但是可以喝点新鲜咖啡。"

每天都要起个大早，给一屋子麻木不仁的闲汉供应早餐，竟然还能保持愉快的心态，路克想知道洛纳根是怎么做到的。

牧师往厚重的马克杯里倒咖啡："奶和糖都要？"

路克不清楚自己过去是否喜欢喝奶和糖都加的咖啡，只能含糊地回答："是的，谢谢。"然后接过杯子喝了起来，他感觉杯中物的奶味和甜味都非常足，甚至令人生腻，因此猜测自己过去一般都是喝清咖啡的。不过，咖啡成功地减轻了他的饥饿感，路克迅速把它喝完。

"过几分钟让我们来祈祷。"牧师说，"祈祷完毕之后，洛纳根太太最拿手的燕麦粥恰好能熬到火候。"

路克觉得自己刚才是在胡乱猜疑，看来洛纳根牧师的好脾气和乐于助人都不是装出来的。

和皮特一起在粗糙的木板桌前坐下，路克开始打量他的这位同伴。之前他只注意到皮特的脸很脏，衣服破烂不堪，而现在他进一步发现皮特没有长期酗酒者常见的特点：皮肤上没有血丝，脸上没有干燥剥落的皮屑，也没有割痕或者瘀青。也许是因为皮特太年轻了——路克猜他大约只有二十五岁。皮特脸上有一块暗红色的胎记，从右耳一直延伸到下颌骨，牙齿参差不齐，颜色发黑，他嘴巴上留的那一撮深色小胡子可能纯粹是为了转移别人的注意力，掩盖这一口坏牙的。看来，决定留胡子的那个时候，皮特还比较注意自己的外表。可现在，路克能够感受到这人内心深处压抑着一股愤怒，他猜想皮特憎恨这个世界，也许因为这个世界是让他变得丑陋的元凶，也许出于别的原因，皮特或许自有一套道理，认为这个国家是被一些他所痛恨的群体给搞糟了，比如那些亚裔移民和自负的黑人，甚至存在着一个秘密操纵股票市场的邪恶矮人（只有十英寸高）地下俱乐部。

“你在看什么？”皮特问。

路克耸耸肩膀，没有回答。桌上有一叠报纸，摊开的那一面印着填字游戏，旁边搁着一段铅笔头，路克漫不经心地扫视报上的方格，拿起铅笔，开始填写答案。

更多的流浪汉溜达进了教堂，洛纳根太太搬出一摞沉重的大碗和一堆汤匙。路克的填字游戏只剩下一个单词没有解决，谜面是“丹麦的一个小地方”，答案由六个字母组成。站在路克身后的洛纳根牧师看到那些填好的格子，挑起眉毛，露出惊奇的神色，他轻声对妻子说：“噢！这么灵活的头脑，可惜了。”

路克很快想出了答案：HAMLET（哈姆雷特）。填完格子之后，他想，我是怎么知道的？

他翻开报纸，看头版上的日期，上面印着的是“1958年1月29日”。一条新闻标题“美国卫星尚未离开地球”吸引了他的注意，他顺着标题读了下去：

> 卡纳维拉尔角，星期四：今天，鉴于多起技术问题，美国海军放弃了第二次发射“先锋号”空间火箭的计划。
>
> 两个月前，“先锋号”第一次发射惨遭失败，火箭在点火两秒钟后爆炸，之后军方决定再次发射。
>
> 为了与苏联的“伴侣号”人造卫星匹敌，美国希望发射一颗空间卫星，目前该卫星正捆绑在美国陆军的“朱庇特”火箭上。

钢琴中传出一个刺耳的音符，路克抬头观看，发现洛纳根太太正在弹一首他熟悉的赞美诗的前奏，当她和丈夫唱起“何等恩友，仁慈救主”的时候，路克也跟着唱起来，他很高兴自己还记得这首曲子。

波本威士忌的效力很是奇怪，他想。他能做填字游戏、会唱以前学会的赞美诗，却不知道自己的母亲叫什么。也许多年来的酗酒习惯弄坏了他的脑子，他很好奇自己为什么要对这事听之任之。

赞美诗唱完，洛纳根牧师选读了几段《圣经》章节，然后向所有听众宣布他们都是能够得救的。这群人确实需要拯救，路克想。不过，他还不打算把信仰放在耶稣身上，至少先得搞清楚自己是谁再说。

牧师又发表了一段即兴祈祷。做过餐前感恩祷告，人们排成一队，洛纳根太太给他们盛好热气腾腾、加了糖浆的燕麦粥。路克连吃三碗，感觉好了许多，宿醉反应迅速消退。

按捺不住种种疑问，他来到牧师面前：“先生，你以前是否见过我？我失去记忆了。”

洛纳根凝神注视他：“我不认为我见过你，但我每个礼拜都要和好几百人碰面，也许会弄错，你多大年龄？”

“我不知道。”路克说，自觉荒谬可笑。

“我觉得你还不到四十岁。你没有过多长时间苦日子，长期受苦的人没有完整的，而你走路却很轻快，你的皮肤上虽然有灰尘，却没有斑点，而且足够机智，做得了填字游戏。现在就开始戒酒吧，你就又能过上正常的生活了。”

牧师讲的最后一句话，不知他对人说过多少遍，路克想。他允诺道：“我打算试试。”

“如果你需要帮助，就告诉我。”洛纳根说。这时，一个看上去有些智力问题的年轻人一个劲儿地拍着牧师的胳膊，洛纳根转过身去，耐心地朝他微笑。

路克又问皮特："你认识我多久了？"

"我不知道，有段时间了吧。"

"昨晚之前，我们都是在哪儿过夜的？"

"放松点，好吗？你的记忆早晚会回来的。"

"我得搞清楚我是从哪来的。"

皮特支吾道："我们得来一杯啤酒，啤酒能帮我们思考。"说完便朝门口走去。

路克拽住他的胳膊，语气坚决地说："我不想喝啤酒。"皮特似乎不希望路克了解自己的过去，也许他是害怕失去一个同伴。好吧，虽说这样确实很糟糕，但是比起和皮特做伴，路克还有更重要的事要做。"说实话，"他说，"我想一个人静一静。"

"你以为你是葛丽泰·嘉宝？"

"我说真的。"

"你需要我给你把风，你一个人成不了什么事。见鬼，你连自己多大了都不知道。"

皮特露出绝望的眼神，路克不为所动："感谢你的关心，不过你没打算帮我弄清楚我是谁。"

沉默了一阵，皮特肩膀一耸："你说对了。"他再次向门口走去，"再见，也许吧。"

"也许。"

皮特走了出去。路克与洛纳根牧师握手，"谢谢你所做的一切。"他说。

"希望你找到你想要的东西。"牧师对他说。

路克走上楼梯，出门来到街上。皮特站在下一个街区，正和一个穿绿色华达呢雨衣、戴同款帽子的男人说话——路克猜他大概是在乞讨买啤酒的钱，于是他朝相反的方向走，在第一个路口转了弯。

天仍然黑着，路克觉得脚冷，这才意识到自己只穿了靴子，里面没穿袜子。就在他匆匆赶路之际，一片轻盈的雪花从天而降，路克放慢了脚步，想起自己并没有需要匆忙的理由，所以走得快还是慢都无所谓了，于是他便停下来，站在一道门廊里避寒。

他现在无处可去。

第二章
上午六点

火箭三面环绕着钢结构的吊架。所谓吊架，实际上是经过改造的油田井架，下面有两组轮子，可以在宽轨上滑动。整个服务模块比一幢联排别墅还要大，发射之前会后退300英尺。

埃尔斯佩思从睡梦中醒来，担心着路克。

她在床上躺了一会儿，因为担心着爱人而感到心头沉重。然后，她打开床头灯，坐了起来。

她住在一个汽车旅馆里，房间的装饰是以太空探索为主题的。落地灯是火箭的形状，墙上的画里有行星、新月和描绘出行星运转轨道的不现实的夜空。蓝锆石旅馆是佛罗里达州可可海滩沙丘地区兴建起来的一批新潮旅馆之一，位于卡纳维拉尔角以南八公里远的地方，接待着涌向这里的游客。装修设计师显然认为外太空的主题非常适合这里，但如此怪异的风格使得埃尔斯佩思有一种她是借住了某个十岁小男孩卧室的感觉。

她拿起床头的电话，拨上安东尼·卡罗尔的华盛顿办公室的号码，电话另一头却无人应答。她又给他家里打电话，还是没有人接。出什么岔子了吗？恐惧让她感到有些恶心。她只能安慰自己：安东尼一定是在去办公室的路上。半个小时之后她会再打一遍电话。开车到办公室去对他来说不会超过三十分钟。

洗澡的时候，她想起自己和路克、安东尼初次见面的情景。战争开始前，他们在哈佛大学读书，而她来自哈佛的拉德克里夫女子学院。两个男生都参加了哈佛的合唱团：路克的男中音很不错，安东尼则擅长唱男高音。埃尔斯佩思是拉德克里夫合唱团的指挥，他们和哈佛大学合唱团共同举办过一场音乐会。

路克和安东尼是最好的朋友，但两人在一起时就显得比较古怪。他们的个子都挺高，体格健壮，然而两人只有这两点相似之处，除此之外大为不同。拉德克里夫学院的姑娘们称他们为“美女与野兽”。黑色鬈发和优雅的衣着使路克当仁不让地赢得“美女”的称号。安东尼长得不帅，还有个大鼻子和长下巴，他看起来总像是穿着别人的西装，不过姑娘们还是被他的精力和热情所吸引。

埃尔斯佩思很快冲完了澡，穿着浴袍坐在梳妆台前化妆。她把手表放在眼线笔旁边，以便于掌握时间，等三十分钟一到就去打电话。

第一次和路克说话的时候，她也是穿着浴袍坐在一张梳妆台边。那是在一次“抢短衬裤”游戏里[①]。当时，一群哈佛男生——有的喝醉了——深夜从一楼的窗户爬进了宿舍楼。事情已经过去快二十年了，当年她和其他女孩最害怕的竟然是自己的内裤被偷，这一点她现在看来简直有些不可思议。那个时候的世

① 译注：指大学男生突袭女宿舍以夺取女衬裤为战利品的胡闹活动。

界，还能再单纯一点吗？

当时，路克碰巧来到她的房间。他学的是数学专业，和她一样。虽然他戴着面具，她还是认出了他穿的衣服：一件浅灰色的爱尔兰花呢夹克，胸前口袋里塞着一块带红点的棉手帕。一和她单独相处，路克就显得紧张，似乎觉得自己正在做的事情很愚蠢。她微笑着指指衣柜，说："顶层抽屉。"看到他从里面拿出两条漂亮的蕾丝白色衬裤，埃尔斯佩思立刻感到有些后悔——这些衬裤可不便宜。不过，第二天，他就邀请她约会了。

她收回思绪，集中精力化妆。今天早晨的工作比平时难办，因为她昨晚睡得不好。粉底令她的脸庞光滑，鲑鱼粉色的唇膏使双唇闪亮，虽有拉德克里夫学院的数学学位在手，她仍然希望在工作时打扮得像个时装模特。

她梳了梳头。她的头发是红棕色的，剪成流行的样式：长度刚到下巴，披散在背后。她迅速穿上绿底棕褐色条纹的无袖棉罩衫，系好深棕色的漆皮宽腰带。

二十九分钟过去了，她准备给安东尼打电话。

为了熬过最后一分钟，她想着29这个数字。这是个素数——只能被1整除——但是，除此之外，这个数字就没有什么有趣的地方了。唯一不同寻常之处，就是29加上$2x^2$所得出的结果。当x从0到28的范围内取值时，得出来的结果都是素数。她开始心算出整个数列：29、31、37、47、61、79、101、127……

她拿起电话，再次拨打安东尼办公室的号码。

还是没有人接。

第三章
1941年

埃尔斯佩思·图米在和路克初吻的那一刻爱上了他。

大多数哈佛男生都不知道怎么接吻。他们要么猛亲一气，把女孩的嘴唇弄得瘀青红肿，要么把嘴张得很大，像个吸尘器一样。拉德克里夫学院的宿舍楼大院里，离半夜零点还有五分钟的时候，路克第一次亲她，他热情澎湃，却不失温柔。他的嘴唇一直在动，从她的嘴唇挪到脸颊、眼皮和喉咙。他的舌尖轻柔地在她的唇间探索，似乎在彬彬有礼地询问能否把舌头伸进她的嘴里，她甚至都没有假惺惺地推拒一下。事后，坐在自己的房间里，她看着镜子，对着里面的倒影说："我想我爱他。"

这是六个月前的事情了，但当时的感觉不但没有消退，反而更加强烈。现在，她几乎每天都和路克见面。他们今年都上大四。每一天，两人要么一起吃午饭，要么一起学习几个小时，连全部周末也几乎是一起度过的。

对于大学最后一年就和哈佛男生或年轻的教授订了婚的拉德克里夫的女孩们来说，这并不稀奇。他们会在夏天结婚，度个长期蜜月，然后搬到公寓里住，开始职业生涯，过上一年半载，就会有自己的孩子。

不过，路克从未提过结婚的事情。

她坐在弗拉纳根酒吧靠后的一个包厢里看着他，和伯恩·鲁斯坦争论着。鲁斯坦是个高个子研究生，留着浓密的黑色小胡子，一副不好对付的模样。路克的黑头发一直往他眼睛上掉，他抬起左手把头发拢回去，这是他常有的动作。等他年纪大些，干了负责任的工作，他就会抹上发胶，把头发固定在原位，而那样就不像现在这么性感了，她想。

伯恩是个共产党员，很多哈佛学生和教授都加入了共产党。“你父亲是个银行家，”他轻蔑地对路克说，“你也会成为银行家。你当然会觉得资本主义很伟大。”

埃尔斯佩思看到路克的喉头升起一道红晕。《时代》杂志最近提到了他的父亲，说他是大萧条以来成为百万富翁的十个人之一。但是，她猜想路克脸红并非因为他是富家子弟，而是由于他爱自己的家人，讨厌别人批评他的父亲。她为他感到愤愤不平，便对伯恩说：“我们不能根据父母来判断一个人，伯恩！”

路克说：“无论如何，从事银行业是值得尊敬的工作。银行家帮助人们创业，为他们提供工作岗位。”

“就像他们在1929年做的那样。”

“他们也会犯错。有时候，他们也会帮错了人。士兵也犯错——开枪杀错人——但是，我是不会谴责你是个杀人犯的。”

现在轮到伯恩受刺激了。他曾经参加过西班牙内战——他比在座的人大三四岁——看他的表情，埃尔斯佩思感觉他是想起了自己犯过的什么悲剧性的错误。

路克补充道：“不过，我不打算当银行家。”

伯恩的那个不修边幅的女朋友佩吉感兴趣地向前倾倾身子。

和伯恩一样，她也很忠于自己的信念，但她不像他那样尖酸刻薄。“那你想干什么？”

“当科学家。”

“什么类型的科学家？”

路克向上指指：“我想研究地球以外的东西。”

伯恩鄙夷地笑起来：“航天火箭！简直是小学男生的幻想。”

埃尔斯佩思又一次跳起来维护路克:“算了吧，伯恩，你根本不懂自己在说什么。”伯恩的专业是法国文学。

不过，路克并没有被伯恩的嘲弄激怒。也许他已经习惯别人讥讽他的梦想。“我觉得这是能够实现的。”他说，“我告诉你点别的事。我相信，在我们的有生之年，科学为普通人带来的好处要比你能想到的多得多。”

埃尔斯佩思皱起眉。她爱路克，但是，她觉得他对政治的看法太天真。“你的想法太简单了，”她对他说，“只有特权阶层的精英才能享受到科学的益处。”

“这不是真的，”路克说，“蒸汽轮船同时改善了水手和越洋乘客的生活。”

伯恩说：“你去过邮轮的引擎室吗？”

“是的，现在，已经没有人死于坏血病了。”

一个高大的人影映在桌子上。“孩子们，你们到没到在公共场所喝酒的年龄？”说话的是安东尼·卡罗尔，他身上的蓝色哔叽西装皱得让人感觉他刚穿着它睡过一觉。和安东尼一起过来的是个惹人注目的姑娘，见到她，埃尔斯佩思不禁惊奇地咕哝了几句。这个女孩年纪不大，身材娇小，穿着时髦的红色短夹克和一条宽松的黑裙子，头戴红色尖顶帽，帽檐下露出黑色的鬈发。

“这是比莉·约瑟夫森。”安东尼说。

伯恩·鲁斯坦问她：“你是犹太人？”

被人这么直接问起，她有点吃惊：“是的。”

“这么说，你虽然可以和安东尼结婚，但是不能加入他的乡村俱乐部。”

安东尼抗议道：“我不属于任何乡村俱乐部。”

“你会加入的，安东尼，你会的。”伯恩说。

路克站起来和比莉握手，他的大腿却不慎碰到桌子，撞翻了一只酒杯。这种毛手毛脚的情况在他身上并不多见，埃尔斯佩思意识到这是因为他被约瑟夫森小姐迷住了，她顿时感到一阵心烦意乱。“我很惊讶。”他说，向她露出他最迷人的微笑，“安东尼说他的约会对象叫‘比利’的时候，我还以为那是个六英尺高的摔跤手。”

比莉愉快地笑起来，她轻巧地滑进包厢，坐到路克身边。“我的名字是辟拉，”她说，“它来自圣经，辟拉是拉结的使女，但·那弗他利的母亲。不过，我是在达拉斯长大的，那儿的人叫我比莉–乔。”

安东尼坐到埃尔斯佩思身边，小声问：“她漂亮吧？”

比莉实际上算不得漂亮，埃尔斯佩思想。脸太窄，鼻子太尖，深褐色的眼睛太大，眼神专注。之所以让人觉得漂亮，其实是因为她善于搭配：红色的唇膏、帽子的角度、得克萨斯口音和她的活力。比莉正在给路克讲发生在得克萨斯的一些故事，她有时微笑，有时皱眉，摆出各种表情。“她挺可爱。”埃尔斯佩思对安东尼说，“但不知道我为什么过去从未注意过她。”

“她总是在工作，不经常参加派对。”

"那你是怎么遇到她的？"

"我是在福格博物馆见到她的。她当时穿着一件铜纽扣的绿色大衣，戴着贝雷帽。我觉得她像个刚从盒子里拿出来的玩具兵。"

比莉可不是什么玩具，埃尔斯佩思想，她比玩具危险得多。路克不知说了些什么，把比莉逗笑了，她假装警告似的在他胳膊上打了一下。这个动作显然是在调情，埃尔斯佩思想，她生气地打断他们，对比莉说："今天晚上你打算违反宵禁吗？"

按照规定，拉德克里夫的女生们应该在十点之前回到宿舍。当然，她们也可以申请在外面多待一会儿，但是必须在登记簿上写下自己的名字，还要说明打算去哪、什么时候回来，因为学校需要确认她们是否按照自己说的时间回到宿舍。不过，她们都是些聪明的女人，复杂的规定只会促使她们想出更加狡猾的对策。比莉说："我的请假理由是和一位来看望我的姑妈在丽思旅馆过夜。你编的什么理由？"

"没有理由，反正宿舍一楼有扇窗户整晚都会开着。"

比莉压低声音："实际上，我准备和安东尼的朋友们在芬威过夜。"

安东尼看上去有些不好意思。"是我母亲认识的一些人，他们有套大公寓。"他对埃尔斯佩思说，"别摆出那种过时的表情，他们都是些值得尊敬的好人。"

"希望如此。"埃尔斯佩思一本正经地说，她满意地看到比莉的脸红了。埃尔斯佩思转身问路克："亲爱的，电影几点开演？"

他看看手表。“我们得走了。”他说。

为了过周末，路克借了一辆车，是十年前的双座福特敞篷跑车，与那些流线形的二十世纪四十年代初期的汽车相比，它“坐起请求”式样的外形有一种古董的感觉。

路克娴熟地操纵着这辆老爷车，一副怡然自得的模样。他们来到波士顿。埃尔斯佩思回想着自己是不是对比莉有些刻薄了。也许是有一点，她感觉，但她并不后悔。

他们去勒夫国家剧院看阿尔弗雷德·希区柯克的新片《深闺疑云》。在黑暗的放映厅，路克伸出胳膊圈住埃尔斯佩思，她把头靠到他肩上。这是一部关于婚姻灾难的电影，她为剧中男女主角的选择感到有些惋惜。

半夜的时候，他们回到剑桥，车子开进纪念碑旁边的车道，面朝查尔斯河停好，旁边就是船屋。车上没有暖气，埃尔斯佩思把大衣的毛皮领子竖起来，倚在路克身上取暖。

他们讨论了那部电影。埃尔斯佩思认为，琼·芳登扮演的女主角——在古板的父母压抑下长大的姑娘，如果放到现实世界，根本不会看上加里·格兰特扮演的游手好闲的男主角。路克说：“但是，这就是她爱上他的原因——因为他的危险。”

“危险的人有吸引力吗？”

“绝对有。”

埃尔斯佩思转到一边，看着月光照耀下波光粼粼的水面。比莉·约瑟夫森就是个危险的人，她想。

路克察觉到她的烦乱，就换了个话题。“今天下午，戴维斯教授告诉我，如果我愿意，可以立即在哈佛大学读研究生。”

“他为什么这样说？”

“我曾经对他提起过，我希望去哥伦比亚大学。他说：‘为什么呢？留在这里吧！’我解释说，我家人在纽约。他就鄙夷地说：‘家人？哈哈！’好像我要是为了看不到我的妹妹而发愁，就不是个合格的数学家。”

路克是四个孩子中的老大。他的母亲是法国人。一战结束时，他父亲在巴黎遇到了她。埃尔斯佩思知道，路克喜欢他的两个十几岁的弟弟，甚至溺爱他十一岁的妹妹。“戴维斯教授是个单身汉，”她说，“他为事业而活。”

“你想过读研究生吗？”

埃尔斯佩思的心漏跳了一拍。“我应该读吗？”他的意思难道是让她和他一起到哥伦比亚大学去？

“比起哈佛的大部分男人来，你是个更加优秀的数学家。”

“我一直想到国务院工作。”

“那你得住在华盛顿。”

埃尔斯佩思可以肯定的是，路克没打算谈论这个话题。他只是无意识地把心中的想法讲了出来。这是男人的通病，讲话不过脑子，无论说出的内容是否会影响他们的人生。但是，面对两人可能会分别去不同的城市这个问题，他似乎有些沮丧。至于问题的解决方案，就是要么她跟他走，要么他服从她，她欢快地想。

“你爱上过什么人吗？”他突然问。意识到自己的唐突，他补充道：“这是个非常私人的问题，我没有权利问的。”

“没关系。”她说，她不介意和他讨论爱情问题，“实际上，我曾经爱过。”她看着他沐浴在月光中的脸，满意地看到一丝不快的表情从上面闪过，“我十七岁的时候，芝加哥有家钢厂闹罢工。那时候我的政治意识很强，就作为志愿者去帮助他们，送送消息、冲冲咖啡什么的。我给一个年轻的罢工组织者做助手，他叫杰克·拉格，我爱上他了。”

“他爱你吗？”

“感谢上帝，他不爱我。他二十五岁，觉得我还是个孩子。他对我很好，人也有魅力，但他对每一个人都这样。”她迟疑地说，“但是，他亲过我一次。”她不知道该不该告诉路克这些，但她觉得自己需要讲出来，卸去思想上的负担。“当时就我们两个人在里间打包传单，我说了什么话，把他逗笑了。我甚至忘记当时说了什么。‘你是块宝石，埃利。’他说——他喜欢把别人的名字缩短，他肯定会叫你‘卢’。接着，他吻了我，就在嘴唇上。我差点高兴死。但是，他亲完之后，接着打包传单，似乎什么事情都没发生过。”

“我觉得他确实爱上你了。”

“也许吧。”

“你和他还有联系吗？”

她摇摇头：“他死了。”

“那么年轻！”

“他是被杀害的。”她忍住突然涌出的泪水。她最不希望路克以为她还爱着那段关于杰克的回忆。“钢厂雇了两个休班的警察，把他堵在巷子里，用铁条打死了他。”

“老天！”路克瞪着她。

“镇上的人都知道是谁干的，但没人被抓起来。”

他抓住她的手。“我只在报纸上读到过这种事，看起来总不像是真的。”

“是真的。工厂不能一直停工。任何阻碍这件事的人都必须除掉。”

“听你的意思，工厂跟一个有组织的犯罪团伙差不多。”

“我觉得差别不大。但是，我再也没有卷入这件事，我受够了。”她突然想起路克一开始是在谈论爱情，而她却傻乎乎地把话题转向了政治，于是埃尔斯佩思转回去问他：“你呢？你爱过吗？”

“我不确定，”他犹豫地说，“我不认为自己知道什么是爱。”这是典型的男孩的回答。接着他吻了她，她放松下来。

她喜欢在接吻的时候用指尖触碰他，轻抚他的耳朵和下巴的轮廓，还有头发和脖子后面。每当他停下来端详她，想寻找一丝微笑的蛛丝马迹的时候，那情景就让她想起《哈姆雷特》里奥菲莉亚说的话：“他目不转睛地端详着我的脸，好像想画它一般。”然后他会接着亲吻她。想到他如此喜欢自己，她的感觉好得无以复加。

过了一会儿，他松开她，重重地叹了一口气。“我想知道结了婚的人为什么会觉得无聊，”他说，“他们没有必要离婚。”

她喜欢他对婚姻的这个看法。“我猜，是孩子让他们感到厌倦的。”她笑着说。

“你想将来要孩子吗？”

她感觉自己的呼吸加快了。他这样问是什么意思呢？“当然想。”

“我想要四个孩子。”

和他的父母一样。“男孩还是女孩？”

“男女都有。”

谈话暂停了一阵。埃尔斯佩思什么都不敢说。沉默不断扩大。最后，他终于严肃地转过脸来看着她：“你觉得怎么样？生四个孩子？”

这是她一直在等待的暗示。她快乐地笑起来。“如果他们是你的孩子，我愿意。”她说。

他又吻了她。

气温很快降到无法继续在这里待下去的程度，他们不情愿地开回了拉德克里夫学院的宿舍。

经过哈佛广场的时候，有个人从路的另一边朝他们挥手。

“是安东尼吗？”路克疑惑地问。

是他，埃尔斯佩思看得清楚。比莉和他在一起。

路克停下车，安东尼来到车窗边。“真高兴看到了你，”他说，“我需要你帮忙。”

比莉站在安东尼身后，在寒冷的夜风中簌簌发抖，一脸的不高兴。“你们在这里干什么？”埃尔斯佩思问安东尼。

“出了点乱子。我在芬威的朋友们出去过周末了——他们一定把时间搞混了。比莉没地方去了。”

埃尔斯佩思想起，比莉已经对学校撒了谎，要在外面过夜。现在如果回宿舍去，她的谎言就有被拆穿的危险。

“我刚才想把她送到房子里去。”安东尼的意思是剑桥的房子，是他和路克住的地方。哈佛的男生称宿舍为“房子”。“我本来打算让她在我们的房间里睡觉，路克和我在图书馆过夜。”

埃尔斯佩思说：“你疯了。”

路克开口了：“我们以前就这么干过。出了什么问题吗？”

“有人看到我们了。”

“噢，不！”埃尔斯佩思说。女生出现在男生的宿舍里，可是严重地违反校规了，特别是在晚上。男女两个人都有被哈佛开除的危险。

路克说："谁看见你们了？"

"杰夫·皮金和一大群人。"

"杰夫·皮金，他倒不要紧，但和他一起的是谁来着？"

"我不确定。当时天黑了一半，他们都喝醉了。早晨的时候我去找他们说一下。"

路克点头。"你们现在怎么办？"

"比莉有个表兄住在罗德岛的纽波特，"安东尼说，"你们能不能开车带她过去？"

"什么？"埃尔斯佩思说，"那儿离这里有五十英里！"

"所以一两个小时就够了，"安东尼满不在乎地说，"你觉得呢，路克？"

"当然可以。"路克说。

埃尔斯佩思料到他会同意。他认为帮助朋友关乎荣誉，无论自己是否方便，都有责任去做。但不管怎样，她仍然很生气。

"嘿，谢了。"安东尼轻快地说。

"没问题，"路克说，"不过，现在有个问题，车上只有两个座位。"

埃尔斯佩思开门下车。"请随意。"她愠怒地说，同时为自己的坏脾气感到羞愧。虽然路克帮助朋友脱困的做法是正确的，但她十分不愿意让他和性感的比莉·约瑟夫森在这辆小车上待两个小时。

路克察觉到她的不快："埃尔斯佩思，上车，我先送你回家。"

她尽量表现出和蔼的态度。“没必要。”她说，“安东尼可以把我送回宿舍，比莉似乎快要冻死了。”

“好吧，如果你肯定的话。”路克说。

埃尔斯佩思真心希望他不要答应得这么快。

比莉亲亲埃尔斯佩思的面颊。“我不知道应该怎么感谢你才好。”她说。接着便钻进汽车，关上门，连“再见”也没有和安东尼说。

路克朝他们挥挥手，把车子开走了。

安东尼和埃尔斯佩思站在那里，看着汽车消失在黑暗中。

“该死。”埃尔斯佩思说。

第四章
上午六点半

白色火箭上用黑体字印着“UE”番号。这是个简单的代码：

H	U	N	T	S	V	I	L	E	X
1	2	3	4	5	6	7	8	9	0

——所以，UE就是29号火箭的意思。设置代码的目的是避免让外界知道他们生产了多少枚火箭。

晨光柔和缓慢地覆盖着寒冷的城市。从房子里走出来的人们在寒风中眯起眼睛，抿着嘴，匆匆走在灰色的街道上，赶往温暖明亮的办公室、商店、旅馆或者饭店——他们工作的地方。

路克没有目的地：不知身在何方的时候，哪条街看着都挺好。他想，也许到了下一个路口，他就能灵光一现，找到某种熟悉的感觉——这条街是他长大的地方，或者那座建筑物是他上班的地方。然而，所有的街角都令他失望。

随着天光放亮，他开始研究路上的行人，其中就可能有他的父亲、姐妹甚至儿子。他盼望某个路人会看着他停下脚步，一边拥抱他一边说：“路克，你怎么了？跟我回家，我来帮你！”不过，他的亲戚们也有可能对他视而不见，匆忙离开。他可能做了什么冒犯了家人的事情，抑或是他们住在别的城镇。

他开始觉得自己不会那么幸运，没有什么过路人会兴奋地叫喊着拥抱他，他也不会突然意识到哪条街道就是自己住的地方。只是走在街上碰运气可不是什么好策略，他需要一个计划，他一定会想出办法弄清自己的身份的。

他觉得自己可能是一个失踪人员。那么一定有一份关于失踪人员特征的清单。谁会留有这份清单呢？一定是警察。

他似乎对几分钟前经过的一所临街的房子有些印象，于是迅速转身往回走，结果撞到一个穿着橄榄色华达呢雨衣、戴着同色帽子的年轻男人。他有种感觉，自己好像以前见过这个人。两人的视线交会，在那个充满希望的瞬间，路克觉得对方似乎认出了自己，然而那人却向旁边看去，尴尬地走掉了。

吞咽着自己的失望，路克试图沿着来路往回走。这难以做到，因为他遇到拐弯和十字路口的时候，大都是随机转弯。不过，无论如何，他迟早都会碰到一个警察局的。

他一边走一边推测着关于自己的信息。他看到一个戴灰色汉堡帽的高个子男人点燃一支烟，满足地深吸了一口，而他却没有抽烟的欲望。他猜想自己可能不吸烟。看着那些汽车，他感觉那些赛车样式的低矮车型更有吸引力，它们是比较新的车。他认为自己一定喜欢速度快的车，而且，可以肯定的是，他会开车。他也认得自己看到的大部分车的品牌和型号，这是他脑中留存的信息之一，除此之外，他还没有忘记如何讲英语。

当他在一家商店橱窗上看到自己的影子时，发现那是一个游荡多年的流浪汉形象。而他看着路人时，能够辨别出他们所处的年龄段，是二十、三十还是四十多岁，或者更老。路克还发现，他能自动地把别人分成比自己老的和比自己年轻的。想到这里，他意识到二十多岁的人看起来比他年轻，四十多岁的显得比他老，所以，他应该只有三十多岁。

这些克服健忘的小胜利让他有一种过度的成就感。

但他完全迷了路。他站在一条风格庸俗的购物街上，两旁是些廉价商店，他厌恶地看着它们：橱窗上贴着打折字样的服装店、二手家具店，还有当铺和接受食品券的杂货店。他突然停下脚步向后看去，不知道该做点什么，却发现身后三十码开外的地方，站着一个穿着橄榄色雨衣、戴帽子的男人，正透过商店橱窗看里面的电视。

路克皱起眉，心想，他是不是在跟踪我？

跟踪者一般都是单人独行，很少拿着手提包或者购物袋，很容易让人觉得他是在闲逛，而不是有目标地赶路。那个戴橄榄色帽子的人恰好完全符合这些特点。

想要验证他是不是跟踪者也很简单。

路克走到街区的边上，穿过马路，沿着路的另一边折回。来到最远端的时候，他站在路旁向两边看，发现那个人就在他身后三十码的地方。路克再次穿过马路。为了避免对方生疑，他假装盯着街上的门研究，似乎在看门牌号码。他一直走到刚才出发的地方。

“雨衣”一直跟着他。

路克大惑不解，但他的心充满希望地雀跃起来。跟踪他的人一定知道他的一些事——也许包括他的身份。

为了进一步确定自己被跟踪了，他需要登上一辆交通工具，看那家伙会不会也照做。

路克虽然激动，但思维深处似乎冒出一个冷眼旁观的人，向他提问：你是怎么知道如何判断自己是否被跟踪的？因为他刚才几乎是一下子就想出了这个确认方法。沦落为流浪汉之前，他是不是做过什么秘密工作？

他决定过一会儿再考虑这个问题。现在，他需要钱坐公共汽车。他的破衣服的口袋里一分钱都没有。他一定是把钱都买酒了。但这也不是问题，到处都是钱：人们的口袋里、商店里、出租车里、房子里。

他开始打量周围的环境，发现可以去抢报摊、扒窃手提包、掏衣袋。他瞥见一家咖啡店，一个男人站在柜台后面，有个女招待正在给顾客端咖啡。这个地方不错，什么都可以干。他走了进去。

他的眼睛在桌子上搜寻，寻找客人留下的小费，可是，哪有那么容易。他来到柜台边，一台收音机正播放新闻。“火箭专家宣布，美国只剩最后一次机会在控制外太空方面赶上苏联。”服务员正在制作浓咖啡，大团蒸汽从一台闪闪发光的机器里冒出来，一阵可口的香味飘出，扩张着路克的鼻孔。

一个流浪汉会怎么说？“有陈的甜甜圈吗？”他问。

“滚出去，”男人粗声说道，“别再来了。”

路克很想翻过柜台，打开钱箱，然而，他只需要坐公交车的钱，这样做有些过分。这时，他一下子看到了自己需要的东西。钱箱旁边放着一个盖子上有条缝隙的盒子，伸手就能够到。盒子上贴着一幅画，画的是个小孩，还有一行字“不要忘记那些看不见的人”。路克动了动身子，挡住了顾客和女招待看向盒子的视线。他现在只需转移服务员的注意力就行了。

“给点零钱好吗？”他说。

男人说：“够了，你赶紧滚出去。”他啪的一声放下一只水壶，用围裙擦擦手，要从柜台里出来，得先蹲下身子，这时候他是看不见路克的。

趁他蹲下的时候，路克拿起募捐盒，让它滑到自己的大衣里。令人失望的是，盒子很轻，不过，晃起来还是格格作响，说明它不是空的。

服务员抓住路克的衣领，飞速把他推出店门。路克根本没反抗，到了门口，那人狠踢了他屁股一脚。瞬间忘记自己在干什么的路克跳着转过身，摆好了打架的姿势。对方立刻现出害怕的样子，退回了店里。

路克自问为什么要生气。他是来乞讨的，而且人家让他走，他没走。好吧，踢他那一脚没有必要，但是他活该——他偷了盲童的钱！

尽管如此，他还是冷静了好一阵子才放下了自尊，转过身，像夹着尾巴的狗一样溜走了。

他躲进一条小巷，找到一块尖利的石头，朝着盒子发泄着怒火，很快便把盒子砸开了。里面的钱大部分是美分，加起来大约有两三美元，他估计。他把钱放进大衣口袋，回到街上。他感谢老天的仁慈，并暗中发誓，等自己走了正路，一定把这三美元还给盲人。

好吧，他想，要不就三十美元。

那个穿橄榄色雨衣的男人站在一个报摊旁边，正在读一份报纸。

一辆公交车在几码开外停了下来，路克不知道这车是去哪的，但那无所谓。他上了车，司机厌恶地看了他一眼，不过没把他扔出去。“我想坐三站。”路克说。

“不管你坐几站，车费都是17美分，除非你有代金券。”

他用偷来的一些零钱付了车费。

也许没人跟踪他。往车厢后部走的时候，他紧张地看向窗外。穿雨衣的男人胳膊底下夹着报纸离开了报摊。路克皱起眉头。那个人应该坐出租车跟着他的。或许他不是跟踪者，路克感到失望。

汽车开动了，路克找了个位子坐下。

他再次奇怪自己为什么懂得这套把戏。他一定接受过从事秘密工作的训练。但这是为了什么？他是个警察吗？也许跟战争有关。他知道曾经发生过战争。美国和德国在欧洲打仗，在太平洋打日本人。可是，他想不起来自己是否参加过这场战争。

到了第三站，他和几位乘客一起下了车。他左右打量眼前的这条街，没看到什么出租车，也没有穿着橄榄色雨衣的人。正在犹疑的时候，他注意到跟他一起下车的一位乘客站在一家商店的门廊里，正在笨拙地掏口袋。在路克的注视下，他点燃一支烟，心满意足地深吸了一口。

这是个高个子男人，戴着一顶灰色汉堡帽。

路克意识到他见过这个人。

第五章
上午七点

发射台就像一张简单的钢制桌子，有四条腿，桌面中间开了个洞，火箭的喷射物就从这里穿过，由下方的锥形导流板把喷射物扩散到水平方向上。

安东尼·卡罗尔驾驶着开了五年的凯迪拉克“黄金国”汽车沿着宪法大道前进。这车属于他的母亲，一年前他开着这辆车从弗吉尼亚的父母家返回华盛顿，却一直没时间把车还回去。他母亲现在也许已经买了新车。

他把车停在“字母街”的Q楼停车场。“字母街”的房屋是战争期间匆忙搭建起来的，看上去像一排排的营房，占据着林肯纪念堂附近的公共地块。虽然看起来扎眼，但他喜欢这里，因为二战的时候，他的大部分时间都在这里度过，为CIA的前身——战略服务办公室工作。这里是黄金时代的象征，那时的秘密机构权力大得没边，无所不能，只需要对总统负责。

CIA是华盛顿特区壮大速度最快的官僚机构，波多马克河对面，弗吉尼亚州的兰里正在兴建一座耗资数百万美元的CIA总部大楼。竣工后，“字母街”将被拆除。

安东尼一直强烈反对CIA迁到兰里，不仅仅是因为Q楼留存了很多美好的回忆。现在的CIA也在政府所在的福格伯托姆商业区的31号楼设有办公室。这才是我们应该做的，安东尼叫嚣着。如果把CIA的办公室分散到各处，与政府的办公室混在一起，外国探员就很难摸清CIA的实际规模和能力。而如果兰里的办公楼启用，任何人都能估量CIA的规模和人力，甚至只要开车到那里转一圈就能猜出它每年的预算。

他输掉了那场争辩。负责人决定把CIA变得更紧凑。安东尼相信，CIA的秘密工作是给不怕死的人和冒险家准备的，战争期间就是如此。然而现在，一帮只会耍笔头子的人和算账的会计占据了高位。

虽然局里给他准备了标有“技术服务部主管”字样的专用停车位，但他不屑一顾，把车停在了正门前面。抬眼望着丑陋的建筑，他想知道这里的拆除是否标志着一个时代的终结。现在，在这些官僚争斗中输掉对他来说是家常便饭，不过，他仍然是局里握有实权的重要人物。“技术服务部”是委婉用语，实际上这个部门是负责盗窃、电话窃听、毒品测试等非法活动的，它的昵称是“鬼把戏”。安东尼之所以能坐上今天的位置，是因为他是二战英雄，在冷战期间还有着一系列出色的表现。然而，有些人就是要把CIA变成公众想象中的样子：一个单纯的收集信息的机构。

除非我死了，他想。

他不是没有敌人：被他粗鲁的态度冒犯过的上级、晋升遭到他的阻挠的软弱无能的探员、不喜欢政府从事秘密活动的耍笔杆子的家伙都在他的对立面。他们早就做好准备，一旦他出现什么过失，就会落井下石。

所以，他今天格外谨慎小心。

安东尼大步走进办公楼，他刻意不去想自己最担心的事情，把注意力集中到今天的问题上来：克劳德·卢卡斯博士，昵称路克，全美国最危险的人，一个威胁到安东尼所有的人生目的的人。

昨天大半夜的时间他都是在办公室度过的，他回家只是为了刮胡子和换衬衣。看到他进来，大厅里的保安惊奇地问道："早上好，卡罗尔先生——您已经回来了？"

"一位天使跑进我的梦里对我说，'回去工作，你这个懒骨头。'早上好。"

保安笑了："麦克赛尔先生在您办公室，先生。"

安东尼皱起眉头。皮特·麦克赛尔应该和路克在一起，发生什么事了吗？

他跑上楼梯。

皮特坐在安东尼办公桌对面的椅子上，仍然穿着破衣服，一块污迹遮住了他脸上的红色胎记的一部分。安东尼走进来的时候，他跳了起来，看上去受到了惊吓。

"怎么了？"安东尼问。

"路克想一个人待着。"

安东尼早就料到了这个情况。"谁接手了？"

"斯蒂夫·西蒙斯监视着他，贝茨是他的后援。"

安东尼若有所思地点点头。既然路克已经摆脱了一名探员，他就有可能摆脱另一个。"路克的记忆怎么样？"

"完全失忆了。"

安东尼脱下大衣，坐到办公桌后面。路克正在惹麻烦，但安东尼已经预料到了，并且做好了准备。

他看着对面的人。皮特是个好探员，能干而且谨慎，但是缺乏经验。不过，他是安东尼的死忠。所有的年轻探员都知道安东尼私下组织过一起暗杀行动：1942年圣诞节前夜，在阿尔及尔刺杀法国维希政府的领导人达尔朗将军。CIA探员虽然也杀人，但不是经常干这种事。探员们都很敬畏安东尼，尤其是皮特，他欠安东尼一份特殊的人情。填写工作申请表时，皮特撒了谎，说他从未犯法，但安东尼后来发现他在圣弗朗西斯科读书的时候因为召妓交过罚款。皮特本应因此被炒鱿鱼的，但安东尼帮他保守了秘密，皮特一直非常感激他。

皮特十分惭愧，觉得辜负了安东尼。“放松，”安东尼以父亲般的口吻对他说，“告诉我发生了什么。”

皮特表现出感激的样子，复又坐下。“他醒过来就发疯了，”他说，“喊着‘我是谁？’之类的话。我让他冷静下来……但是我犯了个错，我叫他路克了。”

安东尼叮嘱过皮特，要监视路克，但不能告诉他任何信息。“没关系——这不是他的真名。”

“接着他问我是谁，我说，‘我是皮特。’我就那么自然而然地说出来了，我只顾着别让他喊了。”皮特羞愧地承认了这些失误，而实际上它们并不严重，安东尼没有理会他的道歉：“接下来发生了什么？”

“按照我们的计划，我把他领到教堂，但他提了些狡猾的问题，想知道牧师过去是否认识他。”

安东尼点点头。“我们不应该奇怪。战争期间，他是我们最好的特工。他虽然丧失了记忆，却没有丢掉本能。”他抬起右手揉了揉脸，感到一阵疲倦。

“我一直在转移他的注意力，不让他打听他过去的事情。但是，我想他看出了我在做什么。然后他告诉我，他想一个人待着。”

“他得到什么线索了吗？发生过什么可能让他知道真相的事情吗？”

“没有。他在报纸上读到一篇关于太空项目的文章，但是它并没有给他留下什么特别的印象。”

“有人注意到他的奇怪之处了吗？”

“路克会做填字游戏，牧师觉得挺惊讶，大多数流浪汉连字也不认识。”

事情会变得比较难办，不过仍然可以控制，而且安东尼早就想到了这些。“路克现在在哪儿？”

“我不知道，先生。斯蒂夫会抽空来电话的。”

“要是他打来电话，你就回去和他一起。无论发生什么事，都不能让路克逃出我们的视线。”

“好的。”

安东尼桌上的白色电话响了，这是他的直通线。他盯着电话看了看，知道这个号码的人并不多。

他拿起话筒。

“是我，”埃尔斯佩思的声音，“出什么事了？”

“别紧张，”他说，“一切都在控制之中。”

第六章
上午七点半

火箭的长度是68英尺7英寸，在发射台上的重量是64 000磅——但大部分是燃料。卫星的长度只有2英尺10英寸，仅有18磅重。

路克沿着第十八大街向南走的时候，跟踪者跟着他走了四分之一英里。

天色已经大亮，虽然街上熙来攘往，路克还是能够轻易地从街角和公共汽车站拥挤的人群中发现“灰色汉堡帽”的影子。但当他穿过宾夕法尼亚大街之后，“汉堡帽”消失了。他再次怀疑自己可能产生了幻觉：他从一个狂野的世界中醒来，这个世界里的任何事情都可能是真的。也许被人跟踪只是他的臆想。但他也不是完全相信这个假设，因为，一分钟过后，他发现那个穿橄榄色雨衣的人从一家糕点铺里走了出来。

“Toi，encore.”他低声叫道，“又是你。”我为什么要说法语？这个问题在他脑海里短暂地闪现了一下就被抛到脑后，他还有更需要担心的问题。此时再也不用怀疑了：两个人像跑接力一样轮番跟踪他，而且衔接得十分流畅。他们一定是专业人士。

他企图弄明白被跟踪的原因。“汉堡帽”和“雨衣”可能是警察——路克也许犯了罪，比如醉酒杀人。他们也可能是克格勃或者CIA派来的探子，不过，像他这样的流浪汉不太可能参与什么间谍活动。最沾边的推断就是，他多年前离开了他的老婆，而现在她想和他离婚，所以雇了私家侦探来搜罗他生活过得如何的证据（也许他老婆是法国人）。

虽然这些假设没有一个有吸引力的，他还是有种兴奋的感觉。他们大概知道他是谁。无论为了什么跟踪他，他们一定知道一些他的事情。至少比他本人知道得多。

他决定把两个跟踪者分开，然后和年轻的那个对质。

他走进一家烟店，拿偷来的一些零钱买了一包“长红”。出了店门，他发现“雨衣”已经消失了，现在跟踪他的是“汉堡帽”。他走到街区尽头，在转角处拐弯。

一辆可口可乐公司的卡车停在人行道边，司机正从车上往下搬箱子，把卸下的货物搬到一家餐厅里。路克走下人行道，来到卡车的另一头藏好，这样他能看到街上，从拐角转过来的人却看不到他。

过了一分钟，“汉堡帽”出现了，一边快步走，一边检查门廊和窗户，搜寻路克。

路克躺到地上，翻身滚进卡车底下，从车身与地面的缝隙向外看，很快发现了跟踪者的蓝色西装裤的裤脚和棕黄色牛津鞋。

发现路克无端消失的那男人加快了脚步，在街上走了个来回，然后钻进那家餐馆。一分钟后又出来，围着卡车转了几圈，接着回到人行道上朝前走，没走几步就开始狂奔。

路克暗中得意。虽然他不知道自己从哪学到的这套把戏，但他似乎很擅长这一招。他从卡车前方爬出来，顺着人行道一侧的挡泥板看过去，发现“汉堡帽”仍然在跑。

路克穿过人行道，转过拐角，站在一家电器商店的门口。他一边假装端详一台售价八十美元的录音机，一边打开烟盒，拿出一根香烟静静等待，一只眼睛盯着街上。

“雨衣”出现了。

他个子挺高——和路克差不多——体格健壮，但比路克年轻十几岁，神色紧张。路克的直觉告诉他，这人没什么经验。

看到路克，他慌张地抖了一下。路克直盯着他。“雨衣”挪开视线，贴着人行道的边缘走，想从路克身边绕过去，就像大家都会避免和流浪汉接触那样。

路克挡住了他的去路，他把烟放进嘴里，说：“有火吗，伙计？”

“雨衣”不知所措，他犹豫着，看上去很为难。路克开始以为他会一言不发地走掉，但他似乎很快做了个决定。只见“雨衣”停下脚步，做出一副漫不经心的样子说道：“当然。”然后把手伸进雨衣口袋，掏出一卷火柴，划着一根。

路克拿出嘴里的烟，说：“你知道我是谁，对吗？”

年轻人吓了一跳。他的训练课程可没有教他怎么应付向自己提问题的监视对象。他张口结舌地盯着路克，直到手里的火柴烧完了，他才把它扔到地上，说：“我不知道你在说什么，伙计。”

“你在跟踪我。”路克说，“你肯定知道我是谁。”

“雨衣”继续假扮无辜：“你是卖东西的吗？”

“难道我穿得像个推销员吗？拜托，和我说实话。”

“我没跟踪任何人。”

“你跟在我身后一个小时了，而且我迷路了！”

对方打定了主意。“你脑子不正常。”他说，企图从路克旁边绕过去。

路克身体一晃，堵住他的路。

“对不起，请让开。”“雨衣”说。

路克不打算让这个人走掉。他抓住对方雨衣上的翻领，把他摔到商店窗户上，砸得玻璃吱嘎作响。沮丧和怒火在路克胸中翻滚。“去你妈的！”他用法语叫道。

“雨衣”比路克年轻，也比他强壮，但他根本没有抵抗。“拿开你的脏手，”他平静地说，“我没跟踪你。”

“我是谁？”路克朝他吼道，“告诉我，我是谁？”

“我怎么知道？”他抓着路克的手腕，想把他的手从雨衣领子上甩下来。

路克松开手中的衣领，扼住“雨衣”的喉咙。“我不会相信你的鬼话，”他烦躁地说，“你得告诉我到底是怎么回事。”

“雨衣”失去了冷静，恐惧地瞪大眼睛。他挣扎着想要摆脱路克钳住他喉咙的手，却没有奏效。他又开始用拳头打路克的肋骨，第一下打中了，路克向后一缩，但没有松手，他又靠了上去，和“雨衣”贴得更近，这样对方拳头的力道就无法完全使出来。路克用两个大拇指按着对方的喉咙，无法呼吸的“雨衣”的眼中现出恐惧。

路克身后传来吓坏了的路人的声音：“嗨，怎么回事？”

路克突然意识到，自己居然在杀人！他放松了钳制。我怎么了？我是个杀人犯吗？

“雨衣”挣脱路克的控制。路克被自己的暴力反应吓得不轻，双手不由得垂落下来。

“雨衣”向后退去。“你这个疯子，”他说，眼中的恐惧犹未退却，“你想杀了我！”

“我只想知道真相，我知道你能告诉我。”

“雨衣”揉着喉咙。“浑蛋，”他说，“你他妈的真是疯了。”

路克的怒火再次升起。“你撒谎！”他喊道，再次伸出手去抓“雨衣”。

对方转身跑掉了。

路克本应追上去的，但他迟疑了。这有什么用？抓住他以后又该怎么办？折磨他吗？

正想着，对方已经跑远了。三名停下来观战的路人站在安全距离以外，盯着路克。过了一会儿，他走开了，朝着与两个跟踪者相反的方向走去。

他的感觉从未这么坏过，身体因为刚才的暴力行为簌簌发抖，也为结果感到失望。他遇到两个很有可能知道自己身份的人，却什么信息也没得到。

“干得好，路克，”他自言自语道，“你什么都没干成。”

他又是单枪匹马了。

第七章
上午八点

朱庇特-C型火箭分为四节。最大的部分是高性能“红石”弹道导弹，这是推进器，或称为第一节，是一台动力巨大的引擎，其强大的推力足以让火箭摆脱地心引力。

比莉·约瑟夫森博士快要迟到了。

她照顾母亲起了床，帮她穿上棉浴袍，逼她戴上助听器，让母亲坐在厨房里，守着一杯咖啡。她叫醒自己七岁的儿子拉里，表扬他没有尿床，同时告诉他，即使这次没尿床，他还是得去洗澡。然后，她又回到厨房。

她母亲身材矮胖，今年七十岁，人们都叫她“贝基大妈”。老太太把收音机的音量调得很大——佩里·科莫正在唱着《追逐流星》。比莉把面包片放到烤面包机里，布置好餐桌，给贝基大妈摆上黄油和葡萄果酱，为拉里冲了一碗玉米片，切了一根香蕉放到麦片里，在一只罐子里添满牛奶。

她做了一个花生酱和果酱混合的三明治，放进拉里的午餐盒，加上一个苹果、一条好时巧克力和一小瓶橘子汁。她把午餐盒塞进拉里的书包，还有他在家里读的书和棒球手套，手套是他父亲送的礼物。

广播里，一位记者正在采访卡纳维拉尔角附近海滩上的观光客，他们想去看火箭发射。

拉里走进厨房，鞋带没系，衬衣扣子也扣错了。她给他把扣子理顺，让他去喝玉米片，然后开始做炒蛋。

现在是八点十五分，她应该能赶上时间。她爱儿子和母亲，但背地里也讨厌家务活的枯燥单调。

广播里的记者开始采访一位军方发言人。“参观发射的人会不会有危险？如果火箭偏离方向，撞到海滩上怎么办？”

“不存在那样的危险，先生。”对方回答，“每一枚火箭都有自毁机制，如果偏离了方向，它会在半空中引爆。”

“可是，你们怎么在发射之后引爆它？”

“爆炸装置是无线电信号控制的，一位军官会在安全距离之外向火箭发射无线电信号。”

“这听起来也挺危险。有些无线电爱好者可能会不小心引爆它。”

“自毁机制只对一种复杂的信号有反应，这种信号就像一段代码。这些火箭造价昂贵，我们会排除一切风险。”

拉里说：“我今天要做一枚火箭，我能把酸奶盒带到学校吗？”

“不，不行，还有一半没喝完。”她告诉他。

“可是我必须拿一些容器！如果我没带，佩吉老师会生气的。”他急得快哭了，典型的七岁小孩。

“你要容器干什么？”

“做火箭！她上周告诉我们的。”

比莉叹气道：“拉里，要是你上周和我说一下，我会帮你留出很多有用的东西。我跟你说过多少次了，不要把事情拖到最后才做。”

“好吧，那我该怎么办？”

“我给你找点东西。我们把酸奶倒进碗里，还有……你想要什么样的容器？”

“火箭形状的。”

比莉很想知道，学校老师们是否想过，他们兴高采烈地给孩子们布置的各种作业会给忙碌的母亲们带来多少麻烦。她把涂好黄油的烤面包放到三只盘子里，铺上炒蛋，但没有吃自己的那份。她在房子里转了一圈，找出一只管状的装洗涤剂的纸盒、一个盛液体肥皂的塑料瓶、一只冰激凌盒，还有一个心形的巧克力盒。

大部分家用品的包装盒外面都会印上人们使用这些产品时的图片——通常是一位漂亮的家庭主妇、两个快乐的孩子，背景是抽烟斗的父亲。比莉不知道别的女人会不会像她一样厌恶这种刻板的观念。她可从未在那样一个家庭中生活过。她的父亲是个达拉斯的穷裁缝，在她还是个婴儿的时候就死了，她母亲在极度贫穷的情况下把五个孩子拉扯大。比莉本人在拉里两岁的时候离了婚。世界上有很多家庭都没有男人，这些家庭里的女人有的是寡妇，有的是离婚的母亲，还有的是所谓的“残花败柳”。但是，广告商们从来不会在玉米片盒子上印上这种家庭的场景。

她把所有容器放进一只购物袋，好让拉里带到学校去。

“噢，伙计，我敢说我拿得最多！”他说，“谢谢，妈妈。”

虽然她的早餐都凉了，但是拉里很高兴。

外面传来“嘟嘟”的汽车喇叭声，比莉对着碗柜门上的一面镜子迅速检查了一下外表。她的黑色鬈发是匆忙梳好的，除了昨晚没能抹掉的眼线，她没有化妆，她穿着一件超码的粉红色毛衣……但总体上看有一种性感的效果。

后门打开了，罗伊·布罗德斯基走进来。罗伊是拉里最好的朋友，他们高兴地互相打招呼，就像一个月没有见过面一样，而不是只分开了几个小时。比莉注意到，现在拉里所有的朋友都是男孩子。在幼儿园的时候可不是这样，男孩和女孩都是混在一起玩的。她想知道是一种怎样的心理改变促使五岁左右的孩子更喜欢选择同性做朋友。

罗伊身后跟着他的父亲哈罗德，他是个长得不错的男人，有一双柔和的棕色眼睛。哈罗德·布罗德斯基是个鳏夫：罗伊的母亲死于车祸。哈罗德在乔治·华盛顿大学教化学。比莉和哈罗德正在交往。他爱慕地看着她说：“我的天，你真漂亮。”她笑起来，亲了亲他的脸颊。

和拉里一样，罗伊也拿着一个装满盒子的购物袋。比莉对哈罗德说：“你是不是也得倒空厨房里的很多半满的容器？”

“是的。我把肥皂片、巧克力和加工好的奶酪倒在装麦片的小碗里，还把六卷手纸中间的纸筒抽了出来。”

“该死，我怎么没想到手纸！”

他笑了：“告诉我，你今晚想不想去我家吃饭？”

她惊喜地问：“你亲自下厨吗？”

“不完全是我。我想请瑞利太太帮忙做一道法式炖菜，我可以把它热热。”

“我当然愿意去。”她说。她此前从未到他家吃过饭。他们一般都是出去看电影、听古典音乐会或者到其他大学教授家参加鸡尾酒派对。她好奇是什么原因让他突然邀请她到家里吃饭。

“罗伊今晚要去给一位表兄过生日，他会在那儿过夜。我们可以不受打扰地聊天。”

“好的。”比莉心领神会。当然，他们也可以在餐馆里不受打扰地聊天，哈罗德在儿子不在家的时候请她过去，自然还有别的理由。她看了他一眼。他的表情开放而坦诚——他知道她在想什么。“那样很好。”她说。

“晚上八点我来接你。走吧，孩子们！”他领着孩子们从后门出去。拉里没说再见，比莉把这视为一切顺利的信号。因为，如果拉里担心什么事情，或者受到了什么影响，他会畏缩不前，黏着他的妈妈。

“哈罗德是个好男人，”她母亲说，“你应该快点和他结婚，在他变心之前。”

“他不会变心的。”

“他没有真心和你求婚的话，就不要答应他。”

比莉对母亲笑道：“你的脑子还挺好使，对吧，妈？”

“我虽然老了，但不傻。”

比莉收拾好桌子，把自己那份早餐扔进垃圾桶。她加快了动作，把自己、拉里和母亲床上的被单扯下来卷成一团，塞进一只洗衣袋，把袋子给贝基大妈看看，说：“别忘了，你只要把这个给洗衣店的人就行，在他上门的时候，好吗，妈妈？”

她母亲说：“我心脏病的药吃完了。”

“老天！”她很少在母亲面前这样说话，但现在她已经智穷力竭了，“妈，我今天工作很忙，我没有时间到该死的药店去！”

“我也没办法，药吃完了。”

贝基大妈最惹人生气的地方就是，她可以一瞬间从睿智的长辈变成无助的孩子。“你昨天应该告诉我药吃完了的——我昨天出去买东西了！我今天没时间买东西，我要上班。”

贝基大妈哭了起来。

比莉立刻心软了。“对不起，妈。”她说。贝基大妈和拉里一样说哭就哭。五年前，他们三个人开始一起生活，妈妈帮她带拉里。而现在，拉里放学之后，她连两个小时都看不住他。要是比莉和哈罗德结婚了，一切就会变得更容易。

电话铃响了。她拍拍母亲的肩，拿起话筒。电话是她的前夫伯恩·鲁斯坦打来的。虽然两人离了婚，但比莉和他保持了不错的关系。他每隔两三周就来探望拉里，交抚养费的时候也很爽快。比莉曾经很生他的气，不过这是过去的事情了。现在，她说：“嗨，伯恩——你起得挺早。”

“是啊。路克联系过你吗？”

她吓了一跳。“路克·卢卡斯？最近？没有——出什么事了吗？”

“我不知道，也许吧。”

伯恩和路克是一对亲密的竞争对手。他们年轻的时候常常争论个没完，讨论起事情来常带着火药味，然而他们在大学里和战争时期却一直走得很近。“怎么了？”比莉问。

“他星期一给我打电话了。我有点吃惊。他不是经常联系我。”

“我也是，”比莉费劲地回想着，“上一次我见到他是两年前，我想。”意识到过了这么长时间之后，她想知道自己为什么会这么不重视他们的友谊。她对此感到后悔。

“去年夏天，我收到他写的一张便条，”伯恩说，“他曾经把我的书读给他妹妹的孩子听。”伯恩是《恐怖双胞胎》的作者，这是一套成功的儿童系列图书。“他说我的书让他发笑。那封信很友好。”

“那么，他星期一为什么给你打电话？”

“他说，他要来华盛顿，想见见我。有事情发生了。”

“他告诉你是什么事了吗？”

“没有。他只是说，‘就是我们在战争期间做的那一类事。’”

比莉焦急地皱起眉。二战时，路克和伯恩为战略服务处（OSS）工作，在敌后进行地下活动，帮助法国的抵抗组织。但1946年开始他们就离开OSS了——难道不是吗？“你觉得他是什么意思？”

“我不知道。他说他到了华盛顿就给我打电话。星期一晚上，他住进了卡尔顿酒店。现在已经是星期三了，他还没有来电话。昨晚他的床也没有人睡过。”

“你是怎么知道的？”

伯恩不耐烦地哼了一声：“比莉，你也曾经在OSS工作过。你会怎么做？”

“我猜我会给打扫房间的女服务员几美元。”

“正确。所以，他昨天晚上一直在外面，到现在也没回去。”

“说不定他是在外面拈花惹草。”

“说不定葛培理[①]还会吸大麻呢，但我不认为他是拈花惹草去了，你觉得呢？”

伯恩说得对。路克虽然性欲强，但他追求的是质量，而非数量。比莉知道这一点。“是的，我和你想的一样。”她说。

“要是你听到他的消息，就给我打电话，好吗？”

“好的，当然。”

“回见。”

“再见。”比莉挂了电话。

她坐在厨房的桌子旁，忘记了各种杂务，想着路克。

① 译注：美国牧师，当代著名的基督教福音布道家。

第八章
1941年

138号公路蜿蜒向南，穿过马萨诸塞，伸向罗德岛。天上没有云，月亮照在乡村道路上。老式的福特车没有暖气。比莉裹着大衣、围巾和手套，脚趾却冻麻了。但她并不真的在意，能单独和路克·卢卡斯（虽说他已经是别人的男朋友）在同一辆车里待上两小时，这点苦算什么。在她的印象中，长得漂亮的男人都是乏味自负的，而这一个却是例外。

到纽波特去的路很长，但路克似乎很享受这段旅程。一些哈佛男生和迷人的女性在一起会感到紧张，为了掩饰这一点，他们会一根接一根地抽烟、不停地喝扁酒壶里的酒、整理发型或者抻直领带。路克却很放松，开车时也没有表现出很想与她搭话的样子。路上的车不多，他看她的次数和看路的次数差不多。

他们谈论了欧洲的战争。那天早晨，在拉德克里夫学院的操场上，观点对立的学生团体开始分别搭台子、发传单。干涉主义者热情地呼吁美国应该参战，美国至上主义者则以同样的热情表示反对。很多人过来看热闹，有男有女，有学生有教授。听说哈佛男生可能要到战场上送死，他们的讨论热烈起来，越说越激动。

“我有表兄弟在巴黎，”路克说，“我希望大家到那里看看，拯救他们。但是，这属于个人理由。”

“我也有个人理由，我是犹太人，”比莉说，“不过，与其派美国人到欧洲送死，我宁愿美国敞开大门欢迎难民。要救人，不要杀人。”

“安东尼也相信这一套。”

比莉还没有忘记当晚的狼狈。“我没法形容我有多生安东尼的气，”她抱怨道，“他应该确认一下我们究竟能否在他朋友的公寓过夜。”

她希望得到路克的同情，可他让她失望了。“我猜，是你们两个都大意了。”他友好地微笑着说，然而，毫无疑问，他的话里面含有指责的意味。

比莉有些生气。不过，搭了他的车，就欠他的人情，所以，她咽下了已经跑到嘴边的反驳。“你是在维护朋友，这没有错，”她礼貌地说，“但是，我觉得他有责任维护我的名誉。”

“是的，但你也有责任。”

他的批评态度令她感到吃惊，而在此之前他还是十分讨人喜欢的。“你似乎认为这是我的错！”

“主要是因为运气不好，”他说，“但是安东尼的失误让哪怕一点坏运气也能给你带来很大的损失。”

“那倒是真的。”

“而你纵容了他。”

她感到他的不认可让自己心烦意乱。她想给他留下好的印象——尽管她并不知道自己为什么在意这一点。“无论如何，我不会再这么做了，和任何男人都不会。”她坚决地说。

“安东尼很优秀，非常聪明，有个性。”

“他让女孩们想要照顾他，帮他梳头、熨西装，给他做鸡汤。”

路克笑了：“我能问你个私人问题吗？”

“你可以试试。”

他看了一会儿她的眼睛：“你爱上他了吗？”

这挺意外，但她喜欢能让她感到意外的男人，所以她坦率地回答：“不，我喜欢他，享受他的陪伴，但是我不爱他。”她想到了路克的女朋友。埃尔斯佩思是校园里最美丽的女孩，身材高挑，红棕色的头发，肤色白皙，轮廓分明，仿佛一位北欧女王。“你呢？你爱埃尔斯佩思吗？”

他转过头去盯着路面。“我不认为我知道什么是爱。”

“含糊其辞的回答。”

“你说得对。”他若有所思地看她一眼，接着，就像确定她值得信赖似的。他说：“好吧，老实说，我对她的感情是我体验过的最接近爱的一种，但是，我仍然不知道这是否就是爱情。”

她感到一阵羞愧。“我想知道安东尼和埃尔斯佩思听到我们的谈话会怎么想。”

他尴尬地咳嗽起来，换了个话题：“你竟然在房子里遇到了那些男生，真该死。”

“我希望安东尼别露馅，他会被开除的。”

“他不是唯一的当事人，你也可能有麻烦。”

她一直试图不去想这件事：“我不相信会有人认识我，我听到其中一个男生说‘妓女’。”

他惊讶地看了她一眼。

她猜想，埃尔斯佩思可能从未说过这个词，便开始后悔刚才说了它。“我想我是活该，”她补充道，“我在半夜出现在男生宿舍。”

他说：“为坏习惯开脱是找不到真正的借口的。”

这句话对她和指责她的人来说都是一种羞辱，她恼怒地想。路克并不圆滑，他在生她的气——但是，这让他变得有趣。她决定摘下手套。“那你呢？”她说，“你一直在责备安东尼和我，不是吗？而你今晚不是也把埃尔斯佩思置于易受伤害的境地，让她在你的车里待到凌晨吗？”

令她吃惊的是，他赞赏地笑了。“你说得对，我是个傲慢的白痴，”他说，“我们都在冒险。”

“这是真的，”她耸耸肩，“我不知道要是被开除了我该怎么办。”

“在别的地方学习，我猜。”

她摇摇头：“我靠奖学金读书。我父亲死了，我母亲是个穷寡妇。要是我因为道德问题被开除，就很难在别处申请到奖学金。这有什么好惊讶的？”

“老实说，我觉得你穿得不像是个领奖学金的女孩。”

她很高兴他注意到了她的穿着。“是莱文沃思奖金。”她解释道。

“哇噢！”莱文沃思奖以奖金丰厚闻名，每年有数千名学生申请。“你一定是个天才。”

“我不清楚，”她说，对他语气里的尊敬感到满意，“我不够聪明，甚至连过夜的地方都确定不了。”

“而且，被学院开除还不是最糟糕的事情，有些最聪明的人会退学——然后成为百万富翁。”

"那样对我来说就是世界末日了。我不想成为百万富翁，我想帮助病人好起来。"

"你打算做医生？"

"心理学家。我想理解精神世界是如何运行的。"

"为什么？"

"它是那么的神秘和复杂。比如说逻辑、我们思考的方式、想象并不存在于我们眼前的东西的能力——动物就做不到。还有记忆力——鱼类没有记忆，你知道吗？"

他点头。"为什么每个人都能分辨八度音阶？"他说，"两个音符，其中一个的频率是另一个的两倍——大脑是怎么意识到的呢？"

"你也发现这些很有趣！"她高兴地发现他也好奇同样的问题。

"你父亲是怎么死的？"

比莉抑制着强烈的感情，突如其来的悲伤攫住了她。她忍着不掉眼泪。事情总是这样：一个偶然的词语就会让她没来由地感到尖锐的痛苦，甚至失去言语的能力。

"我非常抱歉，"路克说，"我不想让你难过。"

"不是你的错，"她克制地说，她深吸一口气，"他疯了。一个星期天的早晨，他到三一河洗澡。可实际上，他讨厌水，也不会游泳。我觉得，是他自己想死。法医也是这么想的，但是陪审团可怜我们，把这件事算作事故，所以我们可以得到人寿保险金。那是一百美元，我们靠这点钱生活了一年。"她又做了个深呼吸，"我们说点别的吧。给我讲讲数学。"

"好吧，"他想了一会儿，"数学像心理学一样奇怪，"他说，“比如说π，为什么圆周和直径的比值是三点一四二？为什么不是六或者二点五？是谁规定的？为什么这样规定？”

“你想探索外太空。”

“我认为这是人类有史以来最刺激的冒险。”

“而我想绘制精神世界的地图，”她微笑着说，丧亲之痛离开了她，“你知道，我们有共同点——想法都不小。”

他笑了，然后刹住了车。“嘿，前面是个交叉路口。”

她打开手电筒查看膝盖上的地图。“右转。”她说。

他们快要到纽波特了。时间过得很快。她为旅途的结束感到遗憾。“我不知道该和表哥怎么说。”她说。

“他是怎样的人？”

“他有点怪。”

“怎么个怪法？”

“同性恋。”

他惊讶地看她一眼：“我明白了。”

她不喜欢那些希望女人对性的话题采取保守态度的男人。“我又吓了你一跳，对吧？”

他朝她咧嘴一笑：“就像你常说的——那倒是真的。”

她也笑了。那是得克萨斯人的口头语。她很高兴他注意到自己的小细节。

“那儿有个岔路口。”他说。

她再次研究地图。“你得先停车，我还没找到它。”

他停下车，侧过身去就着手电的光看地图。他伸出手，把地图掀起一点，温暖的手指碰到了她冰冷的手。“我们可能在这儿。”他说，指着地图。

她没有看向地图，却盯着他的脸。天很黑，只有月光和手电的反光照在他脸上。他的头发掉下来挡住了左眼。过了一会儿他才察觉到她的目光，也抬起头来看她。比莉想也没想就抬起一只手，用小指头的外侧碰了碰他的脸颊。他瞪大眼睛，她看到了他眼中的迷惑和欲望。

“我们走哪条路？”她嗫嚅道。

他猛地撤回身子，给车挂挡。“我们走……”他清清嗓子，“我们走左边的路。”

比莉也不知道她到底在干什么。路克晚上刚刚和校园里最漂亮的女孩亲热过。比莉则和路克的室友在一起。她究竟是怎么想的？

即使在没有发生今晚这件事之前，她对安东尼也不是非常有感觉。尽管如此，她还是和他约会，所以，她当然不能和安东尼最好的朋友乱来。

“你为什么那样做？”路克生气地说。

“我不知道，”她说，“我不是故意的，就那么发生了。开慢点。”

他迅速拐过一个弯。“我不想对你有这种感觉！”他说。

她突然屏住呼吸：“什么感觉？”

“算了。”

大海的味道钻进车厢。比莉意识到他们已经靠近了表兄的房子。她认出了路。“下个路口左转，”她说，“如果你不慢下来，就会错过那个路口。”

路克踩踩刹车，拐到一条土路上。

比莉既想赶快抵达目的地，下车离开，把这难以忍受的紧张气氛留在身后，又希望永远和路克这么开下去。

“我们到了。”她说。

他们在一座有着姜饼屋檐的整洁的平房外面停下来，房子门前有一盏路灯。福特车的头灯照见一只猫，它一动不动地坐在窗沿上，冷静地注视着他们，对动辄掀起风暴的人类情感表示鄙夷。

“进来吧，”比莉说，“丹尼可以冲点咖啡，让你在回去的路上保持清醒。”

“不了，谢谢，”他说，“我看着你进去再走。”

“你对我很好。我觉得我不配。”她伸出手来，想和他握手。

“我们是朋友吗？”他握住她的手。

她把他的手举到脸旁，吻了它，把它放到脸颊上，闭上眼睛。过了一会儿，她听到他轻声地抱怨。她睁开眼，发现他正盯着她看。他把手挪到她的脑后，把她拉过来，他们接吻了。这是个温和的吻，柔软的嘴唇、温暖的呼吸和他的指尖让她的脖子后面仿佛着了火。她抓住他的粗糙的斜纹软呢外套领子，把他拉得更近。如果他现在就抱住她，她想自己是不会拒绝的。这样的想法让她燃起欲火。感受着这种狂野，她用牙齿咬住他的嘴唇。

她听到丹尼的声音：“谁在外面？”

她推开路克，循声向车外望去。房子里的灯亮了，丹尼站在门口，穿着一件紫色的丝绸晨衣。

她转向路克：“我能在二十分钟之内爱上你，”她说，“但是，我不认为我们可以做朋友。”

她盯着他看了一会儿，发现他的眼神里也有和她感受到的同样的矛盾。接着她移开了视线，深吸一口气，下了车。

“比莉？”丹尼说，“看在老天爷的分上，你在这干什么？”

她穿过院子，踏上门廊，投入他的怀抱。“哦，丹尼，”她嘟囔道，“我爱那个人，而他属于别的女人！”

丹尼轻柔地拍着她的背。“亲爱的，我理解你的感受。”

她听到车子发动了，便转过身去挥手。车子经过的时候，他看到路克的脸，脸颊上有什么东西在闪光。

然后他就消失在黑暗中。

第九章
上午八点半

高踞在“红石”火箭尖端的物体看上去像一只大号鸟窝，有着倾斜的屋顶，中间插着一根旗杆。这一部分长度约为13英尺，包含火箭的第二、第三和第四节——以及卫星本身。

1958年1月，美国的特工获得了前所未有的权力。

CIA局长艾伦·杜勒斯是艾森豪威尔的国务卿约翰·福斯特·杜勒斯的弟弟——所以说，CIA与政府有直接的联系，不过，还有另外一个重要原因。

杜勒斯手下有四名副局长，其中只有一位比较重要——分管计划的副局长，即计划主管，简称CS，负责策划秘密行动，就是CS所负责的部门策划实施了针对伊朗和危地马拉两个国家的左倾政府发动的政变。

艾森豪威尔政府既惊讶又高兴地发现，这样的政变成本低，而且不会引发流血冲突，特别是与朝鲜战争那样耗资巨大的行动相比尤其如此。因此，CS部门的人在政府机构中享有巨大的特权——尽管不是公开的。而另一方面，美国的报纸却告诉国内民众，这两起政变是由当地反共力量组织的。

以安东尼为首的技术服务部就隶属于CS。1947年CIA成立的时候他就被录用了。他一直打算在华盛顿工作——他在哈佛大学学习的专业就是行政管理——而且，二战期间，他是OSS的明星员工。20世纪50年代，他被派往柏林，组织人力从美国军管区挖了一条通向苏联军管区内部电话线的地道，用以窃听克格勃的通信内容。整整六个月中，这条地道都没有被苏联人发现，其间CIA通过它获得了大量的宝贵情报。这是冷战期间最伟大的情报行动，安东尼也为此晋升到本部门的最高职位。

理论上讲，技术服务部是个训练部门，在弗吉尼亚州的一处大农舍训练CIA招募的新人，教给他们如何破门、安装秘密窃听器、使用代码和隐形墨水、勒索外交官和恐吓线人。然而他们也用所谓的“训练”来掩盖本部门在美国国内实施的秘密行动。实际上，CIA在国内的活动可不仅限于小打小闹，它们大多是法律禁止的行为，也是安东尼喜欢做的，比如窃听工会领袖的电话、在囚犯身上测试吐真药什么的，都可以冠以“训练”的名义。

对路克的监视也不例外。

六名老练的探员在安东尼的办公室集合。这是一间大而空旷的屋子，陈设着廉价的二战时期的家具：一个小写字台、一个钢文件柜、一张搁板桌，还有一套折叠椅。毫无疑问，兰里的新总部中将会摆满了铺着软垫的沙发，墙上安着红木镶板，不过，安东尼还是喜欢这种简朴的风格。

安东尼给探员们简单介绍了案情，皮特·麦克赛尔把一张路克的大头照和他的衣着介绍发给他们看。“我们今天的目标是一位国务院的中级雇员，此人有权接触绝密情报，”安东尼说，

“他现在处于某种精神崩溃的状态。周一的时候，他从巴黎来到华盛顿，当晚住在卡尔顿酒店。周二出去大喝一顿。昨晚他在外面待了一整夜，今早去了一个无家可归者的收容所。显然此人非常危险。”

其中一位探员——里德·瑞芬博格——举起手说：“我有个问题。”

“请讲。”

“为什么不干脆把他拘留了，问问他到底怎么回事？”

“我们会的，迟早的事。”

安东尼办公室的门开了，卡尔·霍巴特走进来。这是个肥胖、秃顶的男人，戴着眼镜，他是专业服务部的头儿，这个部门由档案、解密和技术服务部组成。理论上，他是安东尼的顶头上司。安东尼暗自叹息，祈祷霍巴特不要干扰自己正在做的事，尤其是今天。

安东尼继续介绍情况。“但是，在插手之前，我们要看看目标在干什么、去了哪里——还有他联系了谁，如果联系过的话。在这种案子里，他可能只是和妻子闹了矛盾。但是，也有可能准备给敌人送情报，要么是出于意识形态原因，要么是被敌人勒索。现在他已经承受不了巨大的压力。如果他卷入了某种叛国活动，我们就需要在抓住他之前获得一切能够获得的信息。”

霍巴特插话了：“怎么回事？”

安东尼慢慢转向他：“一个小演习。我们正在对一位可疑的外交官实施监视。”

“把它交给FBI。”霍巴特没好气地说。

霍巴特二战时在海军情报处工作。在他看来，谍报活动就是弄明白敌人在哪里以及正在那里干什么。他不喜欢OSS的老兵和他们的鬼把戏。OSS的人就是一群海盗，他们在战争期间学会了现在的本事，对预算和协议之类的东西没有丝毫敬意。他们的冷漠惹怒了官僚们。安东尼就是个典型的“海盗”：傲慢自负、胆大妄为，因为擅长谋杀而不至于被人谋杀。

安东尼冷冷地看了霍巴德一眼：“为什么？”

“在美国抓共产党奸细是FBI的工作，跟我们无关——你应该很清楚。”

“我们需要追踪这件事的源头。如果处理得当，这样的案子可以解锁大量信息。而FBI的人只对公开处死共产党、让他们坐电椅感兴趣。”

“这是法律规定！”

“可你我都知道这是放屁。”

“还不都是一回事。”

CIA内部当然也存在派系斗争，但是他们都很讨厌FBI和它的自大狂局长J. 埃德加·胡佛。所以，安东尼说：“无论如何，FBI什么时候全力配合过我们？”

“从来没有过，”霍巴德说，“不过，我今天另有任务给你。”

安东尼开始生气了，这个王八蛋什么时候能少管闲事？分派任务可不是他的工作。“你在说什么？”

“白宫打电话要我们就古巴的一个反叛组织提出应对方案。今天上午将召开一个最高级别会议。我需要你和你的所有得力干将来向我报告。”

“你是让我报告怎么抓菲德尔·卡斯特罗？”

“当然不是。卡斯特罗的情况我全都掌握。我需要你向我提供处理古巴暴乱的实际方案。”

安东尼讨厌这种转弯抹角的说话方式。“你为什么不直接说出你的意思？就是你想知道怎么抓住他们。”

“大概吧。”

安东尼鄙夷地笑起来。“好了，我们还需要干什么——给他们办一个星期日学校？”

“那是由白宫来决定的。我们的工作是提供方案。你可以给我一些建议。”

安东尼虽然表面上一副冷漠的样子，实际上却挺担心。他今天不能分心，需要他所有最得力的手下盯着路克。“我看看我能做些什么。”安东尼搪塞道。

霍巴特并不买账。“带着你最好的探员来我的会议室，上午十点——别找借口。”他转身欲走。

安东尼决心已定。“不。”他说。

已经走到门边的霍巴特转过身。“这不是和你商量，”他说，“必须去。”

“看着我的嘴。”安东尼说。

霍巴特不情愿地盯着安东尼的脸。

安东尼一个字一个字地说：“去你妈的。”

一位探员偷偷笑起来。

霍巴特的秃头变红了。“你等着吧，走着瞧。”言毕摔门而去。

所有人都忍不住笑起来。

“我们回到工作上来，”安东尼说，“西蒙斯和贝茨已经去执行这个任务了，现在需要有人替他们的班。等他们打来电话，里德·瑞芬博格和阿奇·霍维茨就去负责监视。我们每六个小时换一次班，一天换四次班，后备队随时待命。这是目前的安排。”

探员们鱼贯而出，皮特·麦克赛尔却留了下来。他已经刮了胡子，换上了平时上班穿的西装，系着“麦迪逊大道”牌的窄领带。他那一口坏牙和脸上的红色胎记愈发明显了，看上去就像新房子上的破窗户，格外扎眼。也许是外表的缘故，皮特性格腼腆，不善交际，但对为数不多的几个朋友却很是忠心。他面有忧色地对安东尼说：“你打算得罪霍巴特吗？”

“他是个王八蛋。”

“他是你老板。”

“我不能让他妨碍了重要的监视任务。”

“可你对他撒谎了。他很容易就能发现路克不是来自巴黎的外交官。”

安东尼耸耸肩：“那我给他编个别的故事。”

皮特看起来挺怀疑，不过他还是点头表示同意，向门口走去。

安东尼说：“不过你是对的。我的态度一直很强硬。要是出了什么差错，霍巴特会借机砍掉我的头。”

“我正是这么想的。”

“那么，我们最好确保万无一失。”

皮特出去了。安东尼看着电话，平静了一下情绪。办公室政治令他难以忍受，但霍巴特这样的人到处都是。五分钟后，电话铃响，他接起电话。“卡罗尔。”

“你又去惹卡尔·霍巴特了。”打来电话的男人由于大半辈子抽烟喝酒不知节制，所以连讲话都是气喘吁吁的。

“早上好，乔治。”安东尼说。乔治·库伯曼是行动部门的副局长，二战期间是安东尼的同志。他是霍巴特的顶头上司。“霍巴特不应该碍我的事。”

“过来，你这个傲慢自大的刺头。”乔治和蔼可亲地说。

“这就去。”安东尼挂了电话。他拉开写字台抽屉，拿出一个装着厚厚一叠施乐复印纸的信封。他穿上大衣，来到库伯曼的办公室，这里位于P楼，就在Q楼隔壁。

库伯曼高瘦憔悴，五十来岁，脸上过早地生出许多皱纹。他把脚架在办公桌上，肘边放着一只巨大的咖啡杯，嘴里叼着烟，正在读莫斯科出版的报纸《真理报》，他在普林斯顿大学念书时主修俄国文学。

库伯曼扔下报纸。“你为什么不能对那个死胖子客气一点？”他咆哮道，嘴角还叼着烟，“我知道有点难，但看在我的分上，你是能做到的。”

安东尼坐下来。“这是他的错。他现在应该意识到，他先跟我说话我才会羞辱他。”

“这次你的理由是什么？”

安东尼把信封抛到桌上。库伯曼拿起来，看看那叠复印纸。“设计图，”他说，“是火箭的，我猜。那又怎么样呢？”

“这是绝对机密，我从一个监视对象身上拿到的。他是个间谍，乔治。”

“所以你不打算告诉霍巴特。”

“我想先跟踪这个人，直到顺藤摸瓜查到整个间谍网络为止——然后通过他散布假情报。霍巴特会把案子交给FBI，他们只会把这个人抓起来扔进监狱，和他有联系的间谍就逍遥法外了。”

“该死，你说得对。不过，我今天上午还是需要你到场，我是会议主持，但你可以让你的人继续监视。要是发生什么事，他们可以到会议室找你。”

“谢谢，乔治。”

“听着，今天早晨你当着一屋子探员的面骂了霍巴特，对吗？”

“我猜是的。”

“下次说话试着温柔点儿，好吗？”库伯曼又拿起《真理报》。安东尼起身离开，拿着设计图。库伯曼说：“保证这次监视不要出差错。你要是骂了你老板再搞糟了事情，我恐怕就保不了你了。”

安东尼走了出去。

他没有立即回办公室。CIA办公的这排该死的楼房位于宪法大道和有着倒影池的国家广场之间的狭长地带。机动车入口在马路那一边，而安东尼从一处后门走进了国家广场。

他在道旁种着大叶榆的路上漫步，呼吸着冷冽而新鲜的空气，古老的树木和静谧的水面让他的心情平复下来。今天早晨确实遇到几件不顺心的事，不过现在都解决了，只不过又撒了几个谎而已。

他来到道路尽头，站在林肯纪念堂和华盛顿纪念碑之间的中点处。“这全都是你们的错，”他在心里对两位伟大的美国总统说，“你们让人们相信他们可以自由。我在为你们的信念而战。我甚至不确定自己是否还相信这一套——但我太固执了，以至于无法抽身。你们是不是也和我有一样的感觉呢？”

总统们没有回答，过了一阵子，他回了Q楼。

皮特和跟踪过路克的几个探员在他的办公室里：西蒙斯穿着海军大衣，贝茨穿着一件绿色雨衣，而本来应该去接替他们的两个人——瑞芬博格和霍维茨——也在。“这他妈的是怎么回事？”突如其来的恐惧袭上安东尼的心头，“谁在监视路克？”

西蒙斯拿着一顶灰色的汉堡帽，帽子跟着他的手抖个不停。“没有谁。”他说。

“发生什么了？”安东尼咆哮，“他妈的到底怎么了？你们这些浑蛋。”

沉默了一会儿，皮特开腔了。“我们，呃……”他咽了一下唾沫，“我们把他跟丢了。”

Part 2

第一章
上午九点

朱庇特-C型火箭是克莱斯勒公司为美国陆军制造的。为第一节提供动力的大型火箭引擎由北美航空公司制造。第二、第三和第四节由帕萨迪纳附近的喷气推进实验室设计和测试。

路克在生自己的气。他把事情搞砸了。他发现两个可能知道他的身份的人——却让他们跑了。

他又回到H街教堂附近的那片低档街区。冬日的阳光渐强，街道更是显得污秽不堪，房屋更显破旧，居民也愈发寒酸。两个流浪汉在一家空置的店面门口共享一瓶啤酒，他打着哆嗦快步从他们身旁经过。

突然他意识到一个奇怪的问题，酒鬼无论什么时候都想喝酒，而他今天早晨却是一想到啤酒就觉得恶心。所以，他如释重负地得出结论，自己不可能是个酒鬼。

可是，如果他不是酒鬼，那又是什么样的人？

他总结了一下目前他对自己的了解。他三十多岁，不吸烟。尽管衣衫褴褛，却不是酒鬼。在人生的某个阶段，他卷入了某种秘密工作。他知道“何等恩友，仁慈救主”的歌词。目前只有这些。

他一直在找警察局，但连一个都没碰到。他决定找人问路。可一分钟后，经过一片用破烂的瓦楞铁皮当篱笆围起来的空地时，他就看到一个穿制服的警察从篱笆上的缺口里钻出来，来到人行道上。抓住这个机会，路克对他说：“我该怎么去最近的警察分局？”

这位警察结实粗壮，留着浅色的小胡子。他轻蔑地看了路克一眼，说：“警察局就在我巡逻车的后备厢里，要是你不赶紧滚开的话。”

路克被他粗野的语言吓了一跳。这家伙有什么毛病？但他实在不愿在街上转来转去了，他需要有人告诉他怎么走，于是，他固执地说：“我只是想知道警察局在哪儿。”

“我不会再说第二遍的，白痴。”

路克火了。他以为他是谁？“我是在礼貌地问你问题，先生。”他咬着牙说。

作为一个大块头，警察以不可思议的速度出手了。他抓住路克破大衣的领子，猛地将他掼进铁皮篱笆的空隙里。路克踉跄几步，跌在一块坚硬的混凝土地面上，伤到了胳膊。

令他惊讶的是，这儿不止他一个人。篱笆里面的空地上还有个年轻女人。她染着金色的头发，浓妆艳抹，穿着长大衣、宽松的连衣裙、晚装高跟鞋和破丝袜。她正在提衬裤。路克意识到，她是个妓女，而且刚刚接待过那位巡警。

警察从缺口处走进来，朝路克的腹部踹了一脚。

他听到妓女说：“看在上帝的分上，希德，他干了什么，在人行道上吐痰吗？放过这个可怜的流浪汉吧！”

“这杂种得学学什么叫尊敬。”警察咕哝道。

路克用眼角的余光瞥见警察抽出警棍举了起来，他抽下来的时候，路克滚到一边，不过动作不够迅速，警棍的顶端擦过他的左肩，让他的胳膊麻了一会儿。警察再次举起警棍。

路克的脑子里似乎有条电路被接通了。

他没有滚开，而是向警察撞过去，靠着身体向前的冲力把警察撞到了地上，警棍也脱了手。路克敏捷地跳起来。警察站起来的时候，路克在他旁边晃来绕去，让他无法出拳。他揪住对方警服的领子，猛地把他往前一带，用头朝他脸上猛撞，警察鼻梁骨折断的声音清晰可闻，他痛苦地咆哮起来。

路克松开警察的领子，脚尖一转，朝他膝盖内侧踢过去。虽然他的鞋太过破旧，不足以踹断对方的骨头，但任何人的膝盖都承受不住这个角度的袭击，警察倒在地上。

路克也不知道他是从哪里学会的这种搏击方法。

警察的鼻子和嘴巴都在流血，他用左肘支撑起身体，右手去拔枪。

在枪从枪套里抽出之前，路克扑了过去。他抓住警察的右前臂，把他的手朝混凝土地上猛力一摔，枪瞬间脱手。接着，他把警察拽起来，一扭他的胳膊，让他背朝自己，把警察的胳膊向后上方掰，身体猛然往下一压，两个膝盖都落在警察的后腰上，差点把他的肺撞出来。最后，他捏住警察的一根食指，使劲向后掰。

警察尖叫起来。路克继续用力，他听到一声脆响，警察晕了过去。

“你暂时不会去欺负别的流浪汉了，”路克说，“白痴。”

他站起来，捡起那把枪，退出所有子弹，扔到空地另一头。

妓女盯着他说：“你究竟是谁？埃利奥特·内斯？”

路克看了看她。她很瘦，透过妆容可以看出她的气色不好。“我不知道我是谁。”他告诉她。

“好吧，你不是流浪汉，这是肯定的。”她说，“我从来没见过酒鬼能揍倒希德那样的肥猪。”

“我也这么想。”

“我们最好离开这里，”她说，“他要是醒过来肯定得发疯。”

路克点头。他不怕希德，无论他疯不疯，但过一会儿可能会来更多警察，他需要离开这里。他从篱笆的缺口钻出去，沿着人行道快速走开了。

那个女人跟在他身后，尖细的鞋跟敲打着人行道。他放慢步子让她跟上，两人有一种同仇敌忾的感觉：他们都受到过希德的侮辱。

“终于看到希德被他也打不过的人收拾了，真好。”她说，“我猜我欠你的情。”

“这不算什么。”

“好吧，下次你要是想泻火，我给你免费。”

路克竭力压抑着内心的厌恶。“你叫什么名字？”

“迪迪。”

他挑起眉毛。

“好吧，多丽丝·多布斯，这是真名。”她承认道，“不过，用这个名字可不方便我做生意。”

“我叫路克。我不知道我姓什么。我失忆了。”

“哇哦。那你一定感觉……很奇怪。”

“迷惘。”

“是的，”她说，“我刚才就想说这个词。”

他看她一眼。她的脸上挂着一丝嘲弄的笑容，意识到她在取笑他，他对她产生了好感。“我不光是不知道自己的姓和地址，”他解释道，“我甚至都不知道我是什么样的人。”

“你是什么意思？”

“我不清楚我是否可靠。”也许这样做挺傻，他想。在大街上和一个妓女掏心掏肺，但他可没有别的倾诉对象。“我是不是一个忠诚的丈夫、慈爱的父亲和可靠的同事？我是坏人吗？我恨自己不知道。”

“亲爱的，要是你能为了这个烦恼，我就已经知道你是什么样的人了。一个坏人会这样想：我有没有钱？我是不是杀了我老婆？别人怕不怕我？”

有道理。路克点头，但他还不满意：“想做好人只是一种想法——也许我辜负了我的想法。”

“欢迎来到人类世界，甜心，”她说，“我们都和你想的一样。”她在一个门口停住。“我该下夜班了。”

“再见。”

她迟疑了一下，说：“想听点建议吗？”

“当然。”

“要是不想让别人看不起你，最好收拾一下自己。刮个脸，梳梳头，找一件不像是从马夫那儿偷来的大衣穿穿。”

路克意识到她是对的。要是穿得像个疯子，没人会在意他，更不用说帮他弄清自己的身份了。“我猜你说得对，”他说，

“谢谢。”他转身离开。

她在他身后叫道：“弄一顶帽子！”

他摸摸头，又看看四周。街上的男男女女都戴着帽子，就他没有。可他一个流浪汉，怎么能弄到新衣服？口袋里的一把零钱什么都买不来。

他想出了一个完整的计划。至于为什么这么快就想出了办法，要么是因为这个问题很好解决，要么就是他过去遇到过同样的问题。他可以到火车站去，那儿很多人的行李箱里有全套的换洗衣物、刮胡刀和梳洗用具。

他来到下一个街角，打量着自己的位置。他在A街和第七大街的交叉处。今天清晨离开火车站的时候，他注意到车站位于F街和第二大街交叉口附近。

他朝目的地走去。

第二章
上午十点

火箭的第一节和第二节用缠绕着盘簧的爆炸螺栓相连。助推器燃尽后，螺栓会爆炸，通过盘簧将已经没有用的第一节抛出。

乔治敦精神病院是一座维多利亚时期的红砖建筑，后面的平顶部分是现代加盖的。比莉·约瑟夫森把她的红色福特雷鸟在停车场停好，匆匆走进医院大楼。

她讨厌来得这么晚，这看起来是对她的工作和同事的不尊重。他们的工作至关重要。他们循序渐进而耐心地研究着人类的头脑机制，就像绘制一颗遥远星球的地图，只有在云层短暂消散的时候才能窥见它的表面。

因为她母亲，她迟到了。拉里上学后，比莉去买心脏病的药，回家后发现贝基大妈穿戴整齐地躺在床上使劲喘气。医生立刻过来了，但他也没有别的办法，贝基大妈的心脏很虚弱，要是呼吸困难，就应该躺下来，她必须按时吃药，而且经受不起任何压力。

比莉想问："那我怎么办？压力不是对我也不好吗？"但她没

有说出口，而是选择继续小心翼翼地侍候她的母亲。

她来到住院处，看了一眼昨晚新入院的病人。昨天她下班之后来了个新病号：约瑟夫·贝罗，患有精神分裂症。她感觉似乎在哪里听说过这个名字，不过没想起来。奇怪的是，病人连夜出院了，有点不寻常。

到办公室的路上要经过日间休息室。她发现里面的电视开着，电视上有一名记者站在某处尘土飞扬的海滩上说："这里是卡纳维拉尔角，每个人都想问的是：'陆军打算什么时候发射他们自己的火箭？'应该是在最近几天之内。"

比莉的研究对象们围成一圈坐着，有的在看电视，有的在玩游戏或者读书，少数几个茫然地对着空气发呆。她朝汤姆招招手，汤姆是个不知道词的意思的年轻人。"你好吗，汤米？"她大声喊。他咧嘴一笑，也朝她招手。他能够很好地理解肢体语言，还经常表现得似乎知道人们在说什么，因此，比莉花了几个月时间才弄明白，实际上他连一个词的意思都听不懂。

酒鬼马琳在角落里和一个男护士调情。她已经五十岁了，但记不住十九岁以后发生的任何事情。她以为自己还是个年轻姑娘，不肯相信那个爱她和关心她的"老头"就是自己的丈夫。

透过一间谈话室的玻璃墙，她看到了罗纳德——出色的建筑师，在车祸中头部受伤——在做书面测试。他的问题是失去了处理数字的能力，即使是进行三加四这样简单的运算也要以极为缓慢的速度数自己的手指。

很多病人患有各种形式的精神分裂，失去了与现实世界建立联系的能力。

有些病人可以通过服药或电击疗法或者两种方法共同使用来

得到治疗，但比莉的工作是了解和记录他们的完整症状，通过研究弱智现象来总结出正常头脑的功能。建筑师罗纳德能够看出托盘里的一组物体是三个还是四个，而一旦物体的数量超过了十二个，他就要数一数才知道，而且数起来需要很长时间，还可能出错。比莉认为，这说明瞥一眼就知道少数几样东西的数量的能力是和数数的能力是互相独立的。

通过这种方式，比莉慢慢绘制出人类心智的深度图，这儿掌管记忆，那儿是语言，另外的什么地方掌管数学。如果某种弱智与轻度脑损伤有关，比莉会根据损害的方位推测出正常的能力是由大脑的哪一部分主宰的。最终，她会在人类大脑的物理示意图上，画出心智功能的概念分区图。

以她目前的工作速度，需要大约两百年才能完成这幅图，这是按她一个人的效率计算的，所以，若是有一个心理学家团队，她就能取得迅速的进展。或许会在有生之年看到这幅图像，这是她的目标。

然而，凭借她目前取得的成果，还远远不能治愈导致她父亲当年自杀的抑郁症，治疗精神疾病是没有快速起效的药物的。精神世界对科学家来说仍然是个巨大的谜团。如果比莉的工作速度能够加快，就能更好地理解这个世界，也许像她父亲那样的人就能得到帮助。

她来到二楼，琢磨着那位神秘的病号。“约瑟夫·贝罗”，听起来像“乔·布罗”，这种名字可能是编造出来的。这个人为什么要半夜出院呢？

她来到自己的办公室，向窗外望去，那儿有一个建筑工地，医院新增了一个侧翼建筑，这里将是研究中心的所在地，由研究主管负责，比莉已经申请了这个职位，而申请人也有她的同事伦恩·罗斯。伦恩医生年纪比比莉大，但比莉的经验更丰富，发表的成果更多，包括若干篇文章和一本教科书《记忆心理学入门》。她坚信自己能打败伦恩，但她不知道还有谁提交了申请。她非常想要得到这个职位，要是成为主管，她就能让其他科学家为自己工作。

她注意到，建筑工地上除了工人，还有一群穿着正式的人——他们的标准行头是羊毛大衣和汉堡帽，而建筑工人都是穿工装和戴安全帽的。这群人似乎在参观工地，再仔细看，她发现伦恩·罗斯也在其中。

她问秘书："伦恩·罗斯领着参观工地的那帮人是谁？"

"他们是索尔比基金会的。"

比莉皱眉。这个基金会是研究中心的资助方，对于谁当研究主管，他们有很大的发言权。而伦恩正在向其示好。"我们知道他们今天会来吗？"

"伦恩说，他已经给你写了一张便条，他今天早晨过来接你，但你不在。"

根本没有什么便条，比莉可以肯定。伦恩故意做出想要提醒她却没有成功的假象，而她恰好今天迟到了。

"该死。"比莉气愤地说。她冲出门，向建筑工地跑去，加入那群人。

接下来的几个小时里，她再也没有想起约瑟夫·贝罗。

第三章
上午十一点

因为火箭是匆忙组装起来的，所以上半部分使用的是多年前生产的一款火箭发动机，并不是新近的设计。科学家们选择的是经过测试的“军士”火箭发动机的缩小版。火箭的上半部分是由若干个这种小型发动机（被称为“小军士”）提供动力的。

路克在网格般的街区中寻找联合车站的时候，每隔一两分钟就要察看一下自己是否被人跟踪。

一个多小时之前，他已经甩掉了跟踪者，但他们现在可能正在找他。想到这里，他就感到恐惧和不解，他们是谁？在干什么？直觉告诉他，这些人绝非善类，否则为什么会秘密监视他？

他晃晃脑袋，不去想这些事情。这种毫无根据的猜测让人抓狂。况且，猜测是没有必要的，他必须亲自找出真相。

首先，他要把自己收拾干净。他打算从一位火车乘客那里偷一只衣箱。他敢肯定自己曾经做过这种事。当他试图回想的时候，脑子里就会蹦出法语单词：“La valise d'un type qui descend du train”（从火车上下来的人拿的箱子）。

这可不是件容易的事。他的衣服又脏又破，站在一群体面的旅客当中特别显眼。但他别无选择。妓女迪迪说得对，没人会听一个流浪汉说什么的。

如果他被捕了，无论他怎么解释，警察都会认为他是个二流子，把他扔进监狱，这让他恐惧得打哆嗦。监狱本身并不可怕，而在茫然无知的状态下被关上几周或者几个月，完全不知道自己是谁，更无法亲自弄清真相的状况才是他所害怕的。

在马萨诸塞大道，他看到了联合车站的白色花岗岩拱廊，仿佛诺曼底的罗马式大教堂搬到了这里一样。他意识到，偷窃得手后，他必须迅速消失，所以他需要一辆车。如何偷一辆车的知识立刻出现在他的脑子里。

车站附近的街道上停放着成排的汽车，大部分属于那些乘火车的人。路克看到一辆汽车停进前方的一处车位，他放慢脚步。这是一辆蓝白相间的双色福特嘉年华，车况很新，却显得浮夸。这车应该好偷。点火器是用钥匙打开的，而不是手柄，但是，可以很容易地从仪表盘后面拽出几根电线，避开点火器的安全锁。

他好奇自己是怎么知道这些的。

福特车上下来一个穿深色大衣的男人，从后备厢取出一个公文包，锁上车朝车站走去。

他会离开多久？他有可能只是去车站办点事，过几分钟就回来。如果发现车被偷了，他会报警。路克要是开着这辆车到处转，就会有随时被抓的危险。这可不好。他必须搞清楚车主去了哪里。

他跟着车主走进车站。

清早的时候看来还像一座被废弃的庙宇的宏伟车站内部现在已是熙来攘往。他感觉自己非常惹人注目，每个人看上去都是那么干净整洁、衣着讲究。大多数人见到他都会把视线移开，但有的人却带着嫌恶或轻视的表情直视着他。他意识到自己可能会碰到今早那个把他撵出去的警官模样的人，那就麻烦了，那个人一定会记得他的。

福特车的主人开始在一扇售票窗口前排队。路克也排进队里，他望向地面，避免与任何人有目光接触，希望没人会注意到他。

队伍向前挪动，他的盯梢对象来到窗口旁边。“费城，一天后的往返票。”他说。

时间对路克来说足够了。乘火车到费城需要几个小时。那男人一整天都不会在华盛顿，而他回来之后才能报警。至少到今晚为止路克是安全的。

他离开队伍，快步向外走去。

在室外的感觉太好了，连流浪汉都有权走人行道。他折回马萨诸塞大道，找到那辆福特车。为了节省偷到衣服之后逃走的时间，他现在就得打开车锁。他观察了一下街面，不断有汽车和行人经过，麻烦之处在于，他看上去就像个罪犯。不过，要是他在这儿一直等到没人了才下手，那得等上一整天。他只需要动作快些就能得手。

他来到马路上，围着福特车转了一圈，停在驾驶员侧车门一边，把手平放在窗户上，向下一推，玻璃纹丝未动。他觉得口干舌燥。他迅速看了一下两边：目前还没人注意到他。他踮起脚尖，把体重压在车窗玻璃的升降机构上，终于，玻璃慢慢向下滑去。

车窗完全打开后，他伸手进去，打开了车门。他钻进车厢，把车窗摇上去，又关上车门。现在他可以快速逃离此地了。

他想现在就把车发动起来，保持引擎运转，然而这样做可能会引起过路的巡警或者好奇的路人的注意，于是放弃了。

他返回联合车站。他一直担心会被车站的工作人员注意到，不用非得是那个曾经把他撵走的人——任何有责任心的职员都会把他撵出去，就像丢掉一张糖纸那样轻松。他能做的只有尽量不引起注意，步子不快不慢，一有机会就贴着墙走，小心翼翼地不去挡着别人的路，完全不和他人对视。

偷衣箱的最佳时机，是在拥挤的大型列车到站之后，大厅被下车的旅客塞满的时候。他研究了一下时刻表。一列来自纽约的快车将在十二分钟后进站。这是个完美的时机。

就在路克查看时刻表，了解有哪些火车将要抵达的时候，他感觉脖颈后面的汗毛竖了起来。

他看看四周。他刚才一定用眼角的余光瞥到了什么东西，那东西激起了他本能的警觉。是什么？他的心跳加快。他在害怕什么？

他一边避免惹人注目，一边从时刻表旁边挪开，来到报摊旁边，翻看架子上当天的报纸，头条新闻包括：

陆军火箭发射在即

十人被逮捕

杜勒斯向巴格达做出保证

卡纳维拉尔角的最后机会

过了一会儿，他向身后望去，几十个人正在大厅中穿梭来往，有的刚从来自城郊的火车上下来，有的急着上去。一大群人或坐在桃花心木的长椅上，或耐心地站在一旁，他们是即将抵达的来自纽约的那趟列车上的乘客的亲友或司机，特地前来接站。一家餐厅的领班站在店门口，等待着赶早过来吃午饭的旅客。有五个搬运工正在抽烟……

还有两名便衣探员。

他十分清楚这两个人是干什么的。他们都是年轻男性，穿戴整洁的大衣和帽子，尖角皮鞋油光闪亮。然而，与着装相比，态度更能暴露这两个人的身份。他们神情警觉，扫视着整个大厅，研究着身边经过的人的脸，四处打量……但列车时刻表他们是不看的，他们最不感兴趣的事情就是旅行。

路克很想和他们说话，他只是不顾一切地希望与可能认识自己的人进行简单的人与人之间的接触。他多么想听到有人说："嗨，路克，你好吗？很高兴再次见到你！"

这两位探员多半会说："我们是FBI，你被捕了。"路克觉得这几乎是一种解脱。但直觉促使他打消了这个念头。每次他想要相信这些人的时候，他就会问自己，要是他们不打算伤害他的话，又为什么会偷偷摸摸地跟踪他。

他转身背对着他们走开了，试图利用报摊与他们隔开。在一道大拱廊的阴影里，他冒险回头看了一眼。两个人正穿过开阔的大厅，自东向西离开了他的视野。

他们到底是谁？

他离开车站，沿着建筑前方的大型柱廊走了几码，然后重新进入正厅，恰好看到两名探员的背影，他们正向西边的出口走去。

他看了看火车站的钟表，十分钟过去了。纽约来的快车将在两分钟后到站。他迅速来到出站口等候，尽量融入环境之中。

第一批下车的乘客从出站口涌出，他感到一阵僵硬的冷静。他紧张地盯着到站的旅客。这是个星期三，一周才过去一半，所以乘客中有很多商人和穿制服的貌似军人的家伙，观光客却不多，只有零星的妇女和儿童。他寻找着与自己身形相仿的男人。

随着乘客们穿过门口，接站的人开始向前涌，大家挤作一团。出站口周围的人群越来越密集，人们推来搡去。路克看到一个与自己身材差不多的年轻男人，但他穿着粗呢大衣，戴着毛线帽：这身衣着说明他的粗帆布背包里可能没有替换的西装。出于类似的判断理由，路克也否决了一位年纪较大的旅客，他的身高符合，但太瘦了。他还看到一个身材和自己差不多的男人，却只带着一个公文包。

这次至少出来了一百多名旅客，但看起来后面还有更多人。大厅里挤满了不耐烦的人。路克终于发现了合适的目标：这人的身高、胖瘦和年龄都与他相仿，他的灰色大衣扣子没有系上，里面穿着花呢运动外套和法兰绒裤子——这说明他右手提着的棕色皮包里很有可能放着一套正装。他的脸上现出担忧的神色，走路速度很快，似乎与人约会就要迟到了。

路克混入人群，一直挤到那个男人身后。

人群越来越密集，而且移动缓慢，路克的目标烦躁地走走停停。接着人群稀疏了一点，他迅速走进一处空隙。

就在这个时候，路克绊住了他，他用脚牢牢勾住那人的前脚踝，对方向前移动，他就朝上一踢，正中目标的膝盖后方，那人腿一弯向前倒去。

男人在站立不稳的时候叫了出来，手中的公文包和衣箱滑落两旁，双手前撑。他先是撞在一个穿裘皮大衣的女人背上，她也踉跄了一下，发出轻声的尖叫，向前一歪。接着男人扑通一声摔在大理石地面上，帽子滚到一旁。那个女人也瞬间双膝着地，她的手提包和时髦的白色皮箱掉在地上。

其他乘客迅速围过来，试图帮助他们："你们还好吧？"

路克冷静地拾起那个棕色的提箱，快步朝最近的出口走去。他没有回头，但耳朵一直保持警觉，注意背后是否有人高喊捉贼或者追过来。如果他听到什么异常响动，就会立刻逃跑：他不打算轻易放弃刚到手的干净衣服，他感觉自己大概比多数人跑得都快，甚至在拖着一只手提箱的情况下。但在迅速向出口移动的过程中，他感觉自己的背就像一个活动的靶子一样显眼。

到了出口，他朝背后瞥了一眼，这里的人依然很多，挡住了他的视线，他无法看到那个被他绊倒的男人和穿裘皮大衣的女人。然而有个神情威严的高个子男人正在敏锐地扫视着大厅，似乎在寻找什么。他的头突然间朝路克转过来。

路克迅速穿过大门。

来到外面，他径直朝马萨诸塞大道走去。一分钟后，他来到福特嘉年华旁边。他下意识地走到后备厢那里，想把衣箱塞进去——但后备厢是锁着的，路克方才想起是车主上的锁。

他看看身后的车站，那高个子男人跑着穿过车站前的环形路，躲避着汽车，朝路克这边跑来。他是谁——休班的警察？侦探？爱管闲事的停车人？

路克快步来到驾驶座一侧的车门处，打开门，把衣箱扔到后座。接着他坐进车里，关上了门。

他将手探进仪表盘下面，在点火锁两边各找到一根电线，把它们拽出来，将两根线搭在一起，但什么也没有发生。尽管天冷，他的脑门还是冒汗了。为什么不管用？突然他想到了原因：接错线了。他再次向仪表盘下方摸去，点火器右面还有一根线，他拉出这根线，把它和左边的线一碰。

引擎启动了。

他踩下油门，传来发动机轰鸣的声音。

他挂上前进挡，松开手刹，打开转向灯，驶出了停车位。汽车驶出的方向是冲着车站的，所以他掉了个头开走了。

微笑浮上路克的脸。不幸中的万幸，他搞到了一箱子干净衣服，他感觉自己开始有能力掌控自己的人生了。

现在他需要找个地方洗澡换衣服。

第四章
正午十二点

火箭的第二节包括十一个“小军士”引擎，它们围成一个圈，中间是一条管道。第三节配有三个“小军士”引擎，由三块横隔板固定在一起。第三节顶部是第四节，这是一段独立的部分，只有一个引擎，顶端就是卫星。

630分钟的倒计时开始，卡纳维拉尔角一片忙乱。

火箭机师都是一样的：如果政府需要，他们可以设计武器，但他们真正的梦想是探索外太空。“探索者”团队建造和发射了很多火箭，但这是首次让火箭脱离地球重力，飞到大气层以外。对大部分团队成员来说，今晚的发射即将满足他们的人生期望。埃尔斯佩思也是这么想的。

他们在D机库和R机库里工作，这两个机库是相邻的。标准的航空器机库的内部设计完全适合火箭的停放：中央空间很大，可满足火箭检修的需要，两翼是两层楼的建筑，设有办公室和小型实验室。

埃尔斯佩思在R机库。她在她老板威利·弗雷德里克森的办公室里有一台打字机和一张办公桌。弗雷德里克森是发射总指挥，他平时一般不在办公室。埃尔斯佩思的工作是准备和分发发射时间表。

问题在于，时间表一直在变动。美国人过去从未发射过火箭，新的问题不断出现，工程师们永远在改进应急操作装置和旁路系统。由于经常使用，这里把强力胶带称为“火箭胶带”。

所以，埃尔斯佩思需要定时更新发射时间表。她不得不和团队的每一个小组保持联系，在她的速写笔记本上记录方案的变化，然后把笔记内容打出来或者复印出来分发给大家。这个工作要求她四处巡视，了解各种细节。每当哪里出现麻烦，她总会立刻得知，也是第一批知道解决方案的人。她的职务是“秘书”，领的也是秘书的工资，但没有科学方面的教育背景和学历的人是无法胜任这份所谓“秘书”的工作的。但是，她并不嫌自己的工资低，反而很享受这份有挑战性的工作，更何况她在拉德克里夫学院的一些同学仍然在听从穿灰色法兰绒西装的人的号令。

埃尔斯佩思已经做好了午间更新时间表的准备，她拿起一摞纸，准备把它们发给大家，她走得很快，这样可以促使她暂时不去担心路克。要是顺着自己的性子，她会一有空就给安东尼打电话，询问是否有路克的消息。但是，这样做很傻。如果出了什么事，安东尼会联系她的，她告诉自己。现在她应该集中精力工作。

她首先来到新闻部门，这里的公关负责人正在打电话，通知可靠的记者们今晚将发射火箭。陆军希望到现场来的记者见证他们的成功。然而，直到火箭发射之后他们才会对外公布消息。由于不可预料的困难的出现，拟订好的发射计划经常被推迟，甚至取消。火箭机师们已经学到了教训：任何以解决技术问题为目的的常规的发射推迟都会被报纸描述得像是一次可悲的失败。因此，他们要和各大主要新闻机构打交道。只有在“火烧屁股”——指火箭引擎点燃——的时候，没有其他事情可以报道的情况下，他们才会把发射的消息通知记者们。

新闻部的办公室里是清一色的男性。埃尔斯佩思穿过房间把一张时间表递给首席新闻官的时候，好几个男人盯着她看。她知道自己有吸引力——白皙的斯堪的纳维亚人的外表，高挑优美的身材，但她身上也有一种可畏的气息——嘴巴的形状坚定刚毅，绿色的眼睛里透出危险的光芒——使得那些本想朝她吹口哨或者叫她“宝贝”的男人们三思而后行。

在火箭点火试验室，她看到五个挽着衣袖的科学家站在一个工作台旁边，担心地盯着一块金属平板，它似乎在燃烧。小组负责人凯勒博士对她说：“下午好，埃尔斯佩思。”他的英语带着浓重的外国口音。就像大多数科学家一样，凯勒博士是德国人，二战结束时被盟军俘虏后带到美国，为火箭发射项目工作。

她给他一张更新后的时间表，他看也没看就接了过去。埃尔斯佩思朝桌上的那个东西点点头，问道：“那是什么？”

“燃气舵。”

埃尔斯佩思知道，火箭的第一节是由位于尾部的舵来调节方向的。“它怎么了？”

“烧着的燃料侵蚀了金属。”凯勒博士解释道。讲到自己的老本行，他的德国口音愈发明显了。“在某种程度上，这样的情况总是发生。但是，如果使用普通的酒精燃料，燃气舵可以坚持足够的时间完成工作。今天，我们使用的是一种新燃料——海代恩，它的燃烧时间更长，排气速度更快，但可能侵蚀燃气舵，使其无法调节方向。”他摊开双手，摆出愤怒的姿势，“我们没有时间进行太多测试。”

“我猜我只需要知道这个问题会不会导致发射推迟。”埃尔斯佩思感觉自己无法再忍受更多的延迟了，现在她已经受不了了。

“我们正在确认这一点，”凯勒看看他的同事们，“我认为我们的回答将是：让我们冒一次险。”其他人郁闷地点点头。

埃尔斯佩思释然。“我会为此祈祷的。”她转身离开。

“这和我们正在做的事情一样有用。”凯勒说，其他人苦笑起来。

埃尔斯佩思来到外面，佛罗里达州的骄阳简直要把人烤化。机库矗立在一片清理出来的沙地上，旁边是覆盖着卡纳维拉尔角的低矮灌木丛——有棕榈树、矮栎树和能把人皮肤划破的山德斯波尔草（如果你赤脚走路的话）。她穿过一块尘土飞扬的停机坪，进入D机库，怡人的阴凉迎面而至，仿若一阵凉爽微风的抚触。

她在遥测室看到了汉斯·米勒，人称“汉克”。他伸出一根手指头指着她，说：“一百三十五。”

这是他们玩的游戏。她必须说出这个数字的不同寻常之处。“太简单了，”她说，“把第一位数与第二位数的平方相加，再加上第三位数的立方，恰好还得到这个数字。”她给他列出算式：

$1+3^2+5^3=135$

“好吧，”他说，“那么，符合这一条件的最大的数字是多少？”

她努力想了一阵，说：“一百七十五。”

$1+7^2+5^3=175$

“正确！你赢了大奖。”他在口袋里掏了一会儿，拿出10美分。

她接过了奖励。“我给你个机会把钱赢回去，”她说，“一百三十六。”

“啊！”他皱着眉，“等等，把它的三位数的立方相加。”

$1^3+3^3+6^3=244$

“现在重复这个过程，你将得到原来的数字！”

$2^3+4^3+4^3=136$

她把10美分还给他，附带一份更新了的时间表。

出去的时候，她的目光被墙上钉着的一封电报吸引：我得到了我的小卫星，现在你有了你的。米勒注意到她在读电报，便解释道：“这是施图林格的妻子打来的，”施图林格是研究主管，“她生了个男孩。”埃尔斯佩思微笑起来。

她发现威利·弗雷德里克森在通信室和两名陆军技术人员在一起测试到五角大楼的电传线路。她的老板又高又瘦，头顶已经秃了，周围是一圈卷发，像个中世纪的僧侣。电传机坏了，威利垂头丧气，但是，从埃尔斯佩思手中拿到更新了的时间表后，他感激地看着她，说：“埃尔斯佩思，你的价值相当于二十二克拉黄金。”

过了一会儿，两个人来找威利。其中之一是个年轻的陆军军官，拿着一张图表，另外一个人是在这里工作的科学家史蒂蒙斯。军官说：“我们遇到一个问题。”他把图表递给威利，接着说：“高空急流南移了，速度是一百四十六节。”

埃尔斯佩思的心沉了下去。她知道这是什么意思。高空急流是一种高空气流，位于平流层，高度在三万到四万英尺之间。平时这种气流不会经过卡纳维拉尔角，但它会移动。如果气流太急，会把火箭吹离轨道。

威利说：“南移了多远？”

“遍布整个佛罗里达。”军官回答。

威利对史蒂蒙斯说：“我们是允许出现这种可能性的，对吧？”

“不尽然，”史蒂蒙斯说，“当然，我们主要是依靠猜测。但我们认为火箭最大可以经受住一百二十节的风速，不能再高了。”

威利对军官说：“今晚的天气预报怎么说？”

“最大风速一百七十七节，高空急流没有向北移动的迹象。”

“该死。”威利抬起一只手摸摸自己光溜溜的头顶。埃尔斯佩思知道他在想什么。发射不得不推迟到明天。“请放出一只气象气球，”他命令道，“我们将在五点时再次察看天气预报。”

埃尔斯佩思把“气象会议”字样记在她的时间表上，接着失望地离开了。他们可以解决机械问题，却无法控制天气。

出了门，她登上一辆吉普车，向第26号发射场开去。路上很多尘土，路面没有铺，两旁灌木丛生。一只正在水沟里喝水的白尾鹿看到车子开过来，吓得跳进了灌木丛。卡纳维拉尔角有很多野生动物，它们藏身在低矮的灌木丛中。据说，里面有短吻鳄和佛罗里达黑豹，但埃尔斯佩思从未在这里见过这两种动物。

她在地堡外面停下车，朝三百码外的26B号发射台张望。发射台的发射架支在一个钻井平台的井架上，井架经过了改装，涂上了橘红色防锈漆，保护它不受佛罗里达州潮湿而含盐的空气侵蚀。另一面是通往发射平台的电梯。整个建筑非常实用，因而丝毫谈不上美观，埃尔斯佩思想：它就像一个由螺栓连接而成的丑陋的机器。

朱庇特–C型火箭长长的白色发射巢竖立在几根橘红色的横梁中间，仿佛蜘蛛网上的蜻蜓。虽然这东西的形状像个男性生殖器，但大家都以“她”称呼它。埃尔斯佩思也把火箭想象成女性。自从火箭运到这里之后，其上半部分覆盖的帆布罩好比新娘的面纱，阻挡了人们好奇的目光，而现在罩子已经移走，油漆得完美无瑕的火箭的全貌显露出来，在阳光的照耀下熠熠生辉。

虽然科学家们对政治不是很感兴趣，但他们知道全世界都在关注他们。近四个月之前，苏联发射的第一颗人造地球卫星“伴侣号”震惊了世界。参与了资本主义和共产主义两大阵营冷战的所有国家——从意大利到印度，横贯拉丁美洲、非洲和印度——的人们接收到了同一个信号：共产主义的科学是最好的。一个月后，苏联发射了第二颗卫星“伴侣二号”，卫星上还携带了一条狗。这令美国人惊惧不已：今天是一条狗，明天就可以把人送到太空。

艾森豪威尔总统承诺，将在本年底发射美国自己的卫星。十二月的第一个星期五，距离中午十二点还有十五分钟的时候，美国海军在来自全世界的记者面前发射了“先锋”号火箭，只见它向空中抬升了几英尺，突然爆炸起火，掉在水泥地上摔成了碎片。这是个“FLOPNIK”[①]，一份报纸的头版头条如此报道。

朱庇特–C型火箭是美国最后的希望，他们别无选择。如果今

① 译注：发射失败的卫星。

天的任务失败了，美国就从太空竞赛中彻底出局了，至少在宣传上输给了苏联。美国太空计划将完全被打乱，而苏联将在可以预见的未来控制外太空。

埃尔斯佩思想，成败完全系于此次火箭发射。

除了运送燃料的卡车等必须使用的交通工具，发射台附近是不允许车辆靠近的，所以埃尔斯佩思下了车，沿着连接地堡和吊架的套着金属导管的线缆，步行穿过两者之间的开阔地。在井架后方的地面上，有一个长方形的钢制机舱，也涂成橘红色，里面是办公室和机房。埃尔斯佩思走进机舱后面的一扇金属门。

发射架主管哈利·兰恩坐在一把折叠椅上，头戴安全帽，脚蹬工程靴，正在研究一份设计图。“嗨，哈利。”埃尔斯佩思轻快地招呼道。

兰恩咕哝了一声。他不喜欢在发射架附近看到女人，也不在乎让埃尔斯佩思知道这一点。

埃尔斯佩思把一份更新的时间表放到金属桌上之后便离开了。她回到地堡，这是一座低矮的白色建筑，窗户窄成一条缝，镶着绿色的厚玻璃。防爆门是开着的，她走进里面。地堡分为三部分：仪器室（与整个建筑等宽）和两间点火室。A点火室和B点火室分别位于左右两侧，正对着两个发射台。埃尔斯佩思走进B点火室。

强烈的阳光从绿色的玻璃窗中照射进来，让人仿佛置身一只大型鱼缸。窗户前面，一些科学家坐在一排控制面板前。埃尔斯佩思注意到，他们都穿着短袖衬衫，好像那是统一制服。科学家们头戴耳机，以便与发射架上的人交谈。他们既可以观察操作面板，又能透过窗户看到火箭，或者观察彩色电视屏幕上的火箭。

点火室的后墙上有一排记录仪，监测着燃料系统的温度、压力和电流活动。在远处的角落里有一个标度计，显示着吊架上的火箭的重量。工作人员们平静而紧张地用耳机互相联系，操作着控制面板，时不时地旋转一下这里的按钮，或者按一下那里的开关，还要一直监控各种读数。他们的脑子里早就开始了发射倒计时。埃尔斯佩思注意到，计时器从600跳到了599。

她把一张时间表交给工作人员，离开了地堡。开车回到机库，她又想起了路克，她意识到自己现在有一个完美的给安东尼打电话的理由：告诉他高空急流的事情，顺便问一下路克的情况。

这个想法令她活跃起来，她快步走进机库，上楼来到办公室，拨通了安东尼的专线。“发射有可能推迟到明天，”她告诉他，“平流层有强风。”

“我不知道那么高的地方还有风。”

“有的，叫作高空急流。但是否推迟并未确定，五点钟有个气象会议。路克怎么样了？”

“告诉我会议结果，好吗？”

“当然。路克怎么样了？”

“好吧，我们遇到一个问题。”

她的心停跳了一下。“什么样的问题？”

“我们把他跟丢了。”

埃尔斯佩思觉得身上发冷。“什么？”

“他从我的人眼皮子底下溜走了。”

“上帝啊，帮帮我们吧，”她说，“我们现在有麻烦了。”

第五章
1941年

黎明时分，路克回到波士顿。他把老式福特车停好，从后门溜进了剑桥宿舍，从员工楼梯上楼回到自己房间。安东尼正在熟睡。路克洗了脸，穿着内衣倒在床上。

等他醒过来，发现安东尼正在摇他："路克！起来！"

他睁开眼，意识到似乎发生了什么糟糕的事情，但他想不起是什么事了。"几点了？"他嘟囔道。

"下午一点，埃尔斯佩思在楼下等你。"

埃尔斯佩思的名字触发了他的记忆，他想起了那件糟糕的事情：他不再爱她了。"噢，上帝。"他说。

"你最好下去看看她。"

他爱上了比莉·约瑟夫森，这简直是场灾难。这灾难会把所有人的生活搅得一团糟：路克自己的、埃尔斯佩思的、比莉的，还有安东尼的。

"该死。"他说，随即从床上起来。

他扒掉内衣，冲了个冷水澡。他一闭上眼睛，就会看到比莉，看到她光芒闪烁的深色眼睛、笑意盈盈的红色嘴唇，还有白皙的脖颈。他套上法兰绒裤子、毛衣和网球鞋，犹疑不定地走下楼去。

埃尔斯佩思在大厅里等他，大厅是这座建筑唯一允许女孩出现的地方，特别指定的“女士们的下午”除外。大厅很宽敞，有一个壁炉和一些舒适的椅子。埃尔斯佩思一如往常那般引人注目，她穿着风信子色的羊毛裙子，戴着一顶大帽子。昨天看到埃尔斯佩思的时候还会让他心花怒放，而今天，想到她是为他打扮，更让路克感觉到自己的卑鄙。

看到他，她笑起来：“你就像个赖床的小男孩！”

他吻了她的脸颊，一屁股坐在椅子上。“到纽波特花了好几个小时。”他说。

“你显然忘了带我去吃午饭！”埃尔斯佩思轻快地说。

他看着她。她很美，可他不爱她。他不知道自己过去是否爱她，但他确定现在不爱。他是世界上最卑鄙的浑蛋，她今天早晨是如此快乐，而他会毁掉她的幸福。他不知道如何告诉她。他感觉特别羞愧，以至于心都痛了起来。

他不得不说点什么。“我们能跳过午餐吗？我连胡子都没刮。”

一丝担忧爬上她苍白、骄傲的脸庞，他意识到她发现了有什么不对劲的地方，但她表现得却是满不在乎。“当然。”她说，“穿着闪光铠甲的骑士需要睡美容觉。”

他告诉自己，今天晚些时候要和她认真地谈谈，对她完全坦诚。“对不起，让你白白打扮了。”他难过地说。

“没有白费工夫——我看到你了。你的舍友们似乎喜欢我的装束，”她站起来，“而且德克海姆教授和他太太要开跳舞会。”拉德克里夫学院的人把派对称为“跳舞会”。

路克站起来帮她穿上大衣。“我们可以过会儿见。”他必须今天告诉她——时间拖得越长，越显得不诚实。

“好的，”她愉快地说，“六点来接我。”她给他一个飞吻，像个电影明星一样走了出去。他知道她在假装，但是表演得很好。

他忧伤地回到房间。安东尼在读星期天的报纸。“我冲了咖啡。”他说。

“谢谢。”路克倒了一杯。

“我欠你个大人情，”安东尼说，“你昨晚救了比莉。”

“你也会为了我做同样的事的，”路克小口喝着咖啡，感觉好了一点，“我们似乎逃过一劫，今天早晨没人对你说什么吧？”

“没有。”

“比莉是个不错的女孩。”路克说。他知道谈论她是危险的，然而就是忍不住。

“她简直是了不起。”安东尼说。路克惊愕地看到室友的脸上挂着骄傲的表情。安东尼继续说：“我一直问自己：‘为什么她不能和我约会呢？’但我没有想到她同意了。我不知道为什么，也许因为她太小巧漂亮了。当她说‘好’的时候，我简直不敢相信自己的耳朵。我都想写信约她。”

安东尼喜欢用夸张的说法逗人笑，路克挤出一个微笑，内心却感觉惶恐。横刀夺爱的行为无论在哪里都是为人不齿的，而安东尼对比莉的痴迷让事情变得更糟。

路克叹了口气。安东尼问：“怎么了？”

路克决定向他透露一半真相。“我不再爱埃尔斯佩思了，我想我不得不和她分手。”

安东尼一脸震惊。“这太糟糕了。你们非常般配。”

“我觉得自己是个浑蛋。”

“不要自责，事情已经发生了。你们又没有结婚——甚至都没订婚。”

“没有正式订婚。”

安东尼挑起眉毛：“你向她求过婚了？”

“没有。”

“那么你们就是没订婚，无论正式还是非正式。”

“我们讨论过将来生几个孩子。”

“你们还是没有订婚。”

“我猜你是对的。但是我只感觉自己是个无赖。”

有人敲门。一个路克从未见过的男人走进来。“我猜你们是卢卡斯先生和卡罗尔先生吧？”他穿着破旧的西装，但举止却很傲慢，路克猜他是学院的学监。

安东尼跳起来。“我们是，”他说，“你一定是尤特罗斯博士，著名的妇科学家。感谢上帝，你来了！”

路克没有笑，那个男人拿着两个白色信封，路克悲观地感觉到自己知道那是什么东西。

“我是教务处的职员。教务长让我把这些信亲自交给你们。”对方给他们每人一个信封，然后就走了。

“该死。”安东尼在门关上的时候说。他撕开自己那个信封。“天杀的。”

路克打开他的信封，读了里面的便条。

亲爱的卢卡斯先生：

请于下午三点钟到我的办公室来。

你诚挚的，

彼得·莱德

教务长

这样的信总是意味着纪律方面的麻烦。有人向教务长报告昨晚有个女孩出现在男生宿舍。安东尼很有可能被开除。

路克从未看到自己的室友害怕——他那副漫不经心的样子似乎是坚不可摧的——然而，现在的安东尼却吓得脸都白了。“我不能回家。”他嗫嚅着。他不太谈论自己的父母，但路克可以生动地想象出安东尼那粗暴的父亲和长期为此受苦的母亲。现在，他感觉现实似乎比他想象的还要糟糕。有那么一阵子，安东尼痛苦的表情看上去与到了地狱相差无几。

接着又传来了敲门声，杰夫·皮金进来了，他是个和蔼可亲的小胖子，住在对面宿舍。“刚才是教务处的人吗？”

路克晃了一下手中的信。“太他妈对了。”

“你知道，我没告诉任何人你们和那个女孩的事。”

“可那是谁说的呢？”安东尼说，“房子里唯一爱打小报告的就是詹金斯。”保罗·詹金斯是个宗教狂，他毕生的任务就是改良哈佛男生的道德作风。“但他出去过周末了。”

“不，他没有，”皮金说，“他改变计划了。”

“那么就是他了，他那双狗眼，”安东尼说，“我要亲手掐死这个婊子养的。”

路克突然意识到，要是安东尼被开除了，比莉就解放了。他为朋友的人生快被毁掉时自己却产生如此自私的想法而感到愧疚。接着他猛然想到比莉可能也会有麻烦。他说："我想知道埃尔斯佩思和比莉会不会也收到这样的信。"

安东尼说："她们为什么会收到？"

"詹金斯很可能知道我们的女朋友叫什么——他对这些事有一种下流的兴趣。"

皮金说："如果他知道她们的名字，一定会告发她们。他就是这种人。"

路克说："埃尔斯佩思是安全的。她没有来这里，而且没人能证明她来过。但比莉可能被开除，她会失去奖学金。她昨晚告诉我了，这样她就不能到别的地方学习了。"

"我现在没有能力为比莉担心，"安东尼说，"我必须先想想自己该怎么办。"

路克震惊了。是安东尼给比莉惹的麻烦，如果路克是他，他会更加担心比莉。但路克发现这是一个和比莉谈谈的好借口，而且他无法拒绝这个机会。他压制着心底的愧疚说："为什么不让我去女生宿舍看看比莉是不是从纽波特回来了呢？"

"你愿意吗？"安东说，"谢谢。"

皮金出去了。安东尼坐在床上阴郁地抽烟，路克迅速刮了胡子，换了衣服。虽然他赶时间，但还是精心打扮了一番，他穿着柔软的蓝色衬衫、崭新的法兰绒裤子，还有他最喜欢的灰色斜纹软呢外套。

他来到拉德克里夫学院宿舍院子的时候已经是下午两点，这座红砖建筑是围绕着一个小公园建造的，出双入对的学生们在园中漫步。某个星期六的半夜，他就是在这里吻了埃尔斯佩思，他痛苦地回忆起往事，那是他们第一次约会结束的时候。他痛恨变心和换衣服一样快的男人，可自己却正在做他所憎恶的事情——而且无法收手。

一个没穿工作服的女管理员让他进入宿舍大厅。他表示要找比莉。女管理员坐在一张桌子后面，拿起一只像是在轮船上用的话筒吹了吹，说："约瑟夫森小姐，有人找。"

比莉穿着一件鸽灰色的羊绒衫和格子裙走下楼来。她看上去很可爱，却是一副忧心忡忡的神色，路克很想把她抱进怀里安慰一番。彼得·莱德也召唤她去他的办公室，她告诉路克，那个送信的人也给了埃尔斯佩思一封信。

她把路克带到吸烟室，女生们可以在这里接待访客。"我该怎么办？"她痛苦地说，看上去像个悲伤的寡妇。

路克发现她甚至比昨天还要迷人。他很想告诉她，他会让一切好起来的，但他实际上根本一筹莫展。"安东尼可以说是别的女孩在他的房间里，可是这样他就得让那女孩出来做证。"

"我不知道该怎么告诉我母亲。"

"我在想，可不可以让安东尼雇一个女人，你知道，就是街上的那种，让她说那个女孩是她。"

比莉摇头说："他们不会相信的。"

"而且詹金斯可能会指认说这不是那个女孩。他就是出卖你们的内奸。"

"我的学业完了，"比莉苦笑着说，"我不得不回达拉斯去，给穿着牛仔靴的石油商人当秘书了。"

二十四小时以前，路克还是个快乐的人。这简直难以置信。

两个穿大衣戴帽子的女孩匆匆走进大厅，她们的脸是红的。

“你们听到新闻了吗？”其中一个说。

路克对新闻并不感兴趣。他摇摇头。比莉心不在焉地问：“怎么了？”

“我们宣战了！”

路克皱眉道：“什么？”

“是真的，”另一个女孩说，“日本轰炸了夏威夷！”

路克不敢相信。“夏威夷？为什么？夏威夷有什么好炸的？”

比莉说：“这是真的吗？”

“街上的人都在讨论这个。大家都把车停下来了。”

比莉看着路克说：“我害怕。”

他握着她的手。他想说自己会照顾她，无论发生什么事。

又冲进来两个女孩，激动地谈论着什么。有人把收音机拿到楼下，插上电源。先是一阵预料之中的静默，接着喇叭中传来播音员的声音：“据报道，亚利桑那号战列舰被击毁，俄克拉荷马号沉入珍珠港。根据前线传回的首批报告，停放在福特岛海军航空站、惠勒机场和希卡姆机场的一百多架美国飞机遭袭。估计美方的死亡人数将达到至少两千人，一千多人受伤。”

路克怒从心起。“两千人被杀了！”他说。

更多的女孩进入大厅，她们激动地交谈着，大厅里有人粗鲁地让她们闭嘴。播音员说：“日本袭击之前美国没有收到任何警报，袭击是从当地时间上午七点五十五分开始的，恰好是东部标准时间不到下午一点。”

比莉说：“这意味着战争，不是吗？”

“当然。”路克愤怒地说。他知道为此而痛恨一整个国家的做法很蠢，也不理智，但他就是产生了这样的感觉。“我要炸平日本。”他说。

她捏住他的手。“我不希望你参战，”她说，眼中含泪，“我不想你受伤。”

他的心快要炸开了。“你能这么想，我太高兴了，”他苦笑着说，“就算世界四分五裂，我也是快乐的。”他看看表，“我猜我们该去见教务长了，虽然现在是战争期间。”突然间，路克有了一个主意，他沉默地思考着。

“什么？”比莉问，“你在想什么？”

“也许确实有办法让你和安东尼留在哈佛。”

“怎么办？”

“让我想想。”

埃尔斯佩思很紧张，但她告诉自己，她没必要害怕。她昨晚违反了宵禁，但是她没有被抓住。她几乎可以肯定的是，这件事跟她和路克无关。安东尼和比莉是有麻烦的人。埃尔斯佩思几乎不认识比莉，但她担心安东尼，她有种可怕的预感，安东尼会被开除。

四个人在教务长的办公室外面碰面了。路克说：“我有个计划。”但他还没开始讲出来，教务长就打开了门让他们进去。路克只说了一句：“让我来交涉。”

教务长彼得·莱德是个吹毛求疵的老派男人，身穿整洁讲究的套装：黑色外衣、西装背心和灰色条纹裤子。他的领结是完美的蝴蝶形状，靴子擦得光可鉴人，抹了发油的头就像刷了黑漆的煮鸡蛋。他的同事是个灰头发的老处女，名叫爱丽丝·雷福德，她负责管理拉德克里夫学院女生的道德风纪。

他们坐在围成一个圈的椅子上，就像在开辅导会那样。教务长点燃一支烟。“现在，你们这些男生最好实话实说，像绅士一样，”他说，“昨晚你们的房间里发生了什么事？”

安东尼不仅无视莱德的问题，反而表现得像一个掌控局面的人。“詹金斯呢？”他简短地问，“是他告的密，对吗？”

“我们没邀请别的人来。”教务长说。

“但是，一个人有权利和指控他的人对质。”

“这不是法庭，卡罗尔先生，”教务长暴躁地说，“雷福德小姐和我的责任是确定事实。如果有必要，我们会按照纪律进行处理。”

“我不确定这是否可以接受，”安东尼傲慢地说，“詹金斯应该过来。”

埃尔斯佩思明白安东尼的想法。他希望詹金斯在自己面前感到害怕，以至于不敢复述他的指控。如果成功了，那么学院可能就不会追究这件事。但她不认为这会成功，不过也许值得一试。

然而，路克很快打断了他们的讨论。“够了。”他做了个不耐烦的手势。他对教务长说：“昨晚我把一个女人带到房子里了，先生。”

埃尔斯佩思倒吸一口气。他在说什么？

教务长皱起眉头。“我得到的信息是，卡罗尔先生邀请了那位女士过去。”

“恐怕您得到的是错误信息。”

埃尔斯佩思大喊：“这不是真的！”

路克看她一眼，让她冷静下来。“宿舍女管理员的登记簿上显示，特沃尼小姐半夜的时候是待在她的宿舍的。”

埃尔斯佩思凝视着他，登记簿上之所以有她自己的名字，是因为一个女生帮忙伪造了她的签名。她意识到自己最好还是闭嘴，否则可能露馅。可是路克打算怎么做？

安东尼也在问自己同样的问题，他盯着路克，疑惑不解地说："路克，我不知道你在干什么，但是……"

"让我讲完。"路克说。看到安东尼满面狐疑，路克补充道："拜托。"

安东尼耸耸肩。

教务长挖苦道："请继续，卢卡斯先生。我等不及了。"

"我在露珠旅社遇到那个女孩。"路克开始讲述。

雷福德终于开腔了。"露珠旅社？"她怀疑地说，"这旅社的名字是个双关语吗？"

"是的。"

"接着说。"

"她是那里的女招待，名叫安吉拉·卡罗蒂。"

教务长显然一个字都不相信。他说："有人告诉我，出现在剑桥宿舍的那个人是这位辟拉[①]·约瑟夫森小姐。"

"不是的，先生，"路克用同样不容置疑的语气说道，"约瑟夫森小姐是我们的朋友，但她没在镇上。昨晚她到罗德岛纽波特的一位亲戚家去了。"

雷福德对比莉说："你的亲戚能够证明吗？"

比莉困惑地看了路克一眼，说："是的，雷福德小姐。"

埃尔斯佩思瞪着路克。他真的打算牺牲自己的前途拯救安东

① 比莉是辟拉的昵称。

尼？真是疯了！路克是个忠诚的朋友，但总不至于为了友谊做到这一步。

莱德对路克说："你能让这个……女招待出来做证吗？"他嫌恶地说出了"女招待"这个词，似乎说的是"妓女"。

"是的，先生，我能。"

教务长惊奇地表示："很好。"

埃尔斯佩思目瞪口呆。难道路克贿赂了一个镇上的姑娘来顶罪？如果这是真的，可能不会管用。詹金斯会发誓说不是这个女孩。

然后，路克说："但我不打算让她介入这件事。"

"啊，"教务长说，"如果这样，我就很难接受你的故事。"

埃尔斯佩思百思不得其解。路克先是讲了个离奇的故事，又表示无法证明它是真的，他是什么意思？

路克说："我不认为卡罗蒂小姐的证词是必要的。"

"我不敢苟同，卢卡斯先生。"

接着路克丢出了他的炸弹："今晚我就要离开学院了，先生。"

安东尼说："路克！"

教务长说："在开除你之前，离开是对你没有好处的，我们仍然要做调查。"

"我们的国家在打仗。"

"我知道，年轻人。"

"明天一早我就要加入陆军，先生。"

埃尔斯佩思叫道："不！"

教务长第一次语塞了。他张着嘴巴盯着路克。

埃尔斯佩思意识到路克很聪明。学院很难把不守纪律的指控加诸一个为了国家甘冒生命危险的学生。如果调查撤销，比莉就安全了。

愁云笼罩了她的视野。路克牺牲了一切——来拯救比莉。

雷福德小姐可能还需要比莉表兄的证词，但他很可能也会为比莉打掩护。关键在于，拉德克里夫学院一般不会让比莉去找女招待安吉拉·卡罗蒂做证。

但这些现在对埃尔斯佩思来说都无关紧要了。她脑子里唯一的念头就是自己已经失去路克了。

莱德嘟囔着他会写一个报告，交给别人去评判。雷福德小姐又揪住记录比莉表兄的地址这件事大做文章。但这一切都是幌子，事实是他们被人算计了，他们清楚这一点。

最后，学生们被解散了。

教务长办公室的门一关上，比莉就哭道："不要去打仗，路克！"

安东尼说："你救了我的命。"他伸出胳膊圈住路克，拥抱了他。"我不会忘记的，"安东尼说，"永远不会。"他松开路克，拉起比莉的手。"别担心，"他对她说，"路克很聪明，不会死的。"

路克转向埃尔斯佩思。就在与她视线交会的一刹那，他退缩了，她意识到自己的怒火已经是无法掩饰的了。但她不在乎。她凝视着路克，看了很长时间，然后，她抬起手来，扇了他一巴掌，非常用力。他忍不住发出了痛苦和讶异的喘息。

"你这个该死的杂种。"她说。

接着她便转身走开了。

第六章
下午一点

每个“小军士”引擎的长度是4英尺，直径6英寸，重59磅。引擎燃烧时间只有6.5秒。

路克在寻找一条居民区中的僻静街道。他完全不熟悉华盛顿，他感觉自己似乎从未来过这里。离开联合车站后，他随意选了一个方向，向西开去。这条路把他带到了市中心，这里有很多引人注目的景观和宏伟的政府建筑，景色固然美丽，但在他看来有一种望而生畏的感觉。他知道如果自己一直沿着直线开下去，就一定会找到寻常家庭居住的普通房屋。

他穿过一条河，来到一处迷人的郊区，这里狭窄的街道两旁绿树成荫。他路过一处建筑，上面挂着写有“乔治敦精神病院”字样的标志，路克猜测这片街区叫作乔治敦。他转进一条有着简朴房屋的小街，这地方看起来不错，这儿的人不太可能雇用全天的家政服务人员，所以比较容易找到没有人的住家。

小街尽头的转角处是个墓园，路克把偷来的福特车朝向他过来的方向停着，便于迅速逃跑。

他需要一些基本工具：凿子、螺丝刀和锤子。这些东西也许都能在福特车的后备厢里找到——但它上锁了。要是能找一截铁丝，他就能把后备厢的锁撬开。否则，他就得开车到五金店去，买来或者偷来自己需要的东西。

他把后座上那个偷来的手提箱打开，里面除了放着一些衣物，还有一个装着文件的夹子，他把纸夹子取出来，关上了箱子。

他花了大约三十秒就撬开了后备厢。如他所愿，千斤顶旁边的锡盒子里有几样工具。他挑出一把最大号的螺丝刀，虽然没有锤子，但有一只重型活动扳手可以代替它。他把这些工具放进破烂的雨衣口袋，合上了后备厢的盖子。

他把偷来的手提箱从车里拿出来，关好车门，来到墓园前面的转角。他知道自己形迹可疑：一个衣衫褴褛的流浪汉，提着一只昂贵的衣箱，走在一个整洁的街区。如果当地爱管闲事的人给警察打了电话，而警察今天上午又不忙的话，几分钟内他就会有麻烦。另一方面，假如一切顺利，他说不定在半个小时之内就能洗洗干净，打扮得像个受人尊敬的公民一样。

路克决定从街上的第一座房子开始尝试，他穿过房子前面的小院子，开始敲门。

露丝玛丽·希姆斯看到一辆漂亮的蓝白相间的轿车缓缓驶过她的房前，她想知道开车的人是谁。布朗宁家可能买了一辆新车，他们很有钱。或者这车是塞勒斯先生买的，他是个单身汉，不必省吃俭用。否则，她推测，这车一定是陌生人的。

她的眼神依然好使，她坐在自家二楼的那张舒适的椅子里向窗外望去，大部分街道尽收眼底，尤其是冬天，树木的叶子掉光了，视野格外的好。所以，当一个高个子陌生人从街角拐出来的时候，她一眼就发现了。这人当真很奇怪，他没戴帽子，雨衣破了，鞋带的作用是把鞋子的各个部分捆在一起，不让它四分五裂。可这样一个人却提着一个崭新的箱子。

他来到布里特斯基太太家门口敲门，她是个寡妇，一个人住，但她可不傻——她会很快把这个陌生人打发走，希姆斯想。只见布里特斯基太太从窗户里向外看，做了个不容置辩的手势，把那陌生人轰走了。

他又来到下一座房子，开始敲勒夫太太的门。她打开门。勒夫太太高个子，黑头发，希姆斯太太认为她过于骄傲了。勒夫太太和陌生人说了几句什么，然后用力关上了门。

陌生人接着来到隔壁的房子，他显然打算挨家挨户试一试。年轻的珍妮·伊文斯抱着婴儿丽塔过来开门，她在围裙口袋里翻了翻，给他一点什么东西，也许是些硬币，看来这人是个乞丐。

克拉克先生上了年纪，他披着浴袍、趿着拖鞋过来把门打开，陌生人没有从他那里要到任何东西。

下一家的主人是博耐迪先生，他上班去了，他妻子安吉丽娜怀孕七个月，五分钟前刚离开家，她出门时拿着一个网兜，显然是去商店了。所以不会有人给陌生人开门。

现在，路克可以仔细研究一下各家各户的大门，它们都是一样的，使用的是耶鲁门锁，锁舌安在门上，与之对应的金属槽安在门框上。从外面用钥匙打开，从里面转动门把手就能开启。

每扇门上都有一个小窗，镶着压花玻璃，位置与视线平齐。开门的最简单方法就是把玻璃打破，手伸进去转动门把手。但玻璃破了会被街上的人发现，所以路克决定使用螺丝刀。

他观察了一下街面的情况。刚才他运气并不好，敲开五家人的门才找到一座空房子。现在，他或许已经引起了注意，但也可能没人找他麻烦。无论如何，他别无选择。他必须冒这个险。

希姆斯太太从窗口转过身子，把座位旁边的电话听筒拿起来，她缓慢而小心地拨打了自己熟记于心的当地警察分局的电话号码。

路克必须速战速决。

他把螺丝刀的平头插进门板和门框之间的缝隙，从锁头的位置伸进去，然后他用活动扳手比较重的那一头猛击螺丝刀的手柄，试图把螺丝刀头别进门锁的金属槽中。

第一个撬起的螺丝刀被锁住了没有动。他摇动螺丝刀，试图找到一条路。这次他又用了锤子。螺丝刀仍然没有滑进插座。尽管天气寒冷，他还是觉得额头上有汗。

他告诉自己保持冷静。他过去曾经干过这种事。什么时候干的呢？他不知道。这无关紧要。这套办法好使，他敢肯定。

他再次扭动螺丝刀，感觉刀头的一个角似乎接触到了某个槽口，他又用扳手砸了几下，使出了全身气力。螺丝刀又进去一英寸。

他握住螺丝刀的手柄斜着向外拉，想把金属槽里的锁舌撬出去。终于，门向里面打开了，他深深地松了一口气。

门框上的损伤很轻微，从外面根本看不出来。

他迅速溜进房子，关上了门。

拨完电话号码，露丝玛丽·希姆斯又从窗户里朝外看了一眼，发现陌生人不见了。

动作好快。

有个警察接起电话，没搞清楚状况的露丝玛丽没有说话便把电话挂断了。

他为什么不敲门了？他去哪了？他是谁？

她微笑起来，今天一整天都有事情可以琢磨了。

这是一对年轻夫妇的家。屋子里摆着结婚礼物和旧货店买来的二手货。起居室里有一张新沙发和一台大电视，但他们仍然把装橘子的箱子放在厨房里盛东西。门厅里的暖气上放着一封没有打开的信，收信人是G. 博耐迪先生。

家里没有小孩生活的迹象。博耐迪夫妇很可能都有工作，一整天都不在家，但路克不能对此抱太大希望。

他快步来到楼上。二楼有三间卧室，只有一间放着家具。他把衣箱扔到收拾得整齐干净的床上。衣箱里有一套精心折叠的粉笔条纹的蓝色西装、一件白衬衫和一根样式保守的条纹领带，还有几双深色的袜子、干净的内衣和一双擦好的黑色翼尖牛津鞋，这双鞋似乎比他的脚大半个号。

他脱掉身上的脏衣服，把它们踢进角落。在陌生人家中赤身裸体，让他有种毛骨悚然的感觉。他不想洗澡，但身上的味道难闻，连他自己都受不了。

他穿过楼梯顶端的小平台来到浴室。站在流动的热水里给全身打肥皂真是一件惬意的事。从浴室出去之前，他站了一会儿，仔细地听着动静，整座房子静悄悄的。

他用博耐迪先生的一条粉红浴巾（他猜测，这也是一件结婚礼物）擦干身体，穿上偷来的衣箱里的内裤、外裤、袜子和鞋。刮胡子的时候先穿好一半衣服有利于在出现情况时迅速逃跑。

博耐迪先生用的是电动剃须刀，而路克喜欢用刀片。他从衣箱里找到一把安全剃刀和一个剃须刷。他往脸上打好肥皂，迅速地刮了胡子。

博耐迪先生没有古龙水，也许衣箱里能找到一些。路克整个上午闻起来都像一头猪，他希望把自己变得好闻一些。他发现衣箱里有一只整洁的装盥洗用品的皮质小盒子，而拉开拉锁，却没有看到古龙水——里面有一百美元，全部是二十元一张的钞票，叠得很整齐：这是应急的钱。他把钞票放进口袋，决心将来要把钱还给这个人。

毕竟，这人并不是通敌者，他脑子里突然闪现出这么一个念头。

“通敌者”这个词究竟是什么意思？

这又是一个谜。他穿上衬衫和外套，系好领带。衣物非常合身：他谨慎地选择了与自己身形一致的人作为盗窃对象。衣料的质量也很好。衣箱行李牌上的地址位于纽约中央公园以南，路克猜测衣箱的主人是到华盛顿来开会的某个公司里的头面人物。

浴室门后有一面全身镜，自今天清晨在联合车站的男厕所里照过镜子之后，路克就没有打量过自己的形象，而上一次他从镜子里看到的自己是一个肮脏的瞪着眼睛的流浪汉。

他有些紧张地走到镜子旁边。

镜子里的男人高大健壮，三十五岁上下，黑发蓝眼，形貌正常，神情疲倦。见此情景，他疲惫地松了一口气。

他想，要是自己在街上看到这样一个人，会觉得他是干什么的？

他的双手柔软，而且现在也洗干净了，所以看起来不像是干活的工人的手。他面部皮肤光滑，像是从事室内工作的，很少在外风吹日晒。他的头发修剪得很整齐。镜子里的这个人似乎与他身上穿的公司主管的衣服很是相配。

说明他绝对不是警察。

衣箱里没有帽子或大衣。路克知道，没有这两样东西还会显得可疑，因为现在是寒冷的一月。他认为在这座房子里花上几分钟找找这些东西还是有必要的。

他打开衣橱，里面没有多少东西。博耐迪太太有三条连衣裙，她丈夫有一件周末穿的运动外套和一套黑西装，他很可能穿着它去教堂。没有长大衣——博耐迪先生一定穿走了一件，他可能买不起第二件——但衣橱里有件轻便雨衣。路克把它从衣架上拿下来：聊胜于无。他把雨衣穿上，虽然尺码有点小，但可以穿。

衣橱里没有正式的帽子，但有一顶粗花呢的鸭舌帽，也许是博耐迪先生在周末时和运动外套搭配着戴的。路克戴上试了试，帽子太小了，他可能需要用衣箱里找到的钱去买新帽子。不过这顶鸭舌帽可以暂时先戴一阵——

楼下传来一阵声响，路克身体一僵，凝神静听。

一个年轻女人的声音说："我家前门怎么了？"

另一个年轻女人回答："有人似乎想破门而入！"

路克心中暗骂。他在这里待的时间太长了。

"天呀——我想你是对的！"

"也许你应该报警。"

博耐迪太太今天根本没有去上班，她很可能是去买东西了。她在商店里遇到一位朋友，邀请她过来喝咖啡。

"我不知道……看起来小偷没有进来。"

"你怎么知道的？最好看一下是不是丢了什么东西。"

路克意识到他得尽快溜出去。

"有什么好偷的？珠宝首饰？"

"电视机？"

路克打开卧室窗户，看看前院，外面没有树木或者排水管供他爬出去。

"没有东西被动过，"他听到博耐迪太太说，"我不相信他们进来了。"

"那楼上呢？"

路克轻手轻脚地穿过楼梯平台进入浴室。房子后面根本没有可以借力的东西，他要是从浴室窗户跳到铺着混凝土的后院里，准能把腿摔断。

"我上去看看。"

"你不害怕吗？"

女主人紧张地笑起来。"害怕。可我们还能怎么办？要是报了警，警察来了之后发现小偷没有来过，我们看起来岂不是很傻？"

路克听到楼梯上传来脚步声，他站到浴室门后。

来人上了楼梯，穿过二楼平台，走进卧室。路克听到博耐迪太太发出一声轻呼。

她朋友的声音说："那是谁的衣箱？"

“我从没见过它！”

路克无声地溜出浴室，他能看到开着的卧室门，却看不到里面的两个女人。他踮起脚尖下了楼，很庆幸楼梯上铺了地毯。

“什么样的贼会自带行李？”

“我现在就给警察打电话。这太蹊跷了。”

路克打开前门，来到外面。

他微笑起来，他做到了。

他无声地关上门，迅速地离开了。

希姆斯太太迷惑不解地皱起了眉头，那个男人穿着博耐迪先生的黑雨衣，戴着博耐迪先生去看华盛顿红皮队比赛时戴的灰呢鸭舌帽，离开了博耐迪家的房子，但这个人比博耐迪先生块头大，身上的衣服也不那么合适。

她看着他走到小街尽头，转过了拐角。过一会儿他就得折回来：因为前面是死胡同。一分钟后，她之前注意到的那辆蓝白相间的汽车从街角开出来，车速很快。她意识到，从博耐迪家出来的男人就是她刚才一直观察的那个乞丐。他一定是破门而入，偷了博耐迪先生的衣服！

汽车经过她窗下的时候，希姆斯太太盯着车牌，记下了上面的号码。

第七章
下午一点半

“军士”火箭引擎经过了300次静态测试、50次飞行测试、290次点火系统测试，没有出现任何故障。

安东尼坐在会议室里，烦躁地抽着烟。

路克仍然在华盛顿潜逃，没人知道他能干出什么事来，可安东尼却被困在这里，听国务院的官僚枯燥地谈论如何镇压古巴山区的叛军。安东尼十分了解菲德尔·卡斯特罗和切·格瓦拉。他们可以直接指挥的卫队不到一千人，所以除掉他们绝非难事——不过没什么意义。如果卡斯特罗被杀了，总有人接替他的位置。

安东尼希望做的是到大街上去找路克。

他和他的手下已经给哥伦比亚特区的所有警察分局打了电话，要求警方一旦发现任何酒鬼或者流浪汉惹起的事端，一定要详细报告给他们，还要注意那些讲话像大学教授的犯罪者，以及所有不寻常的事情。警察们乐于和CIA合作，他们喜欢这种与国际间谍活动沾边的感觉。

国务院的人结束了发言，大家开始了圆桌讨论会。安东尼知道，唯一阻止卡斯特罗这样的人夺取政权的办法是，由美国出面支持一个温和改革派的政府上台。这些共产主义者的幸运之处在于，目前没有这样的危险。

门开了，皮特·麦克赛尔溜进来。他抱歉地朝桌子前排的会议主席乔治·库伯曼点点头，然后坐在安东尼旁边，给他一个文件袋，里面有很多警方的报告。

几乎每一个警察分局都有不寻常的事情报告。一个漂亮女人因为在杰弗逊纪念堂扒窃被捕，结果警方发现此人竟是男儿身；一些披头士企图打开动物园的笼子，把里面的一只老鹰放出来；一个住在维斯勒–海茨的男人想用一块加了很多芝士的比萨饼把他的老婆闷死；一辆属于一位宗教出版商的货运卡车在佩特沃斯把货物掉在了路上，佐治亚大道的交通被堆积如山的《圣经》阻塞。

路克也有可能已经离开了华盛顿，但安东尼感觉可能性不大。路克没有买火车票或者乘公共汽车的钱。当然，他可以偷，但他为什么要费这个事呢？他没有地方可去。他母亲住在纽约，他有个妹妹在巴尔的摩，但他对此一无所知。他没有到别处去的理由。

安东尼一边快速浏览报告，一边支起耳朵听他的老板卡尔·霍巴特讲美国驻古巴大使伊尔·史密斯的事情，史密斯不知疲倦地给那些希望通过和平手段改革古巴的教会领袖等势力搞破坏，所以，安东尼有时简直觉得史密斯是个克格勃，但史密斯之所以这么做，更有可能是因为他是个傻瓜。

有一份警察报告引起了他的注意，他把它拿给皮特看。“这是真的？”他怀疑地小声问。

皮特点头。“一个流浪汉在A大街和第七大街交叉口袭击和打晕了一名巡警。”

“一个流浪汉打晕了一名警察？”

“而且那个地方距离我们跟丢路克的街区不远。”

“这可能是他！”安东尼兴奋地说。正在发言的卡尔·霍巴特恼怒地扫了他一眼。安东尼压低声音，再次耳语道：“但是，他为什么要袭击巡警？他偷了什么东西吗——比如警察的枪什么的？”

“没有，但他干净利落地揍晕了他。警察正在医院接受治疗，他的右手食指断了。”

安东尼如遭电击一样浑身发抖。“是他！”他大声说。

卡尔·霍巴特说：“看在上帝的分上！”

乔治·库伯曼开玩笑地说：“安东尼——要么闭上你的臭嘴，要么到外面去说，为什么不出去呢？”

安东尼站起来：“对不起，乔治，我马上回来。”他走出会议室，皮特紧随其后。“是他，”安东尼关上门后又重复了一遍，“这是他在二战期间的一贯手法。他用这种办法对付盖世太保——把他们的食指掰断。”

皮特不解地问：“你怎么知道的？”

安东尼意识到他说漏了嘴。皮特一直以为路克是个精神崩溃的外交官。安东尼暗骂自己的大意。“我没有告诉你全部，”他说，伪装出漫不经心的语调，“我曾经在OSS与他共事过。”

皮特皱眉。“而他战后成了外交官，”他目光敏锐地看着安东尼，“他不只是和他的妻子闹矛盾，对吗？”

“对。我敢肯定，原因比这个严重得多。”

皮特接受了安东尼的说辞。“听起来，他是个冷血的杂种，就那样掰断别人的手指。”

“冷血？”安东尼从未这样想过路克，虽然路克的手法确实无情，“我猜，在紧要关头的时候，他是这样的。”还好，自己的无心之失就这样掩盖过去了，安东尼庆幸地想。但他仍然需要找到路克。“这场打斗是什么时候发生的？”

“九点半。”

“该死。这是四个多小时之前。现在他有可能出现在城市的任何地方。”

“我们怎么做？”

“派两个人沿着A大街走，给附近的人看路克的照片，看看能否发现关于他行踪的线索，也和那个警察谈谈。”

“好的。”

“还有，如果你获得了什么消息，不要犹豫，尽管到这个愚蠢的会议上来找我。”

“明白。”

安东尼回到会议室。安东尼二战时期的好伙伴乔治·库伯曼正在不耐烦地发言。“我们应该派一支特种部队过去，他们都是硬汉，在一天半的时间里就能把卡斯特罗的垃圾部队全部清除。”

国务院的代表紧张地问：“我们需要给行动保密吗？”

“不，”乔治说，“但我们可以把它伪装成一次地方冲突，就像我们在伊朗和危地马拉做的那样。”

卡尔·霍巴特插嘴道：“请原谅，我提个愚蠢的问题，为什么我们在伊朗和危地马拉的行动要保密？”

国务院代表说：“我们不希望把我们的战术广而告之，这很明显。”

“请原谅，但我认为这样做是愚蠢的，”霍巴特说，“苏联人知道那是我们干的。伊朗人和危地马拉人也知道是我们干的。该死，欧洲的报纸甚至公开宣布是我们干的！除了美国人民之外，没有任何人被我们愚弄。所以，现在我们为什么要对他们撒谎？”

乔治愈加恼怒地回答：“要是不加掩饰，就会被国会质询。该死的政客们会问我们是否有这个权利、这样做是否合法，还有那些可怜的、闲得无聊的伊朗农民和摘香蕉的该怎么办等等问题。”

“也许这些问题并没有那么坏，”霍巴特顽固地坚持道，“我们真的在危地马拉做过什么好事吗？很难看出阿马斯政权和一群强盗有什么区别。”

乔治的脾气彻底失控。“够了！”他咆哮道，“我们在这儿不是为了讨论怎么喂饱挨饿的伊朗人和给南美农民人权的，看在上帝的分上！我们的工作是维护美国的利益——还有该死的民主！”

会议室里出现了短暂的沉默。过了一会儿，卡尔·霍巴特说：“谢谢你，乔治。我很高兴能够弄明白这个问题。”

第八章
下午两点

每个“军士”引擎都有一个点火器，点火器包含两根并联的电子火柴，还有一卷包在塑料封套里的金属氧化线。点火器非常敏感，如果卡纳维拉尔角周边十二公里范围内出现了雷暴，就要断开点火器的电源，以免意外点火。

路克在乔治敦的一家男装店里买了一顶灰色毡帽和一件海军蓝色的羊毛大衣。他穿戴完毕后走出店门，终于感觉自己能够直视每一个人的眼睛了。

现在，他准备逐一解决他的种种疑问。首先，他得学习一些关于记忆的知识。他希望知道什么原因会导致失忆、失忆是不是有很多种、失忆可能持续多久。最重要的是，他需要治疗和治愈失忆的方法。

去哪里查找信息呢？图书馆。怎样才能找到图书馆？看地图。他在男装店旁边的报摊上买了一份华盛顿的道路图。图上最显眼的就是中央公共图书馆，坐落在纽约大道和马萨诸塞大道的交叉口，他还需要回到市中心。于是路克开车来到那里。

这是一座宏伟的经典建筑，底座高于地面，仿佛一座希腊神庙。在入口处柱廊上方的三角墙上，刻着几个词：

科学、诗歌、历史。

路克先是站在台阶顶端犹豫了一下，接着意识到他已经又是一位正常的公民了，于是便走进图书馆。

他的新形象带来的效果是显而易见的。一位灰头发的图书管理员从柜台后面站起来问："需要帮忙吗，先生？"

得到如此礼貌的对待，路克简直有些感激。"我想找一些关于记忆的书。"他说。

"这类书应该在心理学部，"她说，"要是您愿意跟着我，我可以把您带过去。"她带他走上一道宏伟的楼梯，来到二楼，指了指一个角落。

路克沿着书架翻找，这里有很多关于精神分析、儿童成长和知觉方面的书籍，但没发现有用的，他挑出一册大部头的《人类大脑》浏览了一下，但书中并未过多地讨论记忆的问题，而且使用了非常专业的表述方式，他发现其中的一些公式和统计资料很容易理解，但其余的都涉及他所不具备的人类生物学知识，就比较难以理解。

作者是辟拉·约瑟夫森的《记忆心理学入门》引起了他的注意，从书名来看，这本书似乎更有帮助。他把书抽出来，发现有一个章节是专门讲记忆紊乱的：

病人“失去记忆”的情况通常是指患有“全面性遗忘症”。

路克兴奋起来。他不是唯一遇到这种情况的人。

这种患者不知道他的身份，也认不出他的父母或子女。然而，他记得很多其他事情。他也许能够开车、讲外语、拆卸发动机，或者说出加拿大总理的名字。因此，可以将这种情况更贴切地命名为“自我身份遗忘症”。

这正是他的症状：虽然不知道自己是谁，却仍然能察看自己是否被人跟踪，还能在没有钥匙的情况下开走一辆偷来的车。

约瑟夫森医生继续介绍她的理论：大脑包含不同的记忆分区，就像分隔开来的文件柜，分别储存着不同的信息。

自我的身份记忆记录的是我们个人的经历，通常与时间和地点有关，我们一般不仅知道发生了什么事，也知道事情发生的时间和地点。

长期语义记忆储存的是一般信息，例如罗马尼亚的首都是哪里、如何解二次方程等。

当我们从电话簿中找出一个电话号码，用电话拨打这个号码之前，就会把号码存储在短期记忆中。

她举了一些患者的例子，有的人大脑中仅仅丢失了某一个

“文件柜”，但其余的都还在，就像路克这样。读到这里，他觉得如释重负，而且对书的作者心生感激，因为他意识到发生在自己身上的情况是一种经过了深入研究的精神心理现象。

路克突然冒出一个想法，他的年纪是三十多岁，所以他一定至少工作了十年，可能还没有忘记自己的专业知识，这些知识应该储存在他的长期语义记忆中。他应该能想出自己从事的是哪方面的工作，然后以此为突破口，弄清自己的身份！

他从书本上抬起头，回想自己有什么样的特殊技能。路克不相信自己是个秘密探员，因为他柔软的皮肤说明他从事的是室内工作，不会是警察之类的外勤人员。此外他还有别的什么特殊技能吗？

这简直太难了。搜寻记忆可不像打开冰箱查看里面的东西那样一目了然，而更像是查阅图书馆的目录——你必须知道自己在找什么。他感到有些灰心，随即告诉自己应该耐心地慢慢回想。

如果他是个律师，那么能否记住数千条法律条款？如果是医生，他能否看着某个人说“她有阑尾炎”？

这样做收效甚微。他能想到的唯一线索就是他能够很容易地理解《人类大脑》那本书里的公式和统计数据，而书中的心理学方面的知识他根本看不懂。也许他的职业与数字有关，属于会计或者保险行业，或者是个数学教师。

路克找到了数学部并开始浏览书架。他注意到了一本叫作《数字理论》的书，于是拿起来看了一会儿，虽然文字简明易懂，但是有些过时……

路克猛地抬起头，他发现自己理解数字理论。

这是个重大线索。与文字相比，这本书里的公式更多，它并不是写给好奇的外行看的，而是一本学术著作。既然他能看懂，说明他是个科学家之类的人物。

越发乐观的路克来到了化学类的书架旁，拿出一本《聚合物工程》。他发现这本书也可以理解，但是没有那么简单。他又到物理类那边拿了本《低温与极低温气体的特性》，发现这书很有趣，就像一本引人入胜的小说。

现在可以把目标范围缩小了：他的工作与数学和物理有关。那么属于物理学的哪个分支呢？低温气体固然有趣，但他感觉自己并不像书的作者懂的那么多。他沿着书架看过去，在地球物理学类停下脚步，想起报纸上的新闻标题“美国卫星尚未发射”。路克拿起一本《火箭设计基础》。

这是一本基础性的教科书，但他发现第一页上有个错误，接着往下读，又发现了两个错误——

“是的！”他大声说，把一个正在旁边读一本生物书的小学生吓了一跳。要是他能看出教科书中的错误，他一定是这方面的专家。他是个火箭科学家。

他想知道美国有多少火箭科学家，可能只有几百个。他快步来到问讯处，对那位灰发图书管理员说：“有科学家的名单之类的东西吗？”

“当然，”她说，“你需要的是《美国科学家名录》，就在科学类的开始处。”

他很快就找到了它。这是一本厚重的大书，但绝不可能收录了所有美国科学家的名字，只能包含那些杰出的，他想。不过，还是应该找一找。他坐在一张桌子旁边翻看索引，寻找着叫路克的人。他必须耐着性子仔细地搜寻。

他发现一个生物学家叫作路克·帕菲特，还有一个叫卢卡斯·德米特里的考古学家，叫吕克·枫丹白露的药理学家，但没有叫路克的物理学家。

为了保险起见，他查看了地球物理学家和天文学家那一栏，却发现根本没有人的名字是路克。当然，他沮丧地想，他自己也不敢肯定“路克”就是他的真名。他只是听皮特叫自己路克。所以，他的真名就算是叫“帕西瓦尔”也是有可能的。

虽然觉得失望，但他并不打算放弃。

他又想出一个办法，在某个地方一定有人认识他。“路克”或许并非他的本名，但他的模样却不可能是假的。《美国科学家名录》上只有最著名的科学家的照片，如沃纳·冯·布劳恩博士。但路克感觉一定有朋友和同事能够认出他来，只要他能找到他们。现在他已经知道从哪里开始找起——因为他的熟人一定包括火箭科学家。

一个人会在哪里找科学家呢？大学。

他在百科全书里查找华盛顿的信息，发现一份当地大学的列表。他选择了乔治敦大学，因为刚才他去过乔治敦，知道如何回去。他在自己那份道路图上找出乔治敦大学，发现它的校园很大，相当于至少五十个城市街区。这所大学可能拥有庞大的物理系，包含数十名教授。其中会不会有人认识路克呢？他满怀希望地离开图书馆，回到汽车上。

第九章
下午两点半

点火器本来的设计目的不是为了在真空环境中使用的。所以技术人员针对朱庇特火箭的点火器进行了重新设计：（1）整个引擎被密封在一个气密容器中；（2）为了防止容器破损导致的意外，点火器本身也是密封在一个容器中的；（3）点火器能够在真空中点燃。这一系列的故障安全系统在设计原则中称为冗余设计。

讨论古巴问题的会议进入休息阶段，安东尼跑回Q楼询问情况进展，希望他的手下能够发现点什么，哪怕是路克去向的蛛丝马迹也好。

他在楼梯上碰到了皮特。“这儿有件怪事。”皮特说。

安东尼的心充满希望地跃动起来。“说！”

“来自乔治敦警方的报告。一名家庭主妇从商店回家，发现有人曾经进入她的房子，使用了浴室，闯入者已经消失，留下了一个包和一堆肮脏的旧衣服。”

安东尼兴奋不已。“终于——有了突破！”他说，“把地址给我。”

“你认为这是我们要找的人？”

“我敢肯定！他受够了自己流浪汉的外表，所以闯进一座空房子，洗澡、刮胡子、换上一些体面的衣服。这是他的性格，他讨厌穿不好的衣服。”

皮特若有所思地看着他：“你非常了解他，我猜。”

安东尼意识到自己又说漏了嘴。“不，不是的，”他猛然否认，“我读过他的档案。”

“抱歉。”皮特说。过了一会儿，他继续说：“他为什么要留下东西？”

“我猜，她在他没收拾停当之前就回家了。”

“古巴会议怎么办？”

安东尼拦住一位路过的秘书人员。“请给P楼的会议室打电话，告诉霍巴特先生，我胃痛请了病假，麦克赛尔先生要开车送我回家。”

“胃痛。”对方面无表情地重复道。

“正确。”他一边走一边说，又回头补充道：“除非你能想出更好的理由。”

他离开大楼，皮特跟在后面，他们跳上安东尼的黄色凯迪拉克。“这事可能需要谨慎处理，”他在开往乔治敦的路上对皮特说，“好消息是，路克给我们留了一些线索。问题是，我们没有那么多人来追踪全部线索。所以，我的计划是让华盛顿警部为我们工作。”

“祝你好运，”皮特怀疑地说，“我该怎么做？”

“对警察客气一点，让我来和他们说。”

“我相信我能做到。”

安东尼加大车速，很快找到了警方报告提到的地址。这座小房子只有一家人住，坐落在一条安静的街道上。一辆巡逻车停在屋外。

进去之前，安东尼研究了街对面的情况，仔细看看那边的房子。过了一会儿，他发现了自己想找的东西：对面房子的二楼窗户上有一张脸正在看着他。那是个白发老太太，与安东尼的目光对上时，她没有离开窗户，而是泰然自若地用好奇的眼神打量他。他恰好需要这样的人——爱管闲事的邻居。他朝她微笑示意，她点点头作为回应。

安东尼转身走近被人闯入过的房子，他可以看到门框上的划痕和一些碎片，这是门锁被撬的痕迹，手段干净利索，没有不必要的破坏，他想。这符合路克的作风。

一位迷人的年轻孕妇打开了门——她快生了，他猜想。她把安东尼和皮特领进她的起居室，有两个人坐在沙发上喝着咖啡抽着烟。其中一个是穿制服的巡警，另一位是个年轻人，穿着廉价的鲨鱼皮西装，大概是个警探。两人面前是一张八字腿的咖啡桌，铺着红色福米卡桌布。桌上放着一只打开的皮包。

安东尼做了自我介绍，把证件给警察们看。因为不想让博耐迪太太——以及她所有的朋友和邻居——知道CIA也对本案感兴趣，他说：“我们是这些警官的同事。”

那位警探名叫刘易斯·海特。“你了解一些内情？”他谨慎地问。

“我想，我们可能有能够帮助你们的信息。但是，首先，我需要知道你们有什么发现。”

海特摊开手，做了个困惑不解的手势。“我们找到一个包，它的主人是纽约的罗利·安斯特拉瑟，他闯进博耐迪太太的房子，洗了个淋浴，走掉了，把包留在这里。你来看看吧！”

安东尼研究了那个包。这是个质量很好的棕色皮包，装的东西还不到一半。他在包里翻了翻，有几件干净衬衣和内衣，但没有鞋、裤子和外套。

“看起来安斯特拉瑟先生今天从纽约来的华盛顿。”他说。

海特点头。博耐迪太太崇拜地问：“你是怎么知道的？”

安东尼微笑起来。“海特警探会告诉你的。”他不想抢了海特的风头，以免得罪他。

“包里有干净内衣，没有要洗的衣服，”海特解释道，“这家伙没有换过衣服，所以他可能还没有在华盛顿过夜。这说明他是今天早晨从纽约出发的。”

安东尼说：“我听说还有些旧衣服也留下了。”

那个叫朗尼的巡警说：“在我这里。”他从沙发旁边拿起一个纸板箱。“雨衣，”他翻动着里面的东西，“衬衣、裤子、鞋。”

安东尼认识它们。它们就是路克穿过的破衣烂衫。“我不认为安斯特拉瑟先生来过这座房子，”安东尼说，“我认为这个包是今天早晨从他那里偷来的，也许失窃地点是联合车站。”他看着巡警：“朗尼，你能给最靠近火车站的警察分局打电话问问，有没有盗窃案件发生吗？要是博耐迪太太允许我们使用电话的话。”

“当然，”她说，“电话在门厅里。”

安东尼补充道：“失窃报告里应该写明包里有哪些物品。我相信你将发现报告里会提到有一套西装和一双鞋，而现在包里没有这些东西，”他们都吃惊地看着安东尼，“请把西装的详细特点记录下来。”

“好的。”巡警向玄关走去。

安东尼感觉不错：既没有得罪警察，又能指挥他们干活。现在海特警探看着他的样子就像是在等候指示。“安斯特拉瑟先生的身高一定有六英尺一到六英尺二，体重大约180磅，身材健壮，”他说，“刘易斯，要是你看看那些衬衫的尺寸，可能会发现领宽16英寸、袖长35英寸。”

“是的——我已经检查过了。”海特说。

“我应该猜到你会比我领先一步的，”安东尼皮笑肉不笑地恭维他，“我们这里有些照片，我们相信照片上的人就是偷走提包和闯入房子的嫌疑犯。”安东尼朝皮特点点头，皮特递给海特一叠照片。“我们不知道他叫什么，”安东尼说谎了，“他身高六英尺一英寸，体重180磅，身材健壮，也许还会假装失忆。”

“那么，到底是怎么回事？”海特感兴趣地问，“这家伙想要安斯特拉瑟的衣服，他是来这里换衣服的？”

“差不多吧。”

“可是为什么？”

安东尼面带歉意：“对不起，我不能告诉你。”

海特被取悦了：“保密的？没问题。”

朗尼回来了。“你说得太对了，就是在联合车站，今天上午十一点半发生的盗窃。”

安东尼点点头，他已经给两位警察留下了深刻的印象。“西装呢？”

"海军蓝色，粉笔条纹。"

他转向警探："那么，你可以发一个通报，附上嫌疑人的照片和他的衣着描述。"

"你认为他还在华盛顿。"

"是的。"安东尼心里其实不如他表现的那样肯定，但他想不出路克离开华盛顿的理由。

"我猜他在一辆车上。"

"让我们调查一下，"安东尼转向博耐迪太太，"街对面过去两个门的那位白头发女士叫什么名字？"

"露丝玛丽·希姆斯。"

"她经常往窗外看？"

"我们都叫她'包打听'罗西。"

"很好，"安东尼又转向警探，"我们是否应该和她谈谈？"

"是的。"

他们穿过小街，敲敲希姆斯太太的门。她立刻开了门——她一直在门厅等着。"我看见他了！"她马上说，"他进去的时候像个流浪汉，出来的时候衣冠楚楚！"

安东尼做了个手势，示意海特应该问问题了。海特说："他有车吗，希姆斯太太？"

"是的，一辆不错的蓝白相间的车。我猜它不属于这条街上的任何人，"她狡黠地看着他们，"我知道你们会来问我的。"

"你注意到车牌号了吗？"海特问。

"是的，"她洋洋得意地说，"我写下来了。"

安东尼微笑起来。

第十章
下午三点

火箭的上半部分套在一只铝管中，有一个铸镁底座。上半部分的套管安装在轴承上，可以在飞行中旋转，为了提高精确性，它每分钟将旋转大约550转。

第三十七大街与O街的交叉处，乔治敦大学的铁门敞开着。田园风格的灰石哥特式建筑三面环绕着一块泥泞的草坪，裹着大衣的学生和教职员工们从一座建筑出来，进入另一座。路克慢慢把车开进校园，想象着某个人可能会看到并认出他来，对自己说："嘿，路克！过来！"然后他的噩梦就结束了。

很多教授戴着神父硬领，路克意识到这一定是一个天主教大学，而且这里的人显然都是男性。

路克想知道自己是不是天主教徒。

他把车停在主入口前面，这是一座三拱形柱廊，上面刻着"希利大厅"。大厅里有个前台，前台的工作人员是路克进入校园之后见到的第一个女性。她表示，物理系就位于他的脚下，他只要到外面去，沿着通往柱廊下方的一道楼梯向下走就可以了。

路克顿时有一种靠近了某个谜题核心的感觉，好比寻宝者闯入了埃及金字塔内部的房间。

跟随工作人员的指引，他来到一间大实验室，室内中央摆着很多工作台，两旁有一些门，通往较小的办公室。一群人正围着其中一张工作台摆弄一台微波光谱仪的配件。他们都戴着眼镜。从其年龄判断，路克认为这是些教授和研究生。其中的某些人很有可能是他的熟人。他带着期盼的神情走到他们旁边。

其中一个年纪较大的男人看到了他，但他似乎并不认识路克："我能帮你吗？"

"我想是的，"路克说，"这里有没有地球物理学系？"

"天哪，没有，"对方说，"在这所大学，连物理都被视为无足轻重的学科。"其他人笑了起来。

路克借机让所有人都能看到自己，但似乎没有人认识他。选错地方了，他沮丧地想。他也许应该到乔治·华盛顿大学去。"那天文学呢？"

"为什么，是的，当然有。天体我们是研究的。我们的天文台很有名。"

路克兴奋起来："它在哪儿？"

那人指着实验室后面的一扇门。"到这座楼的另一头去，你会看到它在棒球场的另一侧。"

路克沿着一条和整座大楼一样长的又脏又暗的走廊向前走，对面过来一个穿教授式样的花呢衣服的驼背男人，路克盯着他的眼睛，准备一旦对方认出自己就报以一个微笑，然而那人却露出紧张的神色，匆匆走掉了。

毫不气馁的路克向前走去，用同样的表情看着对面过来的每一个科学家模样的人，但没人表现出认识他的样子。从大楼出来，他看到了网球场和波托马克河，运动场的西边有一座白色圆顶形建筑。

他带着越来越大的期待走进那座建筑。可以旋转的大型天文观测台建筑在一座两层房屋的平顶上，圆形部分的一块屋顶可以滑开，能够拥有如此昂贵的设施，说明学校肯定有一个正式的天文学系。路克走进天文台。

建筑内部的房间是围绕着一根大型中央立柱安排的，这根柱子支撑着圆顶的巨大重量。路克推开一扇门，发现里面是一间实验室，但空无一人。他又打开另一扇门，看到一位年龄与自己相仿的迷人女子坐在一台打字机后面。“上午好，”他说，“教授在吗？”

“你是说海顿神父？”

“哦，是的。”

“你是？”

“呃……”路克愚蠢地忘记了自我介绍。他的迟疑不决让秘书不信任地挑起眉毛。“他不认识我，”路克说，“我的意思是……他不是通过名字知道我的。”

对方愈加怀疑。“你应该有名字的吧。”

“路克，路克教授。”

“你是哪个大学的，路克教授？”

“嗯……纽约。”

“纽约有很多高等学校，你来自哪一所？”

路克的心沉了下去。他刚才过于冲动，忘记先做个计划以应付意外情况，现在他意识到自己把事情搞糟了。当你已经掉进洞里，就别再往下挖了，路克想。于是，他收起友好的微笑，换上冷淡的口气。“我不是来接受盘问的，”他说，“请告诉海顿神父，路克教授，火箭物理学家，过来拜访，想和他谈谈，好吗？”

“恐怕这不可能。”她坚决地说。

路克离开房间，用力关上门。他与其说在生那个秘书的气，不如说更生自己的气，她只是在保护自己的老板，以防他被一个显然神经不太正常的家伙纠缠。路克决定四处看看，再进几个房间试试，直到要么被人认出来，要么被赶出去为止。他来到二楼，发现这座建筑像是被废弃了一样见不到人，他爬上一段没有栏杆的木质楼梯，进入观测台，这里也没人。路克站在那里，一边羡慕地看着巨大的旋转望远镜和它复杂的机械系统——这是工程学的真正杰作，一边想着下一步到底该怎么办。

那位秘书爬上楼梯，路克已经做好了和她吵架的准备，哪知她满怀同情地说：“你遇到什么麻烦了，对吧？”

她的善良让路克喉头哽咽。“太不好意思了，”他说，“我失去了记忆。我知道自己从事的是火箭方面的工作，我希望找到认识我的人。”

“现在这里没人，”她说，“拉克利教授今天在史密森尼博物馆以‘火箭燃料’为主题发表演讲，这是国际地球物理年活动的一部分，所有教授都在那里。”

路克看到了很大的希望，不只是一个——他会遇到一屋子地球物理学家。“史密森尼博物馆在哪里？”

“在市中心，国家广场里面，第十大街附近。”

路克今天开着车一直在华盛顿转来转去，他知道那里并不远。“演讲什么时候开始的？”

“三点开始。”

路克看看他的手表，已经三点半了，如果他动作快些，就能在四点到达。“史密森尼博物馆。”他重复道。

“实际上，会议在航天楼里举行，在靠后的位置。”

“会有多少人出席，你知道吗？”

“大约一百二十人。”

这么多人里面，肯定有认识他的！

“谢谢你！”路克说，他跑下楼梯，离开了天文台。

第十一章
下午三点半

鉴于火箭上安装的小型引擎多达十一个，第二部分套管的旋转可以通过震动来稳定火箭的飞行路径。

伦恩·罗斯对索尔比基金会的谄媚行为惹怒了比莉。研究主管应该由最好的科学家担任——而不是最油嘴滑舌的。下午的时候，院长秘书给比莉打电话，让她到他办公室去，这更使比莉心烦意乱。

院长秘书查尔斯·希尔沃顿虽是会计师出身，但他明白科学家们需要什么。医院的所有者是一个慈善基金机构，该机构的主要目标是研究和缓解精神疾病。希尔沃顿认为自己的工作是确保医院的管理和财务问题不会影响医务工作者的工作。因此，比莉喜欢他。

希尔沃顿的办公室曾经是这座维多利亚时代建筑的餐厅，室内仍然留有壁炉和吊顶。希尔沃顿指了指一把椅子，请比莉坐下，然后开口道："你今天上午和索尔比基金会的人说话了吗？"

"是的，伦恩带他们参观了一下，我也去了。怎么了？"

他没有回答她的问题。“你觉得自己是否说了什么冒犯他们的话？”

她皱起眉头，困惑地说：“我不这么想。我们只是谈论了新的侧楼。”

“你知道，我真的曾希望你获得研究主管的职位。”

她警觉起来：“我不喜欢你用过去式！”

他继续说：“伦恩·罗斯是你的竞争对手，但是你更优秀。你的成就比他多，而且比他年轻十岁。”

“基金会支持伦恩担任这个职务？”

他迟疑了一下，神情尴尬：“他们执意如此，表示这是他们投资的条件。”

“去他们的！”比莉愕然。

“你认识与基金会有关系的人吗？”

“是的。我的一位老朋友是基金会的理事，他叫安东尼·卡罗尔，是我儿子的教父。”

“他为什么能进入董事会？他是做什么的？”

“他为国务院工作，但他母亲非常富有，他加入了好几个慈善机构。”

“他对你有什么不满吗？”

有那么一瞬间，比莉仿佛回到了过去。她曾经一直生安东尼的气，路克被迫离开哈佛大学之后，他们就再没约会过，但她因为安东尼对埃尔斯佩思的行为而原谅了他。那件事发生后，埃尔斯佩思变得很消沉，学习成绩也下滑了，甚至可能毕不了业。她整天披着长长的红头发走来走去，面色苍白，神情茫然，像一个幽灵，人也越来越瘦，还经常不去上课。是安东尼救了她。他们变得很亲密，但两人的关系与其说是爱情，不如说是友谊。他们一起学习，埃尔斯佩思终于获得了足够的学分，取得毕业资格。安东尼赢回了比莉的尊重，从那以后，他们就成了朋友。

于是她告诉查尔斯：“我曾经很生他的气，那是1941年的事，但很久以前我们就和好了。”

“也许基金会里的什么人欣赏伦恩的工作。”

比莉想了想，说：“伦恩的工作方法和我不同。他信奉弗洛伊德，注重从精神分析方面寻找解释。如果一位病人突然失去了阅读能力，他会认为病人对文字有下意识的恐惧心理，而我总会从大脑损伤的角度来寻找最接近的病因。”

“所以说，基金会里可能有一位狂热的弗洛伊德派在反对你。”

“我猜是的，”比莉叹息道，“他们做得出来吗？这太不公平了。”

“当然，这很不正常，”查尔斯说，“一般的基金会不会干涉需要专业意见的决策，但是也没有法律规定不允许他们干涉。”

“好吧，我不会就这么算了，他们的理由是什么？”

“基金会主席给我打了一个非正式的电话，他告诉我，董事会认为伦恩更适合这个职位。”

比莉摇摇头。“应该还有别的原因。”

“为什么不问问你的朋友？”

“我正打算这么做。”她说。

第十二章
下午三点四十五分

一台频闪观测仪被用来确定旋转外壳的放置高度，以便取得完美的平衡——否则内壳将在外壳中震动，导致整台设备解体。

离开乔治敦大学校园之前，路克看过了他的华盛顿道路图。史密森尼博物馆位于一个叫作“国家广场”的公园。路过K大街时，他看了手表，估计十分钟后就能到达目的地，假设找到演讲会场需要五分钟，他应该能在演讲结束前进入会场，然后他就能搞清楚自己是谁了。

虽然自他醒来发现自己失忆到现在才过去十一个小时，但因为他不记得今早五点之前发生的任何事情，所以，这段时间对他来说就像过了一辈子那么长。

他在第九大街向右转，满心期待地向南面的国家广场赶去。过了一会儿，他听到一声警笛，心猛地悬了起来。

他看看后视镜，一辆闪烁着警灯的巡逻车跟在他后面。前排坐着两个警察，其中一个指着右侧的路沿冲着路克比口型：“靠边停车。”

路克绝望了，他差一点就办到了。

他是不是违反了什么交通规则，警察要开罚单？然而，就算只是开个罚单，警察也要看他的驾驶执照，而他根本没有驾照。无论如何，他都不是简单的违反交通规则而已，因为他开的是偷来的车，他本以为车主今晚从费城回来发现车被偷之后才去报案，但可能哪里出了岔子，警察现在就来逮捕他了。

但他们得先抓住他才行。

他决定逃跑。他现在行驶在一条单行道上，前方是一辆长卡车。他没有多想便用力踩下油门，从卡车旁边绕了过去。

后面的警车拉起警笛，追了过来。

路克超到卡车前面，快速前进。他现在完全凭本能行事，他猛然拉动手刹，向右来了个急转弯。

福特车开始漂移，一边侧滑一边转弯。卡车左转躲避，迫使它后面的警车完全靠到了路的左侧。

路克拉到空挡，防止汽车熄火，车子朝着相反的方向慢慢减速，眼看就要停下时，他又挂上前进挡，踩下油门，在单行道上逆向行驶。

汽车疯狂地左右转动，以避免正面相撞。路克为了躲避一辆城市公交车右转，然后又躲过了一辆旅行车，却在一片愤怒的喇叭声中翻了个翻。一辆老林肯在人行道上撞上了灯柱。一辆摩托车失去了控制，骑手从上面摔了下来。路克希望自己受伤不要太严重。

他来到下一个十字路口，猛地向右拐到一条宽大的马路上，连闯好几个红灯，加速冲过两个街区，他看了一下后视镜，发现警车已经不知去向了。

路克再次转弯南行。现在他彻底迷路了，只知道国家广场在南面。既然已经把警车甩掉，他暂时可以正常行驶了。然而，现在已是下午四点，比起五分钟前，他距离史密森尼博物馆更远。如果他迟到了，听众们就会散场，所以他再次踩下油门。

路克目前所在的这条街向南是个死胡同，他不得不向右拐，他一边穿街过巷、绕过各种比自己慢的交通工具，一边寻找街道的名牌。现在他位于D大街，一分钟后，他来到第七大街，然后向南转弯。

路克的运气变好了，一路全是绿灯，他在宪法大道一口气开过七个十字路口，终于抵达了国家广场。

他看到右侧的草坪对面有一座巨大的暗红色建筑，就像童话故事里的城堡。地图上显示这里就是史密森尼博物馆。他停下车，看看表，四点零五分。听众们一定准备离开了。他咒骂着跳了起来。

他跑过草坪，那位秘书曾经告诉他演讲是在博物馆后方的航天楼里举行的，那他现在看到的是前方还是后方呢？这看起来像是前方。大楼侧面有一条小路，穿过一个小花园，他沿着小路来到一条两车道的宽马路。他继续跑，看到一扇精致的铁门，它通往博物馆的后门。他右边的草坪一侧有一座貌似一个旧机库的建筑，他走了进去。

路克四处张望。这儿的天花板上悬挂着各种飞行器：旧式的复翼飞机、二战时代的喷气机，甚至还有热气球。地板上放着一只玻璃柜，里面陈列着飞行员的徽章、飞行服、航空相机和照片，等等。路克对一位没穿制服的保安说："我来参加关于火箭燃料的演讲。"

“太迟了，”那人看看他的手表，“现在是四点十分，演讲结束了。”

“演讲是在哪里举行的？我也许还能找到发言人。”

“我想他已经走了。”

路克紧盯着他，慢慢地说：“回答我的问题，在哪儿？”

那人看上去挺害怕。“在大厅那一头。”他急忙说。

路克快步穿过大厅，他看到一个临时搭建的演讲厅，设有讲台、黑板和几排椅子。大部分听众都走了，服务人员正把折叠椅堆放在房间的一边。然而角落里还有八九个人围着一个白头发的男人正在讨论着什么，那个人可能就是今天的演讲者。

路克心情沮丧。几分钟前，这儿还有一百多名科学家——他的同行——在听演讲，而现在只剩这么点人，很有可能没有一个人认得他。

白发男人抬头看看路克，接着回头看看别的人，很难猜出他是否认出了路克，他一直在讲话，根本没有停下来。“硝基甲烷几乎是不可能处理的，不能忽视安全因素。”

“你可以在处理过程中加入安全步骤，如果燃料足够好的话。”一位穿花呢西装的年轻人说。

路克熟悉这些人讨论的话题。他们测试了各种火箭燃料，其中很多都比酒精和液态氧的混合物的威力大得多，但又都具有缺陷。

一个操南方口音的男人说：“偏二甲肼怎么样？我听说他们在帕萨迪纳的喷气推进实验室里测试这个。”

路克突然说：“它虽然有效，但是含有剧毒。”

他们都转过头来看他。白发男子皱起眉头，显得有点烦躁，他显然不喜欢被一个陌生人打断。

接着那个穿花呢西装的年轻人一脸震惊地说：“我的天，你在华盛顿干什么，路克？”

路克心花怒放，简直要喜极而泣了。

Part 3

第一章
下午四点十五分

火箭外壳上的纸带编程器能够将上半部分的旋转速度控制在每分钟450转到650转，以避免出现可能导致火箭在太空中解体的共振。

路克发现自己说不出话来，如释重负的感觉太强烈了，以至于哽住了他的喉咙。在这一整天里，他一直强迫自己保持冷静和理性，而现在他已经接近崩溃了。

其他的科学家仍在继续讨论，他们显然没有注意到路克的反常。只有那个穿花呢西装年轻人关切地问："嘿，你还好吗？"

路克点头。过了一会儿，他勉强说道："我们能谈谈吗？"

"当然，当然。怀特兄弟展览的后面有一间小办公室，拉克利教授刚才用过，"他们朝房间一边的一扇门走去，"我是这次演讲的组织者，顺便说一下。"他把路克领进一个简朴的小房间，里面摆着一对椅子、一张书桌和一部电话。两人坐下来。

"发生什么事了？"年轻人问。

"我失去记忆了。"

“我的天！”

“自我身份遗忘症。我仍然记得我的研究领域——所以我才能找到你们——但我不知道关于我自己的任何事。”

年轻人震惊地问：“你知道我是谁吗？”

路克摇头：“该死，我甚至不敢肯定我的真名是什么。”

“哎呀，”对方看上去不知所措，“我从未在真实生活中遇到这种事。”

“我需要你告诉我，你都知道我的什么情况。”

“我猜你会这么问我的。呃……我们从哪开始？”

“你叫我路克。”

“大家都叫你路克。你是克劳德·卢卡斯博士，但我猜你从来不喜欢‘克劳德’。我是威尔·麦克德莫特。”

路克闭上双眼，心中充满了快慰和感激。他知道自己的名字了。“谢谢你，威尔。”

“我根本不了解你的家庭情况。我只见过你好几次，在科学会议上。”

“你知道我住在哪里吗？”

“阿拉巴马州的亨茨维尔，我猜。你为美国陆军弹道导弹机构工作，他们的总部在亨茨维尔的红石兵工厂。但你是平民身份，不是军官。你的老板是沃纳·冯·布劳恩。”

“我简直不知道怎么告诉你，知道这些我有多么高兴！”

“见到你我非常惊奇，因为你的团队正准备发射一枚火箭，它将把一颗美国卫星首次发射到太空。他们都在卡纳维拉尔角，据说今晚就会发射。”

“今天早晨我在报纸上读到了——天啊，那火箭属于我的工作范围吗？”

“是的。‘探索者号’。这是美国太空项目的历史上最重要的发射——特别是在苏联的‘伴侣号’发射成功和美国海军的‘先锋号’失败之后。”

路克振奋起来。而几个小时前他还以为自己是个酗酒的流浪汉，现在他居然得知自己是个科学家，而且已经位于本领域的顶端。“但我应该在那里准备发射的！”

“正是……所以，你知道自己为什么没在那里吗？”

路克摇头。“我今天早晨是从联合车站的一个男厕所里醒过来的，我根本不知道自己怎么会在那里。”

威尔露出一个男人和男人之间会心的微笑：“听起来你昨天晚上一定参加了一个很棒的派对！”

“我得严肃地问问你——我会做出那种事吗？醉到不省人事？”

“我还不够了解你，无法给你答案，”威尔皱眉，“不过我还是感到惊奇。你知道，我们是科学家，我们眼中的派对就是围坐在一起喝喝咖啡、谈谈工作。”

路克也觉得这样才像话。至于喝醉了什么的，根本不是他的兴趣所在。但除此之外他不知该如何解释自己为什么会变成这样。还有，皮特是什么人？为什么一直有人跟踪他？在联合车站搜索他的那两个人又是谁？

他本想和威尔谈谈这一切，但又觉得对方会以为他疯了。所以，路克只好说：“我准备给卡纳维拉尔角打电话。”

“好主意，”威尔拿起桌上的电话，拨了零，“我是威尔·麦克德莫特，我可以用这部电话打个长途吗？谢谢。”他把听筒递给路克。

路克从信息台问清号码，拨了过去："我是卢卡斯博士。"能够报出自己的名字，他感到非常愉快，他根本没有想到这样做会给他带来如此大的满足感。"我想和'探索者号'发射项目的团队通话。"

"他们在D和R机库，"男接线员说，"请不要挂机。"

过了一会儿，一个声音说："陆军安全部，我是海德上校。"

"我是卢卡斯博士——"

"路克！你终于出现了！你他妈的去哪了？"

"我在华盛顿。"

"好吧，你究竟在干什么？我们都快疯了！我们已经让陆军安全部、FBI甚至CIA的人去找你了！"

这解释了为什么联合车站会出现两名探员，路克想。"听着，发生了一件怪事。我失去记忆了。我一直在华盛顿转悠，想弄清楚我是谁。最后，我终于找到了一些认识我的物理学家。"

"这太不寻常了。怎么会发生这种事，看在上帝的分上？"

"我还希望你来告诉我呢，上校。"

"你总是叫我比尔。"

"比尔。"

"好吧，我会告诉你我所知道的。星期一早晨你坐飞机走了，说你要到华盛顿去。你是从帕特里克坐的飞机。"

"帕特里克？"

"帕特里克空军基地，靠近卡纳维拉尔角。玛丽格尔德为你安排的……"

"玛丽格尔德是谁？"

“你在亨茨维尔的秘书。她还在华盛顿的卡尔顿酒店预订了你平时住的套间。”

上校的语气里有一丝嫉妒的成分，路克想问问“平时住的套间”是什么样的，但他还有更重要的问题。“我告诉过别人这次出行的目的吗？”

“玛丽格尔德为你约见了舍伍德将军，你昨天上午十点应该到五角大楼与将军见面，但你失约了。”

“我告诉别人自己为什么要见将军了吗？”

“显然没有。”

“他的责任范围是什么？”

“陆军安全——但他也是你家庭的朋友，所以你们见面可能会谈到各种事。”

自己在火箭发射之际离开卡纳维拉尔角到华盛顿来，一定是为了什么特别重要的事情，路克想。“发射会在今晚进行吗？”

“不会，我们遇到了天气问题。发射被推迟到明天晚上十点了。”

路克太想知道自己来华盛顿究竟是出于什么目的了。“我在华盛顿有朋友吗？”

“当然。其中之一每个小时都会给我打一次电话，他叫伯恩·鲁斯坦。”海德念出了鲁斯坦的电话号码。

路克把号码记在一张便条纸上。“我会立刻打给他。”

“首先，你应该和你妻子谈谈。”

路克僵住了，他的呼吸暂停了。妻子，他想。我有个妻子。他好奇她会是什么样子。

“你还在吗？”海德说。

路克的呼吸恢复了正常："啊，比尔……"

"什么？"

"她叫什么名字？"

"埃尔斯佩思，"他说，"你妻子的名字叫埃尔斯佩思。我会把你的电话转给她。别挂断。"

路克感觉腹部一阵紧张。有什么好紧张的，他想。她是他妻子。

"我是埃尔斯佩思。路克，是你吗？"

她的声音温暖低沉，发音标准，没有什么特别的口音。在他想象中，她是一个高个子、气质自信的女人。他说："是的，我是路克。我失去记忆了。"

"我一直非常担心，你还好吗？"

得知有个人一直在担心自己的情况，路克觉得非常感激。"我猜我现在还是不错的。"他说。

"到底发生了什么事？"

"我真的不知道，我今天早晨在联合车站的一个男厕所里醒过来，我花了一整天时间想弄明白我自己是谁。"

"大家都在找你。你现在在哪儿？"

"在史密森尼博物馆，航天楼。"

"有人照顾你吗？"

路克朝威尔·麦克德莫特笑笑。"一位科学家朋友在帮助我。我有伯恩·鲁斯坦的电话号码，但我真的不需要照顾。我很好，只是失忆了而已。"

威尔·麦克德莫特站起来，尴尬地对路克耳语道："我给你一些隐私空间，我到外面等你。"

路克感谢地点点头。

埃尔斯佩思说："那么，你不记得你为什么要急着到华盛顿去了？"

"不记得了。显然我没有告诉你原因。"

"你说我最好不要知道。但我急疯了，我给我们在华盛顿的一个朋友打了电话，安东尼·卡罗尔，他在CIA。"

"他做了什么吗？"

"他星期一晚上往卡尔顿酒店给你打了电话，你和他约好星期二早晨一起吃早餐——但你没有出现。他找了你一整天。我现在准备给他打电话，告诉他一切都好。"

"显然，星期一晚上和星期二早晨之间，有什么事发生在了我的身上。"

"你应该去看医生，检查一下身体。"

"我觉得很好，但是我有很多想知道的。我们有孩子吗？"

"没有。"

路克感到一阵他熟悉的悲伤，就像过去的旧伤口又疼起来一样。

埃尔斯佩思继续说："我们结婚以后就一直试图要孩子，那是四年前的事情了，但一直没有成功。"

"我的父母还活着吗？"

"你妈妈健在，她住在纽约。你爸爸五年前去世了。"

路克突然感到一阵没有缘由的悲痛，他丢失了关于父亲的记忆，而且再也见不到他了。这简直无法忍受。

埃尔斯佩思继续说："你有两个弟弟、一个妹妹。你最喜欢你的妹妹艾米丽，她比你小十岁，住在巴尔的摩。"

“你有他们的电话号码吗？”

“当然，别挂，等我找给你。”

“我想和他们说话，不知道为什么，”他听到电话另一头传来低沉的呜咽，“你哭了？”

埃尔斯佩思吸吸鼻子。“我没事，”他想象着她从手提包里拿出一条手帕的样子。“我突然为你感到伤心，”她带着哭腔说，“你一定很难受。”

“有那么几次。”

“我来告诉你电话号码。”

“我们有钱吗？”他一边说一边记录。

“你父亲是个非常成功的银行家，他留给你很多钱，为什么问这个？”

“比尔·海德告诉我，我住在卡尔顿酒店的我‘平时住的套间’。”

“战前，你爸爸是罗斯福政府的顾问，他来华盛顿时喜欢带着家人，你们总是住在卡尔顿酒店的一个转角处的套间里。我猜你是在保持传统。”

“所以，你和我不靠陆军的工资生活。”

“不，但在亨茨维尔，我们试图不要生活得比你的同事们好太多。”

“如果这样下去我会问上你一整天。但我最想弄明白的是在我身上发生了什么事。你今晚能飞过来吗？”

电话那头沉默了一阵。“我的天，为什么？”

“和我一起解开这个谜团。我可能需要帮助——和陪伴。”

“你应该忘记它，过来这边。”

这不可能。“我无法忘记这件事。我必须知道它是怎么回事，忽略它就太奇怪了。”

“路克，我现在不能离开卡纳维拉尔角。我们就要发射美国的第一颗卫星了，看在上帝的分上！在这样一个时刻，我不能让团队失望。”

“我想是这样，”他表示理解，但同时也因她的拒绝而有受伤的感觉，“伯恩·鲁斯坦是谁？”

“他和安东尼·卡罗尔是你在哈佛的同学。他现在是个作家。”

“显然他一直试图联系我。也许他知道这是怎么回事。”

“等一下打给我，好吗？我今晚住在蓝锆石旅馆。”

“好的。”

“照顾好你自己，路克，拜托了。”她诚挚地说。

“我会的，我保证。”他挂了电话。

他默默地坐了一会儿，感到萎靡不振，有点想回到旅馆躺下休息。但他太好奇事情的真相了。他又拿起电话，拨打了伯恩·鲁斯坦的号码。“我是路克·卢卡斯。”路克在电话接通后说道。

伯恩声音低沉，讲话带有纽约口音。“路克，感谢上帝！你到底怎么了？”

“大家都这么说。我的回答是，除了知道自己失去记忆之外，我根本不知道到底发生了什么事。”

“你失去记忆了？”

“对。”

“噢，该死。你知道自己怎么会失忆的吗？”

“不知道。我以为你可能会有一点线索。”

“也许吧。”

“你为什么一直想联系我？”

“我很担心。你星期一给我打过电话。你说你在来这里的路上，你想见我，而且你会从卡尔顿酒店给我打电话，但你没打给我。”

“我就是星期一晚上出的事。”

“是的。听着，比莉·约瑟夫森是记忆方面的国际专家，你应该给她打电话。”

路克见过这个名字。“我想我在图书馆看过她的书。”

“她是我前妻，也是你的老朋友。”伯恩把约瑟夫森的电话号码告诉路克。

“我马上打给她。伯恩……”

“在。”

“我失去记忆了，而我的一位老朋友竟然是记忆方面的国际专家，这难道不是很诡异的巧合吗？”

“可能只是个巧合。”伯恩说。

第二章
下午四点四十五分

火箭的最后一节包含卫星，它有80英寸长，直径只有6英寸，重量仅为30磅，形状像一截烟囱。

比莉与一位病人安排了一个小时的谈话，对方是个橄榄球运动员，在比赛中与对方球员碰撞时发生了脑震荡。他是个有趣的研究对象，因为他对参加比赛开始一小时之前发生的事情记得一清二楚，而从他被撞后站在球场边线上背对着赛场的时候开始，他就不知道自己为什么会站在这里了。

比莉在谈话时走神了，她老是想起索尔比基金会和安东尼·卡罗尔。处理完橄榄球运动员的事情并给安东尼打过电话后，她感到十分懊恼和不耐烦。她第一次打给安东尼的时候就找到了他。"安东尼，"她一上来就问，"到底发生了什么事？"

"发生了很多事，"安东尼回答，"埃及和叙利亚决定合并，裙子越来越短，罗伊·康帕内拉在车祸中断掉了脖子，也许再也追不上洛杉矶道奇队了。"

她控制着朝他大喊大叫的冲动。"我没有得到医院研究主管的职位，”她强自镇定地说，“伦恩·罗斯得到了这份工作，你知道吗？”

“是的，我猜我知道。”

“我不明白。我以为我也许会输给一个资深的外人——普林斯顿的索尔·维恩伯格，或者他那种级别的人。但是大家都知道我比伦恩强。”

“是吗？”

“安东尼，得了吧！你自己明白这一点。是你多年前鼓励我从事这方面的研究，就是战争结束的时候，我们……”

“好吧，好吧，我记得，”他打断道，“那些事仍然是保密的，你知道。”

她不相信他们在战争期间做的事情现在仍然是重要机密。但这无所谓。“那我为什么没得到这份工作？”

“我应该知道原因吗？”

说出来有些丢脸，她想，但她需要知道原因，于是顾不得难堪地说：“基金会坚持让伦恩担任这个职务。”

“我猜他们有权这样做。”

“安东尼，和我说话！”

“我在说。”

“你是基金会的成员，一个受托基金机构干预这种类型的决定是十分不正常的。他们一般会把这种事交给专家来做。你一定知道他们为什么会做出这种反常的举动。”

“我不知道。我猜他们还没有采取这一步行动。我们没有开会讨论这个——要是有的话，我会知道的。”

“查尔斯非常肯定。”

“我并不怀疑这个决定的真实性，也为你感到遗憾。但是这种事不需要公开决定。更有可能的是，基金会主管和一两名董事会成员在宇宙俱乐部喝酒的时候讨论了此事，然后其中一位给查尔斯打电话把他们的意向告知他，而查尔斯不能得罪他们，所以他只能接受。这类事情就是这样处理的。令我吃惊的是查尔斯对你如此坦白。”

“他很震惊，我想。他无法理解为什么他们会这么做。我想你也许知道。”

“可能是出于什么说不出口的原因。罗斯成家了吗？”

“结婚了，有四个孩子。”

“如果有需要养家的男人参选的话，主管不会同意让女人获得这样的高薪职位的。”

“看在上帝分上！我也有一个孩子，还要照顾老母亲！”

“我没说这样做符合逻辑。听着，比莉，我得走了。我很抱歉，我会给你打电话的。”

“好吧。”她说。

挂掉电话，她盯着话机，试图理清自己的感觉。她觉得安东尼没有说实话，她想知道自己为什么会有此感觉，安东尼不知道基金会其他成员的阴谋看似有理，但她为什么不相信他呢？思考再三，她意识到安东尼是在含糊其词——这不像他的风格。他最后似乎向她透露了一点什么，但也是抱着不情愿的态度。各种迹象综合起来看，结论就很明显了。

安东尼说谎了。

第三章
下午五点

火箭的第四节是由轻质量的钛金属制成，而不是不锈钢，减掉的重量允许火箭再携带两磅重的科学仪器。

安东尼刚放下话筒，电话便又响了起来。他接起电话，话筒中传来埃尔斯佩思惊慌的声音："看在上帝的分上，我刚才整整一刻钟没有打通你的电话！"

"我和比莉通话来着，她……"

"别管了，我刚才和路克说话了。"

"天啊，怎么回事？"

"闭嘴！听着！他在史密森尼博物馆，航天楼，和一群物理学家在一起。"

"我马上去。"安东尼扔下电话冲出门去。皮特见状，也跟在他身后跑，他们赶到停车场，跳进安东尼的汽车。

路克与埃尔斯佩思谈过话——这个事实打击了安东尼，这说明一切都没有按照他的计划来，但也许只要他赶在其他人之前找到路克，就能亡羊补牢。他们用了四分钟就来到独立街和第十大街，两人把车停在史密森尼博物馆后门，跑进被称为“航天楼”的旧机库。

入口处附近有一部公用电话，但他们没有发现路克。

“分开找，”安东尼说，“我往右，你往左。”他从各种展品之间走过，仔细观察盯着玻璃柜和抬头看天花板上悬挂的飞行器的参观者的脸，最后他来到机库的另一头与皮特会合，做了个一无所获的手势。

机库的一侧是几间休息室和办公室。皮特检查了男厕所，安东尼查看办公室。路克一定是用办公室里的某部话机打的电话，但他现在已经不在这里了。

皮特走出男厕，说：“没有。”

安东尼说：“完了。”

皮特皱眉。“是吗？”他说，“有这么严重？难道这个人比你告诉我的还要重要？”

“是的，”安东尼说，“他可能是美国最危险的人。”

“上帝。”

安东尼发现靠墙堆放着一些椅子和一个活动讲台。一个穿花呢西装的年轻人正和两个穿工作服的男人说话。安东尼想起埃尔斯佩思说路克和一群物理学家在一起，也许他还能打听到路克的去向。

他来到那个穿花呢西装的人旁边，说：“打扰了，这儿开过什么会吗？”

“是的，拉克利教授主办的关于火箭燃料的讲座，”年轻人说，“我是威尔·麦克德莫特，讲座的组织者，它是国际地球物理年活动的一部分。”

“克劳德·卢卡斯博士来过吗？”

“是的。你是他的朋友？”

“是的。”

“你知道他失忆了吗？”

“是的。”

“他甚至不知道自己的名字，是我告诉他的。”

安东尼心中暗骂。自从听到埃尔斯佩思说她和路克打过电话，他就害怕路克弄清自己的身份。

“我急需找到卢卡斯博士。”

“真可惜，他刚走。”

“他说过准备去哪儿了吗？”

“没有。我想劝他去看医生，检查一下身体，但他说自己没事。我觉得他看上去很惊慌——”

“好的，谢谢你的帮助。”安东尼转身快步离开，心中很是愤怒。

他在独立大街看到一辆警车。两个警察正在马路对面察看一辆汽车。安东尼走过去，发现那辆车是蓝白相间的福特嘉年华。“看那个。”他对皮特说。他检查了车牌照，它正是“包打听”罗西在她乔治敦的家中窗户上看到的那辆车。

他向巡警亮亮CIA证件。“这辆车是非法停靠的吗？”他问。

年长的那名警察说：“不是，我们在第九大街看到一个男的开着它，但他把我们甩掉了。”

“你们让他跑了？”安东尼不相信地问。

“他向后一转，直接冲到车流里了！”年轻的警察说，“无论他是谁，开起车来真不要命。”

“几分钟后，我们发现车停在这里，但人不见了。”

安东尼很想照着两个警察的榆木脑袋来上几下。“逃犯可能偷了附近的车跑掉了，”他说，随后他从皮夹里拿出一张名片，“如果你们得到附近的汽车失窃的消息，请打上面的电话联系我好吗？”

年长的警察看了看名片，说：“一定会的，卡罗尔先生。”

安东尼和皮特回到黄色凯迪拉克上开走了。

皮特说：“你觉得他现在会怎么做？”

“我不知道。他也许会去机场，坐飞机回佛罗里达；也许会去五角大楼；还有可能回宾馆。该死，他说不定会到纽约看他母亲。我们可能不得不分头行动。”安东尼一边停下车，和皮特走进Q楼，一边沉默地思索着。快到他办公室的时候，安东尼说：“派两个人到飞机场，两个人到联合车站，两个人去公共汽车站。办公室里留两个人，给我们知道的路克所有的亲戚、朋友和熟人打电话，问他们是否和路克约好见面或者与他联系过。你和两个人到卡尔顿酒店去，开个房间，然后去大厅蹲守。过一会儿我去找你们。”

皮特离开了，安东尼关上门。

安东尼今天头一次感到害怕。现在路克知道了自己的身份，而他接下来会发现什么还很难说。安东尼本应该在这次行动中大获全胜的，可现状却出乎意料地发展，甚至可能毁掉他的职业生涯。

还有可能毁掉他的人生。

如果他能找到路克，尚有挽回余地。但他可能不得不采取极端措施，仅仅对路克采取监视远远不够，他必须一次性彻底解决问题。

他心情沉重地走到墙上挂着的艾森豪威尔总统的画像旁边，把相框往旁边一拉，画像移开，露出一只保险柜。他拨动密码盘，打开柜子，拿出他的枪。

这是一把瓦尔特点三八自动手枪，德国陆军曾在二战中使用。上级在安东尼去北非之前将这把枪发给了他，他还有一只消声器，是OSS专门为这种手枪设计的。

他第一次杀人就是用的它。

阿尔宾·莫里哀是个叛徒，把法国抵抗组织的成员出卖给了警察，所以他该死——这是安东尼所在的行动小组里的五个人共同决定的。一个深夜，他们五个人找了个偏僻的所在，围着一张破旧的桌子抽签选择处刑人，唯一的一盏灯在粗糙的石墙上投下跳动的影子。作为唯一的外国人，安东尼本来可以不参加抽签的，但这样会令他失去同伴的尊敬，所以他坚持也要参加。他抽到了最短的那根稻草。

阿尔宾被绑在一台破犁的生锈的轮子上，眼睛都没有蒙布，他就这么听着这伙人的商议，看着他们抽的签。当他们宣判他死刑的时候，阿尔宾吓得屁滚尿流，看到安东尼拿出“瓦尔特”，他更是高声尖叫起来。他的尖叫帮了大忙，为了止住噪音，安东尼希望尽快解决他。

他站在很近的位置朝阿尔宾双眼之间开了一枪。事后，其他人告诉安东尼他做得很好，不带一丝犹豫或抱歉，是条汉子。

他仍然会梦到阿尔宾。

他从保险柜中取出消音器，装在手枪枪管上，拧紧螺丝，穿上大衣。这是一件骆驼毛的冬衣，单排扣，内袋很深。他把枪手柄朝下地放进右边口袋，消音器向上。他没有系大衣扣子，左手伸进右边口袋，抓着消音器拿出枪来，向左滑动杠杆打开保险。整个过程只用了一秒钟。加了消音器的枪显得笨重，而消音器和枪分开的话更容易携带，但他在开枪之前可能没有时间临时装好消音器，还是事先装上比较好。

他系好扣子，走出门去。

第四章
下午六点

卫星的形状像一颗子弹，并非球形。理论上，球形应该更稳定，但卫星必须伸出天线进行无线电联系，所以无法做成球形。

路克乘出租车来到乔治敦精神病院，在前台接待处报上名字，表明他与约瑟夫森博士有个预约。

电话中的她非常迷人：对他表示关心，很高兴听到他的声音，好奇他的失忆，盼望尽快见到他。她讲话有南方口音，喉咙后面似乎总是憋着笑声。

路克看着她跑下楼梯，她是个穿白色实验服的矮小女人，有一双棕色的大眼睛，因为兴奋而面色发红。一见到她，路克就忍不住露出微笑。

“见到你太好了！”她张开双臂拥抱了他。

他感到一阵想要回应她的喜悦和抱紧她的冲动，但他生怕自己做出什么可能冒犯对方的举动，所以就没有动，他的双手停在半空中，像是遭到抢劫的受害者。

她看着他笑起来。“你忘了我长什么样了，”她说，“放松，我不会伤害你。”

他让胳膊落在她肩膀上，实验服下的娇小身体柔软丰满。

“来吧，我带你去我办公室。”她领他走上楼梯。

他们穿过一道宽阔的走廊，这时出来一个穿浴袍的白发女人说：“大夫！我喜欢你男朋友！”

比莉朝她笑笑：“过一会儿你可以把他带走，马琳。”

比莉的办公室不大，有一张写字台和一只钢制文件柜，但她用鲜花和一幅引人注意、色彩明快的抽象画把室内布置得很漂亮。她端给路克一杯咖啡，打开一包饼干，然后问他失忆症的情况。

他回答问题时她在记笔记。路克十二个小时没吃东西了，他把饼干全吃了。她微笑着说：“还想要吗？我还有一包。”他摇摇头。

“好吧，我现在弄明白了，”她总结道，“你得了全面性遗忘症，但除此之外你的精神状态似乎比较健康。我无法评估你的身体状况，因为我不是那一类的医生，我的职责是建议你尽早做一次身体检查，”她微笑着说，“不过你看上去不错，就是受了惊。”

“这种遗忘症能治好吗？”

“不能，这个过程一般是不可逆的。”

路克备受打击，他曾经希望所有的记忆瞬间回到自己的脑子里。“上帝啊。”他咕哝着。

“不要灰心，”比莉和蔼地说，“患者的各种精神机制都健全，能够重新拾回忘记的内容，所以他们可以恢复过去的正常生活。你一定会没事的。”

尽管这个消息令他难以接受，但他发现自己正迷恋地看着她，先是注意她的眼睛，那里闪耀着同情的光芒，接着是她富于表情的嘴巴，然后是台灯光照下的她的深色鬈发。他甚至希望她一直说下去。路克问：“什么原因可能导致遗忘症？”

“最有可能的是大脑损伤，不过，你没有受伤的迹象，而且你告诉我你的头不疼。”

“是这样的。那其他原因呢？”

“其他原因有很多，”她耐心地解释道，“可能是长期的压力、突然的打击或者毒品引起的，还有可能是包括电击和药物在内的治疗精神分裂的方式引起的。”

“你能看出我是受到什么影响吗？”

“我不能十分确定。你说今天早晨有宿醉的感觉，如果昨晚你没喝酒，就可能是服用了某种药物，但即使医生也无法确定这一点。你需要搞清楚星期一晚上到今天早晨这段时间你遇到了什么事。”

“好吧，我至少知道了寻找的目标是什么，”他说，“打击、药物或者精神分裂治疗方法。”

“你没有精神分裂，”她说，“你对现实把握得很好，你下一步准备怎么做？”

路克站起身。他不愿意离开这个令人着迷的女子，但她已经把她所知的都告诉他了。“我要去见伯恩·鲁斯坦。我认为他可能有些办法。”

“你有车吗？”

“我让一辆出租车在门口等着。”

“我送你出去。”

两人下楼时，比莉亲热地挽着他的胳膊。

路克说：“你和伯恩离婚多长时间了？”

“五年了。时间长得足以再次成为朋友了。”

“有个奇怪的问题，但我不得不问。你和我约会过吗？”

“噢，伙计，”比莉说，“当然。”

第五章
1943年

意大利投降的那一天，比莉在Q楼大厅里碰到了路克。

一开始她没有认出他来。她看到一个瘦削的男人，显然三十来岁，穿着一套过于肥大的西装，她的目光从他身上一扫而过，没有意识到这人就是路克。于是他开口了："比莉？你不记得我了吗？"

当然，她记得他的声音，一听到他开口说话，她的心跳就加快了。但当她再次把目光落到说话人身上时，他瘦削憔悴的外表让她忍不住小声发出恐惧的尖叫。他的头看上去像个骷髅，曾经乌黑闪亮的头发失去了光泽，他的衬衫领子太大了，外套就像挂在铁丝衣架上。他的眼睛透出老年人的苍老疲惫。"路克！"她说，"你看上去真可怕！"

"哎呀，谢谢。"他说，露出一个疲惫的微笑。

"对不起。"她急忙说。

"别担心。我掉了几斤肉。我知道。我待的地方没有多少吃的。"

她想抱抱他，却还是忍住了冲动，因为不确定是否会引起他的不快。

他问："你来这里干吗？"

她深吸一口气："参加培训——地图、无线电、武器的使用和徒手格斗什么的。"

他笑道："你穿得可不像是来练柔道的。"

虽然是战争期间，比莉还是喜欢时髦的穿着。今天她穿了一身浅黄色的套装：一件短外套和一条风格大胆的长及膝盖的裙子，还戴着一顶大帽子，活像一只倒扣过来的餐盘。当然，她在陆军上班的工资是买不起最时髦的衣服的，这套衣服是她用借来的缝纫机自己制作的。她父亲把缝纫技术传授给了他的所有子女。"我就当你是在夸我，"她微笑着说，开始从震惊中恢复过来，"你去哪里了？"

"你有一分钟时间我们谈谈吗？"

"当然。"她本应去上密码课，但是让它见鬼去吧。

"我们到外面去说。"

那是个温暖的九月下午，他们沿着国家广场的倒影池漫步，路克脱下他的西装外套，把它搭在肩膀上。"你怎么会在OSS？"

"安东尼·卡罗尔帮我搞定的。"她说。在战略服务处（OSS）工作被视为一种光荣，而且在这里的工作大部分都是保密的。"安东尼动用家庭关系来到这里。他现在是比尔·多诺万的私人助理了，"人称"野蛮人"的比尔·多诺万将军是OSS的头儿，"我在华盛顿漂泊了一年，所以，能来这里我真的很高兴。安东尼利用职务之便把他在哈佛的所有老朋友都弄进来了。埃尔斯佩思在伦敦，佩吉在开罗，据我所知，你和伯恩在敌后的某个地方。"

“法国。”路克说。

“感觉如何？”

他点燃一支烟。这是个新习惯——在哈佛上学的时候他不抽烟——但现在他会大口把烟吸进肺里，仿佛那是生命之气。“我杀的第一个人是法国人。”他突然说。

显然，他非常需要倾诉一番。“告诉我发生了什么。”她说。

“他是个警察，宪兵。和我一样，也叫克劳德。他实际上不是个坏人——只是反犹太，就是个普通的法国人，跟普通美国人也差不多。他不小心闯进我们小组开会的农舍。我们在干什么是很明显的——桌子上放着地图，墙角堆着步枪，伯恩正在给法国佬演示怎么连接定时炸弹的线，”路克古怪地笑了一声，笑声中丝毫没有幽默的意味，“那该死的蠢蛋想要把我们都逮捕了，当然他怎么想的并不重要，无论如何我们都必须杀了他。”

“你怎么做的？”比莉小声说。

“把他带到外面，朝他脑后开了一枪。”

“噢，上帝。”

“他没有马上死，过了一分钟才死。”

她拿起他的手紧紧握住，他也握着她的手，他们就这样手挽手走过狭长的倒影池。他又给她讲了一个法国抵抗组织的女战士被捕和受到折磨的故事，比莉听哭了，九月的阳光照耀着她脸上的泪痕。那个下午似乎变冷了，因为他一直在叙述那些残酷的往事：汽车被炸上天、德国军官被刺杀、抵抗组织成员在枪战中牺牲、犹太人一家老小被带到未知的地方关起来。

他们走了两个小时，这时他的脚步开始踉跄，她扶着他，不让他跌倒。“上帝，我太累了，”他说，“我一直睡眠不足。”

她叫了一辆出租车，把他送回他住的宾馆。

他住在卡尔顿酒店。陆军可负担不起这样的奢侈，她想起他的家庭很富有，他有个转角套房。起居室有台三角钢琴，而且还有她从未见过的东西——浴室里有电话分机。

她叫客房服务给送来鸡汤、炒蛋、热面包卷和一品脱冷牛奶。他坐在沙发上又开始讲故事，这次是个有趣的故事——关于破坏给德国陆军制造平底锅的工厂的。“我来到那个巨大的五金车间，里面大概有五十个肌肉发达的大块头女人正在给炉子加煤和敲打模具。我喊道：‘赶快出去！我们准备把这里炸掉！’可她们反而嘲笑我！她们都没走，还继续干活，因为不相信我的话。”他还没讲完故事，食物就送来了。

比莉签了单，给侍者打点了小费，把盘子端上餐桌。当她转过身来的时候，发现他已经睡着了。

她费了好长时间才把他叫醒，天色已晚，她只好让他躺到卧室的床上去。“别走。”他嘟囔着，接着又把眼睛闭上了。

她脱掉他的鞋，轻柔地松开他的领带。一阵温暖的微风从敞开的窗户吹进来，他不需要盖毯子。

她坐在床边看了他一会儿，想起将近两年前他开车从剑桥送她到纽波特，她用小指头的外侧拂过他的脸颊——那天晚上她就是这么做的，路克仍在沉睡。

她脱掉自己的鞋，思忖片刻，又脱掉外套和裙子，她穿着内衣和长袜躺到床上，双臂环绕着他瘦骨嶙峋的躯体，把他的头放到她的胸部，抱着他。“现在一切都过去了，”她说，“你想睡多久就睡多久，等你醒过来，我还会在你身边。”

夜幕降临，气温也跟着降了下来。她关上窗户，拽过一条被单盖住两个人。午夜刚过，她就抱着他温暖的身体睡着了。

黎明时分，路克已经睡了十二个小时，他猛地坐起身，朝浴室走去。过了几分钟，他又回到床上，这才发现她已经帮他脱掉了西装和衬衫，他身上只穿着内衣。他拥抱着她。“我忘了告诉你一件事，一件非常重要的事。”

“什么？”

“在法国，我无时无刻不在想着你。每天都想。”

“是吗？”她轻声说，“真的吗？”

路克没有回答，他已经再次进入了梦乡。

她躺在他的怀抱中，想象着他在法国冒着生命危险执行任务并且想着她的样子。她高兴极了，简直有种心花怒放的感觉。

上午八点，她来到套房的起居室，给Q楼打电话，说自己不舒服，这是她到军队工作一年多来第一次请病假。她洗了个澡，把头发也洗了，然后穿上衣服。她点了咖啡和玉米片，送食物来的男服务员称呼她“卢卡斯太太”，她庆幸过来的不是女侍者，因为女人会注意到她手上没有婚戒。

她以为咖啡的香味会叫醒路克，可是没有。她把一份《华盛顿邮报》从头到尾读了一遍，甚至连体育版也看了。她又用宾馆房间里的纸笔给她在达拉斯的母亲写信，这时路克穿着内衣蹒跚地走出卧室，他深色的头发睡得一团糟，下巴上已经冒出一片青色的胡茬儿。她冲着他微笑，高兴地看到他终于睡醒了。

路克困惑地问：“我睡了多长时间？”

她看看手表，已经快中午了。“大概十八个小时。”她看不出他在想些什么。他愿意见到她吗？是否感到尴尬？他希望她离开吗？

“上帝，”他说，“我有一年没这么睡觉了，”他揉着眼睛，“你一直在这吗？你看上去很有精神。”

“我打了个盹。”

“你一整夜都在这儿？”

“你让我留在这的。”

他皱皱眉。“我似乎想起来了……”他晃着脑袋，“伙计，我做了一些梦。”他走到电话旁边。“客房服务吗？请给我来一份T骨牛排，半生的，三个半熟的煎蛋，还有橙汁、烤面包和咖啡。”

比莉皱起眉头。虽然她从未和男人一起过夜，所以，她不知道早晨该是什么样的，但现在的情况令她失望，路克的举动一点都不浪漫，她几乎觉得受到了冒犯。他让她想起自己的弟弟们起床时也是一副胡子拉碴、闷闷不乐、饿得要命的样子，不过她也想起他们吃过饭之后就会精神很多。

“别挂。”他对着电话说。“你需要点什么吗？”

“好的，来一些冰茶。”

他重复了她的话，挂掉电话。

他挨着她在沙发上坐下。“我昨天说了很多。”

“这倒是真的。”

“说了多长时间？”

“大概有五个小时吧。”

“对不起。”

“没关系，无论你做了什么，请不要觉得抱歉，”她的眼泪夺眶而出，“只要我活着，就不会忘记的。”

他拿起她的手。“真高兴我们又见面了。”

她的心欢呼雀跃。“我也是。”这才是她想象中的重逢应有的样子。

“我想吻你，可我有二十四个小时没换衣服了。”

她感到身体内部迸发出一阵悸动，随之而来的是如同泉水涌出一般的湿意。她被自己吓到了，以前从来没有这么迅速过。

但是她克制住了。她还没有决定在哪里让这件事情发生。虽然她曾经有一整晚的时间来做决定，但她却从未想过这个问题。现在她担心的是，一旦碰触了他，她会失去控制。接下来又该怎么办呢？

战争的到来使华盛顿出现新的一波道德败坏的风潮，而她并没有参与其中。她双手抓紧膝盖，说：“要是你没穿好衣服，我也不打算吻你。”

他怀疑地看着她：“你怕把自己置于危险境地吗？”

她避开他语气中的讽刺：“那是什么意思？”

他耸耸肩：“我们一起过了一夜。”

她觉得受到了伤害，便愤怒地抗议道：“我留在这里是因为你求我这么做的！”

“好吧，别生气。”

然而她对他的渴望已经转瞬间变成同等程度的愤怒。“你累得睡过去了，我把你弄到了床上，”她怒气冲天地说，“然后你就不让我走，所以我留了下来。”

“我很感激。”

“那就不要对我说那种话，好像我表现得像个……妓女！”

“我不是那个意思。”

“你当然是那个意思！你的言外之意是，既然我已经把自己置于这种境地了，那么我再做什么都无所谓了。”

他深深叹息道：“好吧，我根本不是那个意思。看在上帝分上，你是在捕风捉影。”

“那你所谓的‘风’和‘影’也太明显了。”可是，问题在于，是她自愿留下来的。

这时传来了敲门声。

两人面面相觑。路克说：“我猜是客房服务。”

她不想让服务员看到自己和一个没穿好衣服的男人在一起。“你到卧室去。”

“好的。”

“先把你的戒指给我。”

他看看自己的左手，小指上戴着一枚图章戒指。“为什么？”

“这样服务员就会以为我结婚了。”

“可我从没摘下来过。”

她更生气了。“滚开，别让我看见你。”她咬牙切齿地说。

他进了卧室。比莉打开套房的门，看到一位女侍者推着服务车站在门口。“你们要的东西来了，小姐。”她说。

比莉脸红了。“小姐”的称呼让她感到屈辱。她签了单，但没给小费。“给你。”她说，然后转身进屋。

女侍者走了。比莉听到淋浴的声音。她觉得筋疲力尽，她已经花了好几个小时来控制自己的情欲，而短短几分钟时间里这种浪漫的热情却变成了苦涩，而一向亲切和蔼的路克在她眼中也成了蛮横不讲理的人，为什么会这样？

无论出于何种原因，路克都让她觉得自己是在犯贱。再过一两分钟，他就会从浴室出来，坐下和她共进早餐，就像已婚夫妇那样。而他们并没有结婚，她越来越觉得不自在。

好吧，她想，如果我不喜欢这样，为什么还要待在这里？这个问题提得好。

她戴上帽子，最好还是带着仅剩的一点尊严离开这里。

她想给他留张便条，可这时淋浴的声音停了，他快要出来了，他身上闻起来一定是香皂的味儿，穿着晨衣，头发湿湿的，赤着脚，简直让人想要一口吃掉。没有时间写便条了。

她离开套房，轻轻地关上了身后的门。

接下来的四个礼拜，她几乎天天都能见到他。

他先是每天到Q楼参加任务情况报告会。他会在午餐时间找到她，然后两人一起在自助餐厅吃饭或者带着三明治到公园去吃。他恢复了一贯的随和举止，让她觉得受到了尊重和关怀。他在卡尔顿酒店给她造成的伤害得到了缓解。她想，也许他本人也从未和自己爱的人一起过夜，像她一样，他也不知道该如何表现。那天他对她的态度是漫不经心的，也许他对他的妹妹就是这样的——也许他的妹妹是唯一看过他穿着内衣的样子的女孩。

周末的时候他约她出去，星期六晚上，他们一起看了电影《简·爱》。星期天，他们去波托马克河划船。华盛顿地区萦绕着一种无所畏惧的气氛，城里全是年轻人，有的准备到前线去，有的是放假回家来，他们对战争带来的死亡已经是见怪不怪了。他们想要赌博、喝酒、跳舞和做爱，因为可能再也没有机会做这些事了。酒吧里人满为患，那些单身女孩丝毫不用担心无人搭讪。虽然盟军节节胜利，但大家每天都会听到亲戚、邻居和大学的朋友们在前线阵亡或者负伤的消息。

路克的体重稍有增加，睡眠也有些许改善，眼神中的焦虑也消失了。他买了一些适合自己的衣服，晚上和比莉出来约会的时候，他一般会穿着短袖衬衫、白色裤子和藏青色的法兰绒西装。他那股稚气劲儿又回来了一点。

他们一聊起来就没完没了。她给他解释心理学研究会如何最终消除精神疾病，他则告诉她人类怎样才能飞上月球。他们回忆了在哈佛读书的时候那个改变他们命运的周末，讨论了战争以及战争可能结束的时间。比莉认为德国人不会坚持很久，特别是在当时意大利已经投降的情况下。而路克相信需要几年时间才能清除日本在太平洋地区的影响。有时候他们会与安东尼和伯恩一起出去，在酒吧里讨论政治，就像他们在大学里那样，不过换了个环境而已。某个周末，路克乘飞机到纽约看望家人去了，比莉对他很是思念，以至于身体不适。她永远不会对他感到厌烦，在她眼中，他是那么的体贴周到和机智诙谐。

然而他们每个星期就要吵两次架，每一次吵架都像他们在卡尔顿套房里那样。他要么会说些专横的话，要么没有同她商量就擅自决定晚上的计划，抑或是自认为他在某些方面比她懂得多，比如无线电、汽车、网球什么的。她会为此大发雷霆，激烈抗议，让路克觉得她反应过度。她会在试图让他知道他对她的态度是错误的过程中变得越来越生气，路克则会觉得自己像个接受法庭质问的敌对证人。在争论白热化的时候，比莉会夸大事实，或者胡乱猜测，或者说一些她自知不真实的话。路克会指责她不诚实，表示没有和她讨论的必要，因为她为了在争论中占上风，是不惜说出任何话的。接着他会走开，更加相信自己是正确的。几分钟内比莉便会心烦意乱并主动去找他，求他忘记刚才的事，希望他们继续做朋友。最初，他会表现得无动于衷，然后比莉就会说些能逗笑他的话，于是两人冰释前嫌。

但她这段时期一直没有到他住的酒店去，只是会在公共场合吻他一下，吻的方式不过是不带杂念地用嘴唇轻轻地点到为止。即使这样，每当触碰他时，她都会感到一股由内向外的湿意，她知道自己不能再越雷池一步了。

时间从阳光明媚的九月跨进了寒冷的十月，路克又被派了任务。

他是在一个星期五的下午接到命令的。当时他正在Q楼的大厅里等比莉下班。她从他的表情看出发生了什么糟糕的事情。

“怎么了？”她立刻问。

“我要回法国了。”

她诧异地问：“什么时候？”

“星期一早晨我就从华盛顿动身，伯恩也去。”

“看在上帝的分上，你不是已经完成任务了吗？”

“我不在乎危险，”他说，“我只是不想离开你。”

泪水从她眼中涌出。她尽量抑制着自己的感情：“还剩两天。”

“我得收拾一下。”

“我来帮你。”

他们去了他的酒店套房。

两人一进门，她就抓住他的毛衣，把他拽过来，仰起脸等他亲吻。这一次她没有什么需要顾虑的了。她的舌尖在他的上下嘴唇游走，然后张开嘴迎接他的舌头。

她褪下大衣。她在里面穿着一件蓝白相间的竖条纹连衣裙，领口是白色的。她说："摸我的胸。"

他看上去吃了一惊。

"拜托。"她恳求道。

他的双手扣在她的一对小乳房上。她闭上眼睛，凝神体会被触碰的感觉。

他们分开的时候，她饥渴地凝视着他，想要记住他的脸。她希望永远不要忘记他眼睛那纯正的蓝色、搭在他前额的那缕深色头发、他下巴的曲线和双唇的柔软。"给我一张你的照片，"她说，"你有吗？"

"我不会把自己的照片带在身边。"他笑着说。他用纽约口音补充道："你觉得我是法兰克·辛纳屈吗？"

"你总得保留一张自己的照片吧。"

"我可能带着一张全家福，让我找找。"他走进卧室。

她跟着他进去。

行李箱架上放着他破旧的棕色皮包，比莉猜想它已经那儿放了四个礼拜了。他从里面拿出一个银色的相框，它可以像一本小书一样的打开，里面是两张照片，一边一张。他抽出一张照片交给她。

照片是三四年前照的，上面的路克显得更年轻，也更有肉，他穿着一件马球衫。与他合影的是一对老年夫妇，应该是他的父母，还有一对大约十五岁左右的双胞胎男孩和一个小女孩。他们都穿着沙滩服。

"我不能拿这张，这是你全家人的照片。"她说，尽管她十分想要归为己有。

“我希望你留着它。这张也能代表我，我是我的家庭的一员。”

这正是她喜欢这张照片的原因。“你曾经带着它去的法国？”

“是的。”

这照片对他来说太重要了，她不能从他手中夺走——正因如此，它对于她愈加显得珍贵。“给我看看另一张。”她说。

“什么？”

“相框里有两张照片。”

他似乎不太情愿，但还是打开了相框。另一张照片是从拉德克里夫学院的毕业纪念册上裁下来的，那是比莉的照片。

“你也把它带到法国去了？”比莉问。她觉得呼吸急促，喉咙干涩。

“是的。”

她的眼泪夺眶而出，再也无法抑制自己的感情。他把她的照片从毕业纪念册上剪下来，在那样一个危险的时期，把她的照片和他与家人的照片一起随身携带。在这之前，她根本不知道他如此重视自己。

“你怎么哭了？”他问。

“因为你爱我。”她回答。

“千真万确，”他说，“但我不敢告诉你。从珍珠港遭袭的那个周末开始，我就爱上你了。”

她的激情变成了愤怒。“你还敢再提，浑蛋！你撇下了我！”

“要是我们那时候成为情侣，就会毁了安东尼。”

“让安东尼见鬼去吧！”她用拳头捶打着他的胸膛，但他似乎没有感觉到一样。“你怎么能把安东尼的幸福放在我的前面，你这个王八蛋！”

“那样做是不光彩的。”

“可是，你有没有想到，我们错过了整整两年！”泪水在她的脸颊上奔流，“而现在我们只剩两天——差劲透了的两天！”

“那就不要哭了，再来吻我。”他说。

她环住他的脖颈，拉下他的头。她的眼泪流到两人的嘴唇之间，一直流进他们的嘴里。他开始解她的衣服。她不耐烦地说：“拜托，撕开它就好了。”他用力拉扯，连衣裙的纽扣纷纷崩落，衣襟敞开到她的腰际。路克又拉了一下，裙子完全裂开了。她把连衣裙从肩膀处褪下来，只穿着套头衫和长筒袜。

他看起来很郑重。“你确定想这么做？”

她生怕他会被道德顾虑羁绊。“我必须这么做，必须，请不要停下来！”她哭喊着说。

他轻柔地把她推倒在床上。她平躺着，他覆在她的身上，用肘部支撑着身体。他直视着她的眼睛：“我以前从没做过这种事。”

“没关系，”她说，“我也没有。”

第一次很快就结束了。但一个小时之后，他们想再做一次，这次时间长一些。比莉告诉路克，她会为他做一切事情，给他想要的所有快乐，以各种姿态与他亲密接触。他们整个周末都在做爱，带着狂野、欲望和悲伤，两人都清楚他们可能再也不会见面了。

路克星期一早晨离开后，比莉哭了两天。

八周之后，比莉发现自己怀孕了。

第六章
下午六点半

科学家们只能猜测，卫星从地球的阴影部分来到不受大气层遮挡的阳光之下的过程中，会遭遇极冷和极热的温度。为了缓解温度对设备的影响，卫星的外壳的一部分镀有闪亮的氧化铝，每条八分之一英寸宽，用于反射灼烧一切的阳光，还包覆着隔热的玻璃纤维，以抵御太空中的极端寒冷。

“是的，我们约会过。”比莉一边和路克下楼一边说。

路克觉得口干舌燥。他想象着自己拉着她的手，坐在一张点着蜡烛的桌子旁边望着她的脸，亲吻她，还有看着她脱下衣服的样子，他感到一阵羞愧。因为他已经结婚了，但他想不起妻子长什么样，而且现在比莉就在他身边，兴致勃勃地与他交谈，冲他微笑，她身上的香皂味儿令他晕眩。

他们站在大楼门口。“我们相爱过吗？”路克问。他紧盯着她，研究她的表情。到现在为止，她的表情都是很容易理解的，但突然之间，她的神情就像一本书被合上那样变得难以捉摸，他能够看到的只是一个空白的封皮。

“噢，当然，”她说，虽然语气轻快，却有些躲闪，“你曾经是我唯一的爱。”

他怎么会失去这样一个女人？这似乎比他失去记忆还要糟糕。“但你不再这么想了。”

“我已经足够成熟，现在我知道世界上没有什么白马王子，只有一群缺点或多或少的男人罢了。有时候他们穿着闪亮的盔甲，但仔细观察，你会发现上面总有锈斑。”

他想知道一切，所有细节，但问题太多了。“所以你和伯恩结婚了。”

“是的。”

“他是个什么样的人？”

“聪明。我爱的男人必须聪明。否则我会厌倦。也必须强大——强大到足以挑战我。”她微笑着，给人一种心胸宽大的感觉。

他问：“你们为什么离婚？”

“价值观冲突。听起来挺抽象，但伯恩在两次战争中都为了自由的名义冒过生命危险，西班牙战争和二战——对他来说，政治是第一位的。”

还有一个问题是路克最想问的，但他不知道怎么说出来比较委婉，所以只能直截了当：“你现在有伴吗？”

“是的。他叫哈罗德·布罗德斯基。”

路克觉得自己很蠢。她当然有伴。比莉是个美丽的离异女子，才三十几岁，男人们会排起长队追她。他苦笑了一下：“他是白马王子吗？”

“不是，但他聪明，能逗我笑，而且他爱慕我。”

嫉妒像尖刀一般刺进路克的心。哈罗德真幸运，他想。“我猜他和你的价值观是一致的。”

“是的。他生命中最重要的东西是他的孩子——他是个鳏夫——其次是他的学术工作。”

“哪方面的？”

“碘化学。我也把工作放在第二位，”她微笑道，“我对人的看法并非不切实际，但我猜在揭示人类精神世界的奥秘方面，我仍然是个理想主义者。”

这让路克又想起了他现下的危机，如同意想不到的当头棒喝，令他震惊而痛苦。“我希望你能揭示我的精神世界的奥秘。”

比莉皱起眉头。尽管心事重重，路克还是注意到她在苦思冥想的时候，鼻子皱起来的样子很好看。“你也许是头部受伤，但没有留下明显的伤痕，不过那样的话你会感到头疼。”

“我的头不疼。”

“我看得出你也没有酒瘾或者毒瘾。要是你遭到了可怕的打击，或者长期处于压力之中，我也会从你或者我们的共同的朋友口中听说这些事情。”

“所以剩余的可能性是……”

她摇摇头，说：“你肯定不是精神分裂，所以不可能接受药物治疗和电疗，这种联合治疗方法会导致……”

她突然停住了，看上去大吃一惊，而她受到惊吓的样子也是那么迷人，嘴巴张着，眼睛瞪大。

“怎么了？”路克问。

“我想起了乔·贝罗。”

“他是谁？”

“约瑟夫·贝罗。我突然想到了他的名字，因为我觉得这个名字是编造的。”

“还有呢？”

“他昨天晚些时候来住的院，就在我下班之后。接着他晚上就出院了——这非常奇怪。”

“他得了什么病？”

“精神分裂，”她面色苍白，“噢，该死。”

路克开始意识到她在想些什么。“所以这个病人……”

“我们看看他的病历。”

她回身跑上楼梯。他们迅速穿过走廊，进入一个标有“档案室”字样的房间。里面没人。比莉向右拐去。

她拉开一只标着“A-D”的抽屉，在文件里翻找，随后拿出一个档案盒。她大声读道：“白人，男性，六英尺一英寸，一百八十磅，三十七岁。”

路克的猜测落实了。“你认为这是我。”他说。

她点点头：“这个病人接受的治疗会引起全面性遗忘症。”

“我的天。”路克既惊慌又好奇。如果比莉是对的，那么加给他的治疗就是刻意而为。这解释了他被人跟踪的原因——对方可能想确认给他的治疗是否生效。“谁干的？”

“我的同事，伦纳德·罗斯医生，他收治的这位病人。伦恩是个精神病专家。我想知道他授权如此治疗的理由。无论采取什么样的治疗，都应该先观察病人一段时间，通常需要好几天。而且，为什么要在治疗之后马上让病人出院，我想象不出这是出于何种医疗理由。这十分反常。”

“听起来罗斯有麻烦了。”

比莉叹道：“不太可能。如果我投诉他，别人会指责我嫉妒他，对他怀恨在心，因为伦恩得到了我想要的职位，就是这里的研究中心主任。”

“这件事是什么时候发生的？”

“今天。”

路克诧异道：“罗斯今天晋升的？”

“是的，我猜这不是什么巧合。”

“当然不是！他被买通了。有人以晋升他为条件，让他进行这种违反常规的治疗。”

“我简直无法相信。不，我相信，他干得出来，他很容易受影响。”

“他被人利用了。一定是医院的高层让他这么做的。”

“不是高层，”比莉摇头道，“是投资这个职位的慈善机构——索尔比基金会——坚持让罗斯担任这个职务。我的老板告诉我的，但我们一直不知道为什么，现在我知道了。”

“一切都说得通，可这又是个难题。基金会里的某个人希望我失去记忆？”

“我能猜出是谁，”比莉说，“安东尼·卡罗尔，他是董事会的人。”

路克熟悉这个名字，他就是埃尔斯佩思提到的那个CIA探员。“可我们还是不知道为什么。”

“不过，现在我们知道问谁了。”比莉说，她拿起电话。

她拨号的时候，路克试图理顺自己的思路。过去的几个小时里，他不断受到打击：有人告诉他，他的记忆无法恢复了。他听说自己曾经爱着比莉，后来又失去了她，他无法理解自己为什么会如此愚蠢。现在他又发现自己的失忆是别人刻意造成的，CIA里的某个人应该对此负责。而他仍然不知道对方这样做的原因。

“我要和安东尼·卡罗尔说话，”比莉对着电话说，“我是约瑟夫森医生。”她语气强硬，“好的，那就告诉他我急需和他通话，”她看看手表，“让他一个小时之后打我家里的电话，”她的脸瞬间沉了下来，“别跟我兜圈子，小子，我知道无论白天还是晚上，你都能联系到他，无论他在哪里。”她摔下听筒。

比莉尴尬地看了路克一眼。“抱歉，”她说，“那个人说，‘我会尽力的’，说得好像他在帮我的忙一样。”

路克想起埃尔斯佩思说安东尼·卡罗尔是他和伯恩在哈佛上学时的老朋友。“这个安东尼，”他说，“我以为他是我的朋友。”

“不错，”比莉点头，她担心地皱起眉头，意味深长地说，“我也曾经这么以为。”

第七章
下午七点半

温度问题是载人太空飞行的关键阻碍。为了有效地保温，“探索者号”携带四个温度计：三个安装在外壳上，用于测量表面温度，一个位于设备舱，测量内部温度。目的是使温度保持在40到70华氏度——令人类感到舒适的范围。

伯恩住在马萨诸塞大道，这里可以俯瞰风景如画的岩溪峡谷，街区里全是大房子和外国使馆。他公寓的装饰是伊比利亚风格，配以华丽的西班牙殖民时代的家具，它们是深色木头制成的，形状扭曲。质朴的白墙上挂着描绘阳光灿烂的景象的风景画。路克想起比莉说伯恩曾经参加过西班牙内战。

不难想象，伯恩是个斗士一类的人物。他的深色头发已经逐渐稀疏，有一点松弛的肚腩垂在腰带外面，但他的表情像个硬汉，灰色的眼睛透出沧桑。路克怀疑这样一个脚踏实地的男人能不能相信他不得不准备讲述的离奇故事。

伯恩亲切地和路克握手，用一只小杯子给他冲了浓咖啡。伯恩家的台式留声机上面放着一个银边相框，里面是一个穿破衬衫的中年男人拿着步枪的照片。路克拿起相框。“贝尼托·拉戈，”伯恩解释道，“我认识的最了不起的人。在西班牙我和他一起作战，我儿子也叫拉戈，但比莉叫他拉里。”

伯恩很可能认为参加西班牙内战的时候是他人生的黄金时代。对此路克很是嫉妒，因为他想知道自己人生的黄金时代是什么时候。“我猜我一定拥有过了不起的记忆。”他消沉地说。

伯恩目光锐利地看着他：“到底怎么回事，老伙计？”

路克坐下来，叙述了他和比莉在医院的发现。然后他说：“接下来我准备讲讲我认为发生在自己身上的事情。我不知道你是否能相信，但无论如何我都会告诉你，因为我真的希望你能给解决这个谜题带来一些灵感。”

“我会尽力。”

“我在星期一来到华盛顿，而这个时候恰好是火箭发射之前。出于某个神秘的目的——我不会把这个目的告诉任何人，我来见一位陆军的将军。我妻子担心我，所以给安东尼打了电话，请他照应我，安东尼与我约好在星期二共进早餐。”

“这说得通，安东尼是你最老的朋友，我刚认识你的时候你们就是室友了。”

“接下来的事情猜测的成分更多一些。我在去五角大楼之前与安东尼见面，和他一起吃早餐，他在我的咖啡里放了点东西，于是我睡着了，他把我弄到他的车上，将我送到乔治敦精神病院。他一定是采取了某种手段，不让比莉介入，或者等她下班后再开始。无论如何，他没有让比莉看到我，而且以假名为我登记入院。接着他说服了伦恩·罗斯医生，他可能被安东尼买通了。

安东尼利用他是索尔比基金会董事的身份，说服伦恩给我进行某种治疗，这种治疗会破坏我的记忆。”

路克停了一下，他以为伯恩会说这件事非常荒唐可笑，是不可能的，或者是他想象过度的结果，但伯恩没有这样说。令路克惊讶的是，伯恩只是说：“可是，看在上帝分上，他为什么要这样做？”

路克开始觉得好一点了。如果伯恩相信他，可能就会提供帮助，于是路克说：“我们现在首先考虑他是怎么办到的，再讨论为什么。”

“好的。”

“为了神不知鬼不觉，他让我出了院，给我穿上破衣烂衫——当时我可能因为接受了治疗还没有清醒过来——把我扔在联合车站，并且留下一名助手，以便让我相信我是个流浪汉，同时还可以监视我，确保对我的‘治疗’是有效的。”

伯恩面露疑色：“但他一定明白你早晚会弄清真相的。”

“不见得。当然，他心里明白，几天或者几周以后我就能搞清楚自己是谁。但他可能认为我会仍然相信自己是个酒鬼，因为的确有狂喝滥饮之后失去记忆的人，至少传言是这么说的。就算我不相信这个理由，到时候事过境迁，比莉可能早就忘了曾经的那个神秘的病号——即使她没有忘记，罗斯也会把治疗记录毁掉的。”

伯恩若有所思地点头。“这是个冒险的计划，但成功的概率也很大。搞地下工作的时候，这种任务通常是最理想的。”

“你竟然没怎么怀疑。”

伯恩耸耸肩。

路克紧接着问：“你为什么能够接受这个故事？”

“我们都干过秘密工作，这种事情并不少见。”

路克感觉伯恩有所保留，他只能恳求伯恩说出来。“伯恩，如果你还知道别的什么事，看在上帝分上，告诉我。我需要我能获得的一切帮助。”

伯恩看上去十分为难：“确实有事——但这是个秘密，而我不希望让任何人陷入麻烦。”

路克的心充满希望地跳动起来：“请告诉我，我非常想知道。”

伯恩严肃地盯着他：“我猜你也是，”他深吸一口气，“好吧，事情是这样的。战争快要结束的时候，比莉和安东尼为OSS一个特殊项目工作——吐真药委员会。当时我们都不知道这个部门，但我后来和比莉结婚的时候得知了真相。他们一直在寻找能够对受审讯的犯人施加影响的药物。他们试过酶斯卡灵、巴比妥酸、东莨菪碱和大麻，测试对象是同情共产主义的士兵。比莉和安东尼去了亚特兰大、孟菲斯和新奥尔良的兵营，博得了那些有嫌疑的士兵的信任，给他们吸大麻烟，看他们会不会吐露秘密。”

路克笑道：“这么说很多大兵都可以免费享受一番。”

伯恩点头道：“这样看是有点滑稽。战后，比莉重返校园，她的博士论文题目就是关于各种合法药物的效果研究的，比如尼古丁对人的精神状态的影响。当她终于成为教授的时候，她继续研究这个领域，重点是药物与其他因素如何影响记忆。”

“但她并不是为CIA工作。”

“我也是这么想的，但我错了。”

“上帝。”

“1950年，罗斯科·希伦科特任CIA局长的时候，CIA启动了一个项目，代号‘蓝鸟’。因为希伦科特授权使用未核准的资金，所以该项目没有文件记录。‘蓝鸟’是关于意识控制的项目。他们为大学中的一系列合法研究项目投资，通过各个基金会转移资金，以便掩盖资金的真实来源。而且他们也为比莉的研究工作提供了资金。”

“她对此事怎么看？”

“我们为了这事吵过架。我说这是不对的，CIA想给人们洗脑。她说所有科学知识既可以用于善的目的也可用于恶的目的，她的研究是无价的，她不在乎账单由谁支付。”

“这就是你们离婚的原因？”

“算是吧。那时我正在写一部广播剧《侦探故事》，但我想把它改编成电影。1952年，我写了一个关于秘密政府机构给毫无戒备的公民洗脑的剧本。杰克·华纳买下了它，但我没有告诉比莉。”

“为什么？”

“因为如果告诉了她，CIA会取消这部电影的上映。”

“他们能这样做？”

“太他妈的能了。”

“那么事情究竟是怎样的？”

“1953年，电影拍出来了。法兰克·辛纳屈饰演的夜总会歌手目睹了一起政治谋杀，然后他的记忆就被人秘密抹除了。琼·克劳馥饰演他的经纪人。电影引起了很大的轰动，也成就了我的写作生涯——各大电影工作室纷纷向我发出重金邀请。”

“比莉呢？”

“我带她参加了首映式。”

“我猜她很生气。”

伯恩苦笑道：“她气疯了，说我利用了从她那里得到的秘密信息。她确信CIA会撤走援助她的资金，毁掉她的研究。我们的婚姻就这样结束了。”

“这就是比莉说的你们的价值观冲突？”

“她说得对。她应该和你结婚的——我一直没弄明白她为什么没和你结婚。”

路克的心漏跳了一拍。他很想知道伯恩为什么会这么说，但他没有急于问出口。“无论如何，我认为1953年的时候CIA并没有切断她的援助资金。”

“没有，”伯恩愤懑地说，“但他们毁了我的事业。”

“怎么回事？”

“我成了忠诚度调查的目标。当然，我曾经是共产党员，直到战后为止，所以很容易引起他们的怀疑。我进入了好莱坞的黑名单，甚至都不能回到电台重操旧业。”

“安东尼在里面起到了什么作用？”

“他尽其所能地保护我，这是比莉说的，但他被上司拒绝了，”伯恩皱眉道，“可听了你刚才的话，我开始怀疑他是否真的这样做过。”

“你是怎么做的？”

“我过了几年糟糕日子，后来我写出了《恐怖双胞胎》。”

路克扬起一边的眉毛。

“这是一套儿童系列图书，”伯恩指指书架，那儿有一排封面色彩鲜艳的书，“你还给你妹妹的孩子读过这套书呢。”

听说自己有外甥或外甥女——也许还不止一个，路克感到很高兴，他觉得给他们大声念书的主意挺不错。

他需要了解关于自己的太多东西了。

路克朝着室内昂贵的陈设挥挥手：“这些书一定很成功。”

伯恩点头：“我用化名写了第一个故事，这本书的经纪人同情麦卡锡主义的受害者，它十分畅销，一年后我又写了两本。”

路克站起来，从书架上抽出一本书。他读道：

“蜂蜜和融化的巧克力，哪一种更黏糊？这对双胞胎很想知道答案。因此他们做了个实验，结果惹恼了妈妈。”

路克会心一笑，他能想象得出孩子们喜欢这类东西，接着他又哀叹道：“埃尔斯佩思和我没有孩子。”

“我不清楚为什么，”伯恩说，“你一直很想要孩子。”

“我们试过，但没有成功，”路克合上书，“我的婚姻幸福吗？”

伯恩叹口气：“既然你问了，我得说‘不’。”

“为什么？”

“有什么不对劲的地方，但你也不知道是怎么回事。有一次你给我打电话，问我的建议，但我无法帮你。”

“几分钟前，你说比莉应该和我结婚。”

“你们两个曾经爱得死去活来。”

“发生了什么？”

“我真的不知道。战争结束后，你们大吵一架。我不太肯定你们是为了什么吵架。”

“我得去问问比莉。”

“我觉得也是。”

路克把书放回架上。“无论如何，现在我知道你为什么相信我的故事了。”

“是的，”伯恩说，“我相信是安东尼干的。”

“可你能想得出他为什么这么做吗？”

“我一点都摸不着头脑。”

第八章
晚上八点

如果温度变化高于预期，锗晶体管可能过热，汞电池将冻结，卫星会无法把数据传回地球。

比莉坐在她的梳妆台前精心打扮。她觉得自己的眼睛长得最好看，她总是仔细地给眼睛化妆，涂上黑色眼线、灰色眼影和一点睫毛膏。她没有关卧室门，所以能听到楼下电视里传来的枪声：拉里和贝基大妈在看《马车队》。

她今晚并不想出门约会。今天的事情已经搅了她原本的好兴致：没有得到想要的工作令她气愤，安东尼的做法让她困惑，而且，她既迷惑又畏惧地发现自己和路克之间的情愫一如当年般强烈和危险。比莉重新审视了她与安东尼、路克、伯恩和哈罗德的关系，想知道自己是否做出了人生的正确决定。发生了今天的事情之后，与哈罗德一起看电视《克拉福特剧院》的主意变得完全没有吸引力了，虽然她喜欢他。

电话铃响了。

她从凳子上跳起来，穿过房间，想要接起床边的分机，但拉里已经抢先在走廊里接听了电话。她听到安东尼的声音说："我是CIA，弹力卷心菜大军准备入侵华盛顿了。"

拉里咯咯地笑起来："安东尼叔叔，是你！"

"如果你遇到了卷心菜，千万不要，我重复一遍，千万不要和它谈条件。"

"卷心菜不会说话！"

"和它们打交道的唯一方法是用切片面包把它们打死。"

"你在瞎编！"拉里大笑。

比莉说："安东尼，我在分机上。"

安东尼说："去穿你的睡衣，拉里，好吗？"

"好的。"拉里说，他挂上电话。

安东尼换了语气："比莉？"

"在。"

"你想让我打给你——还说事情紧急。我听说你骂了值班的探员。"

"是的，安东尼，你到底想干什么？"

"你能不能问得详细一点——"

"别东拉西扯，看在上帝分上。我知道上次我们谈话时你说了谎，但那时候我不清楚真相。现在我知道了。我知道你昨晚在我的医院对路克做了什么。"

安东尼没有说话。

比莉说："我需要一个解释。"

"我无法在电话上说，不如改天我们出来见一面——"

"去你的吧，"她不打算让他拖延，"我现在就想听你解释。"

"你知道我不能——"

"只要你他妈的愿意，你什么事都干得出来，所以，别跟我装模作样。"

安东尼抗议道："你应该相信我，我们是二十年的朋友了。"

"不错，我们第一次约会你就给我带来了麻烦。"

安东尼的语调里含着笑意："你还为那件事生气呢？"

比莉的口气软下来："当然不是。我想要信任你。你是我儿子的教父。"

"要是你明天和我见面，我会解释一切的。"

比莉差点就同意了，但她想起了安东尼做过的事情："昨晚你就不相信我，对吗？你背着我搞小动作，而且就在我的医院里。"

"我告诉过你，我能解释——"

"你在骗我之前就应该解释的。告诉我实话，否则我挂上电话就去报告FBI。你来选吧。"

威胁男人是危险的——往往会使他们更加顽固不化。但比莉知道CIA是如何痛恨和畏惧FBI的干预的，特别是CIA在打法律擦边球的时候——而且他们大部分时间都在干这类事情。FBI的人认为只有他们有权在美国境内抓间谍，因此他们也有权调查CIA在美国境内的不法活动。如果安东尼做的事情光明正大，那么比莉的威胁是没有用的，但要是安东尼踏出了法律的限制，比莉就能吓到他。

安东尼叹口气："好吧，我用的是付费电话，而且我猜你的电话也不大可能被窃听，"他停顿了一下，"你可能会不相信我说的。"

“说来听听。”

“好吧，听着。路克是个间谍，比莉。”

比莉目瞪口呆了一会儿，然后她说：“胡说八道。”

“他是共产党员，莫斯科派来的间谍。”

“看在上帝的分上！如果你认为我会相信这一套……”

“我刚才就担心你是否能相信我说的，”安东尼的语气突然严肃起来，“多年来他一直把美国火箭的秘密资料透露给苏联。要不然‘伴侣号’是怎么上天的，而我们的卫星仍然躺在实验室里？苏联的科学水平并不比我们先进，看在上帝分上！他们同时得益于我们的所有研究成果和他们自己的成果！路克应该对此事负责。”

“安东尼，我们两个已经认识路克二十年了，他从来不对政治感兴趣！”

“这就是最好的掩护。”

比莉犹疑了。这能是真的吗？毫无疑问，真正的间谍会假装对政治毫无兴趣，甚至还会假装自己是共和党人。“但是路克不会背叛自己的国家。”

“不是没有可能。不要忘了，他参加法国抵抗组织的时候曾经和共产党员共事。当然，他们那时候是我们这边的，但是，战后他显然还和那些人保持联系。我个人认为，他没有和你结婚的原因是结婚不利于他为共产党工作。”

“可他和埃尔斯佩思结婚了。”

“是的，但他们没有孩子。”

比莉惊得坐到楼梯上：“你有证据吗？”

“我有铁证——他交给一位有名有姓的克格勃军官的绝密设

计图。”

比莉现在有些糊涂，不知道该相信什么。“可就算这些都是真的——你为什么要抹除他的记忆？”

“为了救他的命。”

现在她完全搞不懂了：“我不明白你的意思。”

“比莉，我们本想杀了他。”

“谁要杀他？”

“我们，CIA。你知道，陆军准备发射第一颗卫星。要是火箭发射失败了，苏联人就会在太空领域称霸，就像英国人曾经主宰美国二百年那样。你必须明白，路克是对美国战后地位的最大威胁。我们发现他是间谍之后的一个小时之内，就做出了除掉他的决定。”

“那你们以间谍罪审判他不就行了？”

“你想让全世界都知道我们的保密系统是如此差劲，以至于让苏联窃取我们的火箭机密很多年？不妨想想这样做会对美国的影响力造成多么大的削弱——特别是那些一直亲近苏联的不发达国家会作何反应。这个方案甚至都没提交讨论。”

“那么，你们到底是怎么干的？”

“我说服他们抹掉他的记忆，我直接找到了最高层。除了CIA的局长和总统之外，没人知道我正在做什么。如果路克不是那么诡计多端的话，我的计划早就成功了，既能救他的命，也能给整件事保密。只要他相信自己是喝多了失忆的，再以流浪汉的身份生活一段时间，我就能把这事捂住，他甚至都不用知道自己泄露过什么样的秘密。”

比莉有点生气：“你甚至不惜破坏我的事业。”

“为了救路克的命？我觉得你也会同意的。”

“不要太想当然，这事总是你做得不对。”

“无论如何，路克毁了我的计划——在你的帮助下。他现在和你在一起吗？”

“没有。”比莉觉得自己脖颈后面的头发有些刺人。

“在他做出更多的自我伤害行为之前，我需要和他谈谈。他在哪儿？”

出于直觉，比莉撒了谎：“我不知道。”

“你不会向我隐瞒任何事的，对吗？”

“当然不会。你已经说过，你的组织想杀掉路克，如果我知道路克在哪儿，再告诉你们实情的话，那简直太蠢了，但是，我真的不知道他在哪儿。”

“比莉，听着，我是他唯一的希望。如果你想救他，让他打电话给我。”

“我会考虑的。”比莉说，但安东尼已经挂了电话。

第九章
晚上八点半

仪器舱没有门或舱口。若想在内部操作仪器，卡纳维拉尔角的工程师们需要打开整个盖子，虽然这样很麻烦，但可以节省宝贵的重量，重量是飞行器摆脱地球引力的关键因素。

路克用颤抖的手放下了电话。

伯恩说："看在上帝的分上，告诉我她对你说了什么。你看上去吓得不轻！"

"安东尼说我是苏联间谍。"路克告诉他。

伯恩眯起眼睛："而且……"

"CIA一旦找到我，就会杀了我，但安东尼说服了他们，他说抹除我的记忆跟杀掉我的效果是一样的。"

"他的理由可不怎么说得通。"伯恩沉着地说。

路克心烦意乱："上帝啊，这会是真的吗？"

"当然不是。"

"可你无法确定。"

“不，我能。”

路克不相信地问：“你怎么如此肯定？”

“因为我曾经是苏联间谍。”

路克瞪着他，那又怎么样？“我们可能都是苏联间谍，但互相不知道对方的身份。”他说。

伯恩摇头道：“是你结束了我的间谍生涯。”

“怎么回事？”

“你想再来点咖啡吗？”

“不，谢谢，我喝了会头晕。”

“你脸色很差，你最近什么时候吃过东西？”

“比莉给了我一些饼干。别说吃的了，好吗？把你知道的告诉我。”

伯恩站起来：“我给你做个三明治，免得你晕倒。”

路克意识到自己饿极了：“太好了。”

他们走进厨房。伯恩打开冰箱，拿出一条黑麦面包、一块黄油、一些腌牛肉，还有一个百慕大洋葱。路克开始流口水了。

“那是战争期间，”伯恩给四片面包涂上黄油，“法国抵抗组织分裂为戴高乐派和共产党，他们都想控制战后的局势。罗斯福和丘吉尔不希望共产党赢得大选，所以戴高乐派得到了所有枪支和弹药。”

“我当时是怎么看待这件事的？”

伯恩把牛肉、芥末和洋葱圈叠放在面包片上：“你对法国政治不感兴趣，你只想打败纳粹然后回家。但我的计划却不一样，我想帮助共产党。”

“怎么做？”

“我把一次向我方投放空降物资的情报透露给共产党，让他们伏击我们，拿走武器弹药，”他懊悔地摇着头说，“结果他们完全搞砸了。他们应该在我们回基地的路上佯装与我们偶遇，然后友好地要求将物资分走一半，可他们却在东西落地的时候就袭击了我们，所以，大家都知道我们中间出了奸细，而我是最明显的嫌疑人。”

“我做了什么？”

“你向我提出一项交易，我必须马上停止为莫斯科工作，这样你就永远不会说出我的秘密。”

“还有呢？”

伯恩耸耸肩：“我们互相信守诺言，但我认为你不会原谅我。无论如何，我们的友谊不再像以前那样了。”

一只灰色的缅甸猫不知从哪里钻了出来，“喵喵”地叫着，伯恩把一小条肉丢到地板上，猫儿慢慢地把肉吃了，舔起爪子。

路克说：“如果我是共产党，我会为你打掩护的。”

“绝对会。”

路克开始相信自己是无辜的了。“但我可能在战后加入了共产党。”

“不可能。加入共产党这种事，一个人只有在年轻的时候才干得出来，或者一辈子都不会考虑。”

有道理。“我也可能是为了钱而做间谍。”

“你不缺钱，你家很有钱。”

说得对。埃尔斯佩思曾经告诉过他。“这么说，是安东尼搞错了。”

“或者他在撒谎，”伯恩切好三明治，把它们放在两只并不配对的碟子里，“来点汽水？”

“好的。”

伯恩从冰箱里拿了两瓶可乐，打开了它们。他递给路克一个盘子和一瓶可乐，并拿着自己的那一瓶一起回到了客厅。

路克觉得自己像一头饿狼。他几口便吞掉了三明治。伯恩忍俊不禁地看着他。“来，把我的也吃了。”他说。

路克摇头：“不，谢谢。”

“吃吧，反正我需要节食。”

路克拿起伯恩的三明治，开始狼吞虎咽。

伯恩说：“要是安东尼说谎，那他抹除你记忆的真正原因是什么？”

路克咽了一口食物：“一定和我星期一突然离开卡纳维拉尔角有关。”

伯恩点头：“否则也太巧合了。”

“我一定是发现了某些十分重要的事情，重要到我必须赶到五角大楼与他们谈这些事。”

伯恩皱眉道：“你为什么不把事情告诉卡纳维拉尔角的人？”

路克若有所思地说：“我一定是不相信那里的任何人。”

“好吧。那么，在你去五角大楼之前，安东尼截住了你。”

“是的。我猜我那时出于对他的信任，把我的发现告诉了他。”

“然后呢？”

“他认为这事很重要，他甚至必须抹掉我的记忆来确保秘密不被泄露出去。”

“我真想知道这到底是什么秘密。”

“只要我弄清楚这机密是什么，我就能推断出自己遇到了什么事。”

“你要从哪里开始？”

“我猜第一步应该到我的酒店房间去，翻翻我的东西，也许能找到线索。”

“安东尼既然抹掉了你的记忆，他肯定也已经查看了你的个人物品。”

“他可能破坏了所有明显的线索，但也许还会剩下一些他没有意识到的不明显的线索，无论如何，我得去看一下。”

“然后呢？”

“下一步只能去卡纳维拉尔角。我今晚飞回去……”他看看手表，已经过了晚上九点，“或者明天早晨。”

“今晚在这过夜吧。”伯恩说。

“为什么？”

“我不知道，但我不认为让你独自过夜是个好主意。到卡尔顿酒店去，拿着你的东西，回到我这里来。明天一早我送你去机场。”

路克点头。他有点尴尬地说：“从这件事上可以看出，你确实是我的好朋友。”

伯恩耸肩：“我们是老伙计了。”

路克并不满意他的解释：“可你刚才告诉我，法国的那件事发生之后，我们的友谊就不像从前了。”

“那倒是，”伯恩坦然地看着路克，“因为你觉得背叛过你一次的人很有可能背叛你第二次。”

“我能想象得出，”路克若有所思，“但我那样的态度是不对的，是吗？”

“不，”伯恩说，“你做得对。”

第十章
晚上九点半

火箭升空前，仪器舱可能会过热，解决这个问题的方法是“探索者号”项目匆忙制定的，虽然简单但是有效：用电磁耦合的方式把一只装有干冰的容器与火箭外部连接。如果仪器舱温度升高，恒温调节器就会激活风扇开关。就在升空之前，磁铁与火箭的连接会被切断，冷却系统便会掉落在地面上。

安东尼的黄色凯迪拉克“黄金国”停在第十五街和第十六街之间的K大街，前面有一长串出租车等候着卡尔顿酒店门卫的召唤。坐在车里，安东尼能够清楚地看到酒店弯曲的车道和灯火通明的门廊里的情况。皮特已经守在酒店里了，待在他租下的房间里，等着全城寻找路克的探员们的电话。

安东尼有点希望他们都不要打电话过来，这就说明路克可能逃走了，那他至少就不用做出平生最痛苦的决定，而他同时又希望尽快找到路克，两人做个了断。

路克是安东尼的老朋友，是一个正派人、忠实的丈夫和出色的科学家，但这些都不重要，在战争期间，他们都杀过站错了边的好人。路克这次是在冷战中站错了边，安东尼之所以下不去手，无非因为路克是他认识的人。

皮特匆忙地从酒店中奔出，安东尼摇下车窗，皮特说："阿奇打来电话，路克在马萨诸塞大道，伯纳德·鲁斯坦的公寓里。"

"终于找到他了。"安东尼说。因为路克可能去找老朋友寻求帮助，他在伯恩家和比莉家外面都布置了眼线，这一次的发现令安东尼稍有满意。

皮特补充道："他一旦离开那里，阿奇会骑摩托车跟着他。"

"好的。"

"你认为他会来这里？"

"有可能，我要等着他。"酒店大厅里还有两名探员，如果路克从别的入口进去，他们会通知安东尼。"他也有可能去机场。"

"我们在那儿有四个人。"

"好的。我认为我们把所有出口都盯住了。"

皮特点头："我回电话旁边守着。"

安东尼想象了一下可能出现的情景。路克面对他的时候也许会表现得迷惑而不确定，既警惕安东尼又急于问他问题。安东尼会试着把路克单独引到某个地方，当只有他们两个人的时候，安东尼只有几秒钟的时间从大衣内袋里掏出无声手枪。

路克很可能会拼死一搏，因为他本性不愿意接受失败的结局，他也许会扑向安东尼、跳窗或者冲出门去。安东尼则会保持冷静，他过去杀过人，不会手忙脚乱。他会稳稳地端着枪，扣动扳机，对准路克的胸膛开上好几枪，从容地阻止他逃跑。当路克倒在地上，安东尼就走过去检查他的脉搏，如果有必要，再给他致命一击，他的老朋友就完蛋了。

这样做不会有麻烦。安东尼掌握着路克叛国的铁证——有路克笔迹的火箭设计图。他虽然不能证明这些资料是从苏联间谍手中拿到的，但安东尼本人的证词对CIA来说已经足够了。

他可以把尸体扔在某个地方。当然，最后尸体会被人找到，相应的调查也会展开。警察迟早会发现CIA对受害者感兴趣，免不了前来询问，然而CIA在回避问题方面是非常有经验的，他们会告诉警察，CIA与受害人的联系事关国家机密，不便透露，但他们与受害人的被杀无关。

任何过问此事的人——警察、记者、政客——都会接受忠诚度调查，他们的朋友、邻居和亲戚都会以同情共产主义的嫌疑接受探员的问询。这种调查永远不会得出结论，但会毫无疑问地破坏调查对象的名誉。

秘密机构可以做任何事，他怀着冷酷的自信想。

一辆出租车停在酒店的车道上，从车上下来的人正是路克。他穿一件海军蓝色的大衣，戴一顶灰帽子，这些衣物一定是他今天买来或者偷来的。大街对面，阿奇刚停下他的摩托车。安东尼也下了车，大步跨进酒店入口。

路克看上去很紧张，但从表情来看他已经下定了某种决心，给出租车司机付钱的空隙，他瞥见了安东尼，但没有认出他。路克告诉司机不用找零了，然后便走进了酒店，安东尼紧随其后。

路克和安东尼都是三十七岁，两人是在哈佛大学认识的，那时他们才十八岁，两人的相识转眼间已经是半辈子之前的事情了。

现在，他们之间竟然到了如此地步，安东尼苦涩地想，难道这是注定的吗？

路克从伯恩家出来的时候就发现一个骑摩托车的男人在跟踪他。现在他的神经更加紧绷，全身处于戒备状态。

卡尔顿酒店的大厅布置得像一座富丽堂皇的客厅，陈设的全部是复制的法国家具。正门对面的前台和礼宾部的办公桌都设在墙壁中的格子里，因此不会破坏大厅完美的矩形轮廓。两个穿皮大衣的女人和一群身着晚礼服的男人在酒吧入口附近聊天。穿制服的侍者和穿燕尾服的前台工作人员正在安静而高效地忙碌着。这是个奢华的地方，是用来舒缓旅行者烦躁不安的神经的，然而对路克却没有丝毫影响。

他环视大厅，很快便发现了两个很像警探的男人，其中一个坐在一张精致的沙发上看报纸，另一个站在电梯附近抽烟。他们看起来与周围的环境不搭调，身上还穿着白天工作时的衣服——雨衣和西装，衬衫和领带也像是白天穿的，所以他们绝对不是晚上出来到昂贵的饭店和酒吧中消费的人。

路克想立刻离开这里——但无论他走到哪里都会被人盯梢的。他只好来到前台，报上自己的名字，索要他的房间钥匙。当他转身的时候，一个陌生人对他说："嗨，路克！"

刚才他进酒店时这人跟在他的后面。他看上去不像个警探，但路克从外表无法判断他是干什么的，他个子很高，和路克差不多，他也许是个人物，但着装却不太讲究。他身上的骆驼毛大衣虽然价值不菲，但已经显得破旧，鞋子像从来没擦过一样，而且，他的头发也需要剪了。但是，这人的言谈却带着不容置疑的威严。

路克说："恐怕我不认得你。我失去记忆了。"

"我是安东尼·卡罗尔。终于找到你了，我太高兴了！"他伸出手来想和路克握手。

路克立刻紧张起来。他现在还不知道安东尼是敌是友。他握了握对方的手，说："我有很多问题要问你。"

"我已经做好了回答的准备。"

路克停顿了一下，一边盯着安东尼看，一边考虑从哪里说起。安东尼看上去不像那种会背叛老朋友的人，他的样貌坦率机智，虽然称不上英俊，却有魅力。最后，路克说："你怎么会对我做出这种事？"

"我是不得已——是为了你好。我想救你的命。"

"我不是间谍。"

"事情没有那么简单。"

路克研究着安东尼，试图猜出他的想法，他拿不准安东尼是否在说谎。安东尼看上去很诚恳，他的脸上也没有诡诈的神色。然而，路克却肯定地感觉到安东尼有所隐瞒。"没有人相信你编造的我为苏联工作的故事。"

"谁不相信？"

"伯恩和比莉都不相信。"

"他们并非无所不知。"

"他们了解我。"

"我也了解你。"

"你知道什么他们不知道的？"

"我会告诉你，但我们不能在这谈。我要说的都是机密，能去我的办公室吗？五分钟就到了。"

在安东尼令他满意地回答所有问题之前，路克当然不会去安东尼的办公室，但他也意识到酒店大厅并非进行涉密谈话的好地方。“到我的套房去。”他说，这样既能摆脱其他探员，又能让路克自己掌握控制权，安东尼一个人不会对他构成太大的威胁。

安东尼犹豫了一下，接着便下定决心似的说：“好的。”

两人穿过大厅，进入电梯。路克看看钥匙上的房间号：530。“五楼。”他对电梯操作员说，对方关上电梯门，扳动操作杆。

他们上楼时没有说话。路克看着安东尼的衣服：旧大衣、起皱的西装，还有不伦不类的领带。然而，令人惊奇的是，他把这套邋遢的行头穿出了一种满不在乎的招摇的味道。

突然，路克注意到安东尼的大衣右侧柔软的质料是下坠的，看来，大衣口袋里装着什么沉重的东西。

路克感到毛骨悚然，意识到自己犯了个大错。

他没有料到安东尼会带着枪来。

路克一边拼命保持面无表情，一边疯狂地思索对策。安东尼会不会在酒店里朝他开枪？要是他等到进了套房再动手，没人会看见。那发出枪声怎么办？这把枪可能是消音的。

电梯停在五楼，安东尼解开了大衣纽扣。

这是为了快速拔枪，路克想。

两人走出电梯，路克不知道往哪边走，但安东尼从容地向右拐去，他肯定已经进过路克的房间。

路克裹在大衣里的身体一直在出汗，他感觉这种事情自己过去遇到过，而且不止一次，但那是很久以前了，他多么希望自己能把被他掰断手指的那个警察的枪留在身边，可当时才上午九点，他根本不知道今天会遇到什么事，那时他只知道自己失忆了。

他试图冷静下来，毕竟现在只有他们两个人，虽然安东尼有枪，但路克猜得出他的意图，两人还是势均力敌的。

走在过道里，路克的心脏狂跳，他想找点东西砸安东尼：沉重的花瓶、玻璃烟灰缸、镶框的画都行，但什么都没找到。

他必须在两人进入房间之前做点什么。

把枪从安东尼手中抢走？他或许能成功，但太危险了。在搏斗的时候，枪很容易走火，子弹射出的一瞬间，枪口是对着谁的都不好说。

他们来到530号房门口，路克拿出钥匙。他的脸上淌下一滴汗。如果进房间，他就死定了。

他打开锁，推开门。

“请进。”路克说，然后站在一边等客人先进。

安东尼迟疑了一下，然后越过路克跨进门。

路克伸脚勾住安东尼的右脚踝，双手平放在安东尼的两个肩胛骨上，用力一推。安东尼平飞了出去，刮到了房里的一只法国摄政时期风格的小桌子，一大瓶黄水仙花被撞翻在地，慌乱之中，他抓住一只配着粉红灯罩的黄铜落地灯，但灯和他的人一起落到地上。

路克用力带上门，拼命往外跑。他在走廊里横冲直撞。电梯不在这层。他冲进防火出口，沿着里面的楼梯向下跑，在四楼上与一个拿着一叠毛巾的女侍撞个满怀，对方尖叫起来，毛巾散落一地。“对不起！”路克大喊。

几秒钟后，他来到楼梯间最底层，发现自己置身一条狭窄的小走廊，走廊一头有一小段楼梯，再穿过一个小拱门就是大厅。

安东尼一开始就知道，自己首先进房间就是个错误，但路克让他别无选择。幸运的是，他伤得不重。镇定了一下情绪之后，安东尼大步走到门口，打开门向外看，他看到路克沿着走廊狂奔，等到他追过去，路克已经转了个弯消失了，可能进了楼梯间。

安东尼以他最快的奔跑速度跟在后面，但他还是害怕抓不到路克，因为两人的体质都很好。大厅里的柯蒂斯和马龙会不会逮住路克呢？

到了四楼，安东尼被一个跪在地上捡拾到处散落的毛巾的女侍拖延了一下。安东尼猜测路克可能撞到了她。他咒骂着放慢了脚步，从女侍身边绕过去。这时，他听到电梯来了，他心头一喜：运气来了。

一对精心打扮的夫妇走出电梯，显然是从饭店的某个庆祝仪式上喝醉了回来。安东尼从他们身边硬挤过去，冲进电梯，说：“底层，快一点。”

操作员用力关上门，扳动操作杆。安东尼只能盯着电梯里的楼层数字，等着它缓慢下降。电梯终于抵达底层，门一滑开，他就冲了出去。

路克从电梯旁边的一个门进入了大厅。他的心沉了下去，他刚才看到的那两名探员现在正站在大门口，挡住了他的逃跑之路。过了一会儿，他身边的电梯门开了，安东尼走了出来。

他必须在一瞬间做出决定：搏斗还是溜走。

他不想以一对三，自己肯定不是他们的对手，而且酒店保安也会加入战斗。安东尼会给他们看他的CIA证件，大家都会帮他抓路克。路克最后难逃牢狱之灾。

他转身回到了刚才那条小走廊，来到这座建筑的深处，他听到安东尼追赶自己的脚步声。酒店一定有个后门——各种供应品不会通过前门运进来。

他掀开一道门帘，发现后面是一个小庭院，从装饰看是一个地中海风格的户外咖啡厅，几对夫妇正在一个小型舞池里翩翩起舞。绕过几张桌子，他来到出口，左侧有一条狭窄的过道，他现在一定接近了酒店的后部，他想，但他看不到出去的路。

路克钻进一个似乎是领班后厨的地方，别处烹饪好的餐点会被送到这里做最后的加工。五六名穿制服的侍者正用保温锅加热食物，并把菜肴放到托盘上。房间中央有一道通往下面的楼梯。路克推开侍者，冲下楼梯，有人喊道："抱歉，先生！您不能下去！"路克充耳不闻。这时安东尼也从后面追过来，路克听到刚才那人愤怒地说："都把这里当成联合车站了吗？"

地下室里是主厨房，这里是个令人汗流浃背的地方，数十名厨师正在为几百人做饭。煤气灶上火焰灼灼，蒸汽翻腾，锅子咕咕作响。侍者们朝厨师大喊大叫，厨师则大声指挥着厨房帮工们。他们忙得要命，根本没有注意到在冰箱、灶具、堆积如山的盘子和蔬菜桶之间东躲西闪的路克。

在厨房后面，路克发现一道向上的楼梯，他猜想这是通往送货口的，如果不是，他就困在这里了。他抓住机会，一口气跑到楼梯顶端，一连推开两道门之后，他呼吸到了寒冷的夜晚的空气。

他发现自己站在一个黑乎乎的院子里，借着门上的一盏灯的昏暗灯光，他看到几只巨大的垃圾箱和摞起来的木托板，里面似乎盛着水果。路克右手边五十码开外的地方是一道很高的铁丝网围墙和一扇关闭的门，墙外是一条街，直觉告诉他，那一定是第十五街。

路克跑到门边，发现它被一只大号挂锁锁住了，要是外面有行人经过，安东尼就不敢开枪，但没有人路过。

路克爬上围墙，心怦怦直跳。来到墙头的时候，他听到无声手枪发射时压抑的声响，但他的身体没有丝毫感觉。安东尼是很难瞄准一个在五十码外的黑暗中移动的目标的，虽然也有可能打中。枪声又响起来，路克摇晃着落到地面上，这时他听到第三声沉闷的枪响。他一跃而起，向东跑去。枪声没有再次响起。

路克在街角处向后望，没有发现安东尼的踪影。

他逃脱了。

安东尼两腿发软，他伸出一只手扶住冰冷的围墙才勉强站定。院子里弥漫着烂菜叶的味道，他甚至觉得自己连喘气的力气都没有。

这是安东尼做过的最艰难的事情。与之相比，杀掉阿尔宾·莫里哀都变得容易了。拿枪指着正在翻越铁丝网的路克时，他几乎无法扣动扳机。

这是最坏的结果。路克仍然活着——而且，因为安东尼朝他开了枪，所以他会完全进入警戒状态，下定决心弄清真相。

厨房的门突然敞开，马龙和柯蒂斯出现了，安东尼悄悄把枪滑进大衣内袋。然后，他喘息着说："翻墙——去追他。"但他知道他们是不会抓到路克的。

两人从他的视线消失后，安东尼开始翻找刚才发射的子弹。

第十一章
晚上十点半

火箭是根据V2地对地导弹设计的，这种导弹曾在二战期间被德军用来对付英国。两者的引擎看上去甚至都是一样的。它的加速器、继电器和陀螺仪也都来自V2导弹。推进泵使用过氧化氢生成镉催化剂，释放出的能量推动涡轮机——这个装置也来自V2导弹。

哈罗德·布罗德斯基调的干马丁尼非常出色，雷利太太的烤金枪鱼也如他保证的一样美味。至于甜品，哈罗德准备了樱桃馅饼和冰激凌。比莉觉得愧疚——哈罗德如此努力地取悦她，而她却一直想着路克和安东尼，以及他们交织的过去和谜一样的现在。

哈罗德煮了咖啡，比莉给家中打了电话，确定拉里和贝基大妈都很好。然后哈罗德提议到起居室去看电视。他拿出一瓶昂贵的法国白兰地，往两只大号杯子里倒了很多。他这是借酒壮胆，还是为了减弱她的抗拒？比莉想。她闻着白兰地的香气，却没有沾唇。

哈罗德的为人也很体贴。他诙谐、健谈而聪明，与哈罗德相处时，比莉经常被他逗笑，然而今晚她却心不在焉。

他们看了一部名叫《快跑，乔，快跑！》的恐怖片。简·斯特林饰演的女招待和前帮派成员亚历克斯·尼科尔混在一起。比莉对这种荧屏上想象出来的危险提不起兴趣。她的思绪早就飘到了安东尼对路克所做的神秘事情上。他们在OSS的时候，曾经为了工作违反过各种法律，尽管现在安东尼仍然从事秘密工作，但比莉还是震惊于他的手段之过分。难道和平时期不应该有所收敛吗？

还有，他的动机是什么？伯恩给她打电话说他向路克忏悔了，而且肯定了她的所有直觉——路克不是间谍。但安东尼相信路克是间谍吗？如果不相信，那么他做这些事的真实目的是什么？

哈罗德关掉电视，又给自己倒了一杯白兰地。“我一直在想我们的将来。”他说。

比莉的心一沉。他准备求婚了。要是他昨天求婚，她会同意的，而今天她根本不愿考虑这件事。

哈罗德拿起比莉的手。“我爱你，”他说，“我们相处得很好，意趣相投，而且都有一个孩子——但这些都不是原因。我相信，就算你是个像猫王那样嚼口香糖的女招待，我也会向你求婚的。”

比莉笑起来。

他继续说：“我喜欢你，没有别的原因，只是喜欢你这个人而已。我知道这种感情是真实的，因为我曾经产生过这种感情，只有一次，是和莱斯利。我全心全意地爱她，直到她离开我。所以，我坚信不疑。我爱你，我希望我们永远在一起。”他看着她，然后说：“你觉得怎么样？”

她叹道：“我也喜欢你。我愿意和你上床，我觉得那一定很棒。”听到这里，他挑起眉毛，但没有打断她。“而且，如果有人与我分担人生的重担，我相信生活会容易得多。”

“这很好。”

“如果是昨天，我会答应你，说我爱你，让我们结婚吧。可是今天，我遇到了过去认识的一个人，让我想起自己在二十一岁恋爱时是怎样的感觉。”她坦然地看着他，“而在你身上我没有这种感觉，哈罗德。”

他还没有彻底灰心：“有谁到了我们现在这个年龄还会产生那样的感觉？”

“也许你是对的。”她真心希望自己还能像当年一样为爱疯狂，但对于一个带着七岁孩子的离婚女人来说，这是个愚蠢的愿望。为了给自己时间，她把白兰地杯举到嘴边。

门铃响了。

比莉的心跳加快。

“到底是谁啊？”哈罗德生气地说，“但愿不会是西德尼·鲍曼在这么晚来借我的汽车千斤顶。”他起身向门厅走去。

比莉知道那是谁。她放下没有喝过的白兰地，站了起来。

她听到门口传来路克的声音。“我需要和比莉谈谈。”

比莉想知道现在自己为什么觉得高兴极了。

哈罗德说：“我不确定她目前是否愿意被打扰。”

“我有重要的事。”

“你怎么知道她在这里？”

“她母亲告诉我的。对不起，哈罗德，我没有时间多做解释了。”比莉听到“砰”的一声，接着是哈罗德抗议的呼喊，她猜想路克一定是强行闯了进来。她来到门口，向玄关看去。“别冲动，路克，”她说，“这是哈罗德的家。”路克的大衣被扯坏了，帽子也不见了，看上去正在发抖。“出了什么事？”比莉问。

“安东尼朝我开枪了。”

比莉震惊不已。“安东尼？”她说，“我的上帝，他是怎么了，他开枪打你？”

哈罗德露出恐惧的神色：“为什么要开枪？”

路克没有理他。“现在应该通知当局了，”他对比莉说，“我准备到五角大楼去，但我担心他们不相信我，你能来帮我吗？”

“当然。”比莉说，她从衣架上拿起大衣。

哈罗德说：“比莉！看在上帝分上——我们正在进行非常重要的谈话。”

路克说：“我真的需要你。”

比莉迟疑了。这样做对哈罗德太不公平了。为了今天的求婚，他显然已经计划过一段时间了。可路克现在有生命危险。“对不起，哈罗德，”她对哈罗德说，“我不得不去。”她仰起脸等他来吻她，但他转过身去。

“别这样，”比莉说，“明天见。”

“滚出我的家，你们两个。”哈罗德愤怒地说。

比莉走了出去，路克跟在后面，哈罗德用力关上了门。

第十二章
晚上十一点

1956年，“朱庇特”计划花费了4000万美元，1957年达到了1.4亿美元，1958年，预计该数字将达到3亿美元以上。

安东尼在皮特租的房间的书桌抽屉里找到一些酒店提供的文具，他拿了一只信封，又从口袋里掏出三颗子弹和三个弹壳，这是他朝路克开枪时留下的。他把这些东西放进信封，封好了口，然后塞进口袋，一有机会他就会把它们处理掉。

他必须降低损失，他的时间很少，但要谨慎行事。他需要把这次事故的所有痕迹抹掉。而且，忙碌起来可以让他停止自我埋怨。

值班的酒店助理经理来到皮特租的房间，面带愠色，他是个衣着整洁的小个子秃头男人。“请坐，祖哈德先生。”安东尼说，他把自己的CIA证件给对方看。

“CIA！”祖哈德说，他的怒火开始消退。

安东尼从钱夹里抽出一张名片：“卡片上印的是国务院，但如果需要，你可以通过上面的号码联系到我。”

祖哈德小心翼翼地接过名片，好像它会爆炸一样。“我能为你做点什么，卡罗尔先生？”他讲话带点口音，安东尼感觉可能是瑞士口音。

“首先，我需要为刚才的那一阵小骚乱道歉。”

祖哈德拘谨地点点头，他不打算说“没关系”。“幸运的是，没有几个客人注意到。只有厨房里的工作人员和几名侍者看到你追赶那位先生。”

“很高兴我们没有给你的酒店带来太多麻烦，虽然此事涉及国家安全。”

祖哈德惊奇地瞪大眼睛。“国家安全？”

“当然，我不便透露给你细节……”

“当然。”

“但我希望你能保密。”

旅馆业的专业人士都以他们的谨慎和保密能力为自豪，祖哈德果断地点头道：“当然，没问题。”

“连报告给你的经理都不行。”

“也许吧……”

安东尼拿出一卷钞票。“国务院为这类事件的补偿提供了一小笔资金，”他抽出一张二十美元面额的，祖哈德接过来，“如果有工作人员不满意，也许……”他慢慢地数出四张二十美元纸币交给祖哈德。

在助理经理看来，这是一笔不小的贿赂。“谢谢你，先生，”祖哈德说，“我敢肯定我们能够满足你的要求。”

“要是有人问起来，最好说你什么都没有看到。”

“当然，”祖哈德站起来，“如果还有别的事……”

“我会联系你的。”安东尼不耐烦地点点头，祖哈德离开了。

皮特走进来。“卡纳维拉尔角陆军的安全负责人是比尔·海德上校，”他说，“他住在蓝锆石汽车旅馆。”他递给安东尼一张写着电话号码的纸条之后便又出去了。

安东尼拨了上面的号码，打通了海德房间的电话。“我是安东尼·卡罗尔，CIA技术服务部。”他说。

海德用一种不像是军人所有的缓慢而拉长的语调说：“好的，我能为你做些什么，卡罗尔先生？”听起来他似乎喝了几杯酒。

“我想谈谈卢卡斯博士的事。”

“哦，是吗？”

听出海德对这个话题隐约怀有敌意，安东尼决定先讨好他一番。“上校，已经这么晚了，如果你能给我一点时间，我会十分感激你的建议的。”

海德活跃起来：“当然，如果我能帮到你的话。”

这样好多了。“我认为你知道卢卡斯博士一直行为反常，这对一个掌握机密信息的科学家来说是令人担心的。”

“当然。”

安东尼想让海德觉得他自己占据主导：“你认为他的精神状况怎么样？”

“我上次见到他的时候，他看上去正常，但几个小时前我和他说过话，他告诉我他失忆了。”

“不仅如此，他还偷了一辆汽车，闯进一所房子，打了一位警察。”

“我的天，他比我想的还糟。”

海德开始相信他的故事了，安东尼宽慰地想，他继续说：“我们认为他失去理智了，但你比我们更了解他。你觉得这是怎么回事？”安东尼屏住呼吸，希望听到想要的回答。

“该死，我觉得他精神崩溃了。”这正是安东尼希望海德相信的事情——而通过安东尼的引导，海德觉得这是他自己得出的结论，他甚至还想说服安东尼相信这一点。“听着，卡罗尔先生，陆军不会雇一个疯子从事绝密项目。平时，路克和你我一样正常，但显然现在某些事情让他受了刺激。”

“他似乎觉得有什么针对他的阴谋，但你认为我们没有必要相信他的感觉。”

“绝对不能相信他。”

“所以，我们应该低调处理。我的意思是说，我们不能惊动五角大楼。”

“上帝，不能，”海德忧心忡忡地说，“实际上，我最好给他们打个电话，警告他们路克精神状态不正常。”

“如果你愿意的话。”

皮特走进来，安东尼伸出一根手指，示意他等一下。他放软了语气，对着话筒说：“碰巧，我是卢卡斯博士和他夫人的老朋友，我准备说服路克寻求精神科医师的帮助。”

“听起来是个好主意。”

“好的，谢谢你，上校。你让我放了心，我们会按照你的建议去做。”

“不客气。如果你还有别的事需要问我或者和我讨论的，请随时给我打电话。”

“我当然会的。”安东尼挂掉电话。

皮特说："精神科医师的帮助？"

"这是为了他好。"安东尼表示。现在酒店里已经没有什么需要他去掩盖的证据，而且，五角大楼也不会轻易相信路克的话了，只剩下比莉工作的医院没有处理。

他站起来。"我一个小时之后回来，"他说，"我希望你留在这里，但不要在大厅里。带着马龙和柯蒂斯，贿赂一下房间服务员，让你们进入路克的套房。我感觉他还会回来的。"

"要是他回来呢？"

"无论如何，不要再让他跑了。"

第十三章
午夜十二点

朱庇特-C型火箭使用的燃料叫作“海代恩”，这是一种秘密研制的高能燃料，与标准的“红石”火箭使用的酒精助推剂相比，其燃烧动力高出12%。“海代恩”具有毒性和腐蚀性，是UDMH——偏二甲肼——和二乙烯三胺的混合物。

比莉开着她的红色“雷鸟”汽车进入乔治敦精神病院停车场，关掉引擎。来自五角大楼的洛佩兹上校把他的军绿色福特菲尔兰停在她的车旁边。

“我说什么他都不相信。”路克生气地说。

“你不能怪他，”比莉解释道，“卡尔顿酒店的助理经理说，没有人被追到厨房里，在装货场也没有发现子弹壳。”

“安东尼清除了证据。”

“我知道，但洛佩兹上校不会。”

“感谢上帝，有你支持我。”

他们下了车，与上校一起走进大楼。洛佩兹上校是拉丁裔，很有耐心，精明强干。比莉朝前台接待员点点头，带着两个人上楼，沿着走廊来到档案室。

“我要给你看的是一个叫作约瑟夫·贝罗的人的病历，他的体貌特征与路克相符。”比莉说。

上校点点头。

比莉继续道：“你将看到他在星期二入院并接受了治疗，然后在星期三凌晨四点出院。要知道，对于精神分裂症患者来说，如果不首先观察病情就进行治疗，是很不正常的，更不用说这位病号是在凌晨四点从精神病院出院的，这更加蹊跷。”

“我明白。”洛佩兹不置可否地说。

比莉拉开抽屉，拿出贝罗的档案，放在桌上，把盒子打开。

里面是空的。

“噢，上帝。”她说。

路克难以置信地盯着那个硬纸盒。“不到六个小时之前，我还亲眼见过里面的文件！”

洛佩兹带着厌烦的神情站起身来：“好吧，我猜就是这个。”

路克产生了一种噩梦般的幻觉，他仿佛置身一个超现实的世界，人人都可以对他随心所欲，朝他开枪并搅乱他的脑子，而且他永远无法证明他们对他做过这些事情。“也许我真的是精神分裂。”他阴郁地说。

“但是，我没有精神分裂，”比莉说，“我也看到了那些文件。”

“可现在它们不在这儿。”洛佩兹说。

“等等，”比莉说，“每日登记册会记录他的入院情况，这本册子就放在前台。”她关上抽屉。

他们下楼来到大厅。比莉对接待员说："让我看看登记册，拜托，查理。"

"马上，约瑟夫森医生，"柜台后面的年轻黑人翻找了一阵子，"该死，那东西去哪了？"他说。

路克喃喃自语："上帝啊。"

接待员尴尬地说："两个小时之前它还在这里的。"

比莉如遭雷击："告诉我，查理，罗斯医生今晚来过吗？"

"是的，女士，他几分钟前离开的。"

比莉点头："下次你见到他，问问他登记册在哪里。他知道在哪儿。"

"我一定会问的。"

比莉离开前台。

路克愤怒地说："我问你个问题，上校。我们今晚见到你之前，是否有人对你提起过我？"

洛佩兹迟疑道："是的。"

"是谁？"

洛佩兹不情愿地说："我猜你有权知道。我们接到了卡纳维拉尔角的海德上校打来的电话，他说CIA一直在监视你，他们认为你行为失常。"

路克严肃地点点头："又是安东尼。"

比莉对洛佩兹说："该死，我不知道我还能做些什么来说服你。我并不怪你不相信我们，因为我们现在拿不出证据。"

"我没有说不相信你们。"洛佩兹说。

路克吃了一惊，他带着新的希望看着上校。

洛佩兹继续说："我可以相信是你想象出来的一名CIA探员在

卡尔顿酒店追你，而且在小巷里朝你开枪，我甚至也可能相信你和约瑟夫森医生假装丢失了一份文件，但我不相信这儿的查理也会卷入阴谋。肯定有一本日常登记册的，而现在它不见了。我不认为是你们拿走的——你们为什么要这么做呢？拿走的人又是谁呢？有人一定想要隐瞒什么。”

“这么说你相信我了？”路克说。

“要我相信什么？你不知道发生了什么事，我也不知道，但一定发生了严重的事情。我相信这件事肯定和我们准备发射的火箭有关。”

“你打算怎么办？”

“我准备命令卡纳维拉尔角进入全面警戒状态，我去过那里，知道他们的戒备松懈。即使明天早晨出了事，他们都不一定弄得清原因。”

“那安东尼呢？”

“我有个朋友在CIA。我会把你的事情说给他听，告诉他虽然我不知道你的故事是真是假，但我很担心此事。”

“这不会帮上我们太大的忙的！”路克抗议道，“我们需要知道到底是怎么回事，他们为什么要抹除我的记忆！”

“我同意，”洛佩兹说，“但是我只能做到这些。余下的事就看你们的了。”

“上帝，”路克说，“所以我只能靠自己了。”

“不，”比莉说，“你不是在孤军奋战。”

Part 4

第一章
凌晨一点

新的燃料中含有神经毒气，非常危险。它是由特殊的火车运到卡纳维拉尔角的，火车上备有氮气，如果出现了燃料泄漏，就用氮气掩盖。这种燃料哪怕只有一滴落到皮肤上并被血管吸收，也会是致命的。技术人员表示：“如果你们闻到鱼腥味，就马上玩命地逃跑吧。”

比莉开得很快，从容地控制着雷鸟车的三速手动变速装置。路克佩服地看着她。他们从乔治敦安静的街道呼啸而过，穿越溪谷地区，来到华盛顿中心区的卡尔顿酒店。

路克觉得又有了力量，他现在知道了自己的敌人是谁，而且有一位朋友在身边帮助他，他知道自己该怎么做。虽然他不清楚自己遇到的事情的原因，但他决心解开这个谜，而且已经迫不及待了。

比莉把车停在入口旁边的转角处。“我先进去，”她说，“如果大厅里出现可疑的人，我就立刻出来。你要是见到我脱下了大衣，就说明大厅里是安全的。”

路克并不放心这个方案："要是安东尼在里面呢？"

"他不会朝我开枪的。"比莉下了车。

路克冥思苦想反驳她的理由，但并没有想出来。她很可能是对的。他感觉安东尼一定彻底地搜查了他的房间，销毁了所有他认为可能与自己拼命保守的秘密有关的线索。但安东尼表面上还需要装成一副若无其事的样子，以便证明路克真的是在酩酊大醉后失去了记忆。所以，路克盼望在自己的东西里找一找，从而重新调整自己的思路，而且，说不定可以发现安东尼忽略的线索。

两人分头向卡尔顿酒店靠近。路克待在酒店门口的街对面，看着比莉走进大门，欣赏着她自信满满的步伐和大衣下摆优雅的舞动。他可以透过玻璃门看到大厅里面。见到比莉进去，一个门童立刻走向她，面有疑色——如此一位迷人的女士为什么在深夜单独来到这里。路克看到比莉开口说话，他猜她八成在说："我是卢卡斯太太，我丈夫一会儿就过来。"接着她脱掉了大衣。

路克穿过马路，进入酒店。

为了让门童放心，路克说："我们上楼之前，我想先打个电话，亲爱的。"虽然前台有内线电话，但路克不想让门童听到他的谈话。前台旁边有个小厅，里面有一部付费电话，安装在一个封闭的隔间里，还有一个座位。路克走进电话隔间，比莉跟着他进去，关上门。两人靠得很近。路克把一枚十美分硬币放进投币口，他调整了一下听筒的角度，以便让比莉也听到。虽然心情紧张，但他发现靠着比莉的感觉是如此的美妙和令人激动。

"喜来登·卡尔顿，早上好。"

已经是早晨了，路克意识到——星期四的早晨。他已经醒来二十四小时了，可现在他一点都不困，因为过于紧张。"请转接

530房间。”

接线员迟疑道：“先生，现在是一点半——您有急事吗？”

“卢卡斯博士让我无论多晚都给他打电话。”

“好的。”

对方暂停了一下，接着传来拨号声。路克十分清晰地感受到比莉紫色丝绸连衣裙下面的温暖躯体。他不得不抵挡环住比莉的娇小肩膀将她搂过来的冲动。

四声拨号音过后，就在他准备相信房间里没人的时候，电话被接起来了。这么说，安东尼或者他的手下已经在里面守株待兔了。这是个麻烦，但路克觉得知道敌人在哪里埋伏是更重要的。

只听一个声音说：“你好？”语气中带着不确定。不是安东尼，但可能是皮特。

路克装出喝醉酒的语调：“嘿，罗尼，我是蒂姆。我们都在等你呢！”

对方不耐烦地咕哝道：“醉鬼。”这一句似乎是对着旁边的人说的。接着他对着电话说：“你打错房间了，伙计。”

“噢，天啊，对不起。希望我没有吵醒……”路克闭上嘴，因为对方挂断了电话。

“有人在那儿。”比莉说。

“也许还不止一个。”

“我知道怎么把他们弄出来，”比莉笑道，“战争期间，我在里斯本干过类似的事。来吧。”

他们离开隔间。路克注意到比莉悄悄地从电梯附近的烟灰缸旁边拿走一卷火柴。门童把他们领到五楼。

他们找到530房间，安静地从门口走过。比莉打开一扇没有标记的门，这是一个盛放纺织品的橱柜。“很好，”她压低声音说，“附近有火灾报警器吗？”

路克四下张望，发现一个警报器，是那种用小锤子敲破玻璃才能报警的。“在这里。”他说。

“好的。”橱柜里的木架子上整齐地放着一叠叠的床单和毯子。比莉抖开一条毯子，把它扔到地上，她又打开好几条毯子扔过来，松散地堆在一起。见此情景，路克猜出了她的意图。比莉从一扇门的门把手上取下早餐预约牌，划亮火柴把它点燃，等火苗蹿起来，她便把它扔到毯子堆上。“这就是你为什么永远不能在床上抽烟的原因。”她说。

火越烧越旺，比莉又往火里加了一条床单，她的脸庞被火光映照，显出兴奋的神色，看上去更加动人了。随着火势越来越大，浓烟从橱柜里冒出，开始充满整个走廊。

“该发警报了，”她说，“我们不希望任何人受伤。”

“是的。”路克说，他的脑子里再次冒出那句话：他们不是通敌者，现在他明白自己为什么会突然产生这个念头了，因为当年在法国参加抵抗运动，炸工厂和仓库的时候，他一定总是担心无辜的法国平民受到伤害。

他拿起挂在警报器旁边的一只小锤子，轻轻敲碎玻璃，按下里面的红色大按钮。过了一会儿，刺耳的铃声划破了走廊上的寂静。

路克和比莉沿着走廊向后退，远离电梯，直到他们只能透过浓烟看到路克的套房的门。

离他们最近的一扇门开了，一个穿着睡袍的女人走出来，她看到了烟，便尖叫着跑下楼梯。一个只穿衬衫的男人从另一扇门出来，手里还拿着一支铅笔，显然是工作到很晚。接着一对裹着被单的年轻夫妇出现了，他们刚才似乎正在做爱。然后是一个神色困倦的男人，穿着皱巴巴的粉红色睡衣。仅仅一小会儿的工夫，走廊里就满是咳嗽和摸索着穿过浓烟走向楼梯间的人。

530房间的门缓缓地开启了。

路克看到一个高个子男人来到走廊上，透过黑暗四处张望，路克感觉他的脸颊上隐约有一大块酒红色的胎记：那是皮特。路克向后一缩，以免被皮特认出。那个人似乎犹豫了一下，然后便下定决心似的加入了冲向楼梯间逃难的队伍。还有两个人从530号房间出来，跟在他的后面。

“全走了。”路克说。

路克和比莉进入套房。路克关上门，把烟阻挡在外面，他脱下大衣。

“噢，上帝，”比莉说，“还是那个房间。”

比莉睁大眼睛环视四周。“我简直不敢相信。”她说。她的声音很小，路克几乎听不到她说话。“就是这个套房。”

路克站定了看她。比莉的情绪似乎很激动。“这里发生过什么？”他终于开口问道。

她惊异地摇头道：“很难想象你竟然不记得了，”她走了一圈，“那个角落里曾经有一架钢琴，”她说，“想想吧——旅馆房间里有钢琴！”她朝浴室里看看，“这儿有部电话。我从没见过浴室里有电话。”

路克等待着。她的表情忧伤，还有种他也分辨不清的神色。“战争期间你在这里住过。”她终于说。接着，她又急速补充道："我们在这里做过爱。"

他看着卧室里面："在那张床上，我猜。"

"不仅在床上，"她咯咯笑道，接着脸色又恢复了阴沉，"我们那时多么年轻啊。"

和这个迷人的女子做爱，想想都令路克激动不已。"我的上帝，我真希望我能记得。"他说，声音带着浓重的欲望。

令他惊奇的是，比莉脸红了。

路克走到一边拿起电话，打给接线员。他要确保火势不会蔓延。在漫长的等待后，电话接通了。"我是戴维斯先生，是我发出的火灾警报，"路克迅速说道，"530房间旁边的一个储物柜着火了。"他没有等待对方回应便挂掉电话。

比莉正在四下检查，她已经没有那么激动了。"你的衣服在这里。"她说。

路克来到卧室。床上有一件浅灰色花呢运动外套、一条炭黑色法兰绒裤子，似乎已经干洗过。路克猜想自己是在飞机上穿的这一身衣服，来到酒店后就送去洗了。地板上有一双深棕色翼尖鞋，其中一只鞋里放着一条精心卷好的鳄鱼皮带。

他打开床头柜抽屉，找到一只皮夹子、一本支票簿和一支钢笔。他发现的更有趣的东西是一本细长形状的记事簿，背面是一张电话号码清单。他迅速翻到本周的记录。

星期日，26号

给爱丽丝打电话（1928）

星期一，27号

买游泳裤

上午八点半，顶点会议，先锋旅馆

星期二，28号

上午八点，与A.C.吃早餐，海伊-亚当斯咖啡厅

比莉站在路克旁边看他正在读的记录，她的一只手放在他的肩上，虽然这是个无意识的动作，但她的触碰让他获得一阵愉悦的快感。他说："你觉得爱丽丝可能是谁？"

"你的小妹妹。"

"她多大？"

"比你小七岁，现在应该三十了。"

"所以说，她1928年出生。我猜我打电话是为了祝贺她的生日。我可以现在给她打电话，问问她我是否说过什么不寻常的话。"

"好主意。"

路克感觉很好，他正在重建自己的人生。"我一定没带泳裤就去了佛罗里达。"

"谁会在一月游泳？"

"所以我做了记录，准备在星期一去买。那天上午八点半我还去了先锋旅馆。"

"什么是'顶点会议'？"

"我觉得它一定和火箭飞行的曲线有关。当然，我不记得自己在这方面的工作，但我知道火箭的飞行轨迹需要进行复杂而重要的计算，火箭的第二节需要在它飞到曲线顶点的时候脱离，从

而让卫星进入永久性轨道。”

“你可以调查一下还有谁参加了这个会议，和他们谈谈。”

“我会的。”

“然后，星期二，你和安东尼在海耶·亚当斯旅馆的咖啡厅吃了早餐。”

“在那之后这个本子上就没有记录了。”

路克把记事簿翻过来，后面记着安东尼、比莉、伯恩、他母亲和爱丽丝的电话号码，还有二三十个对他来说毫无意义的电话。“你想到什么主意了吗？”路克问比莉。她摇摇头。

确实有一些方向是值得跟踪的，但并没有发现明显的线索。路克早就料到这种情况，但他还是感到灰心。他把记事簿放进口袋，观察整个房间。一只架子上放着一个破旧的皮箱。他在皮箱里搜寻，里面有几件干净的衬衫和内衣，一个写有半本数学算式的笔记本，还有一本平装书，书名是《老人与海》，第143页的角折了起来。

比莉检查了浴室：“剃须用品、护肤品袋、牙刷，就这些。”

路克打开卧室里所有的橱柜和抽屉，比莉也在起居室如法炮制翻找了一遍。除了在一只柜子里找到一件黑色羊毛大衣和一顶黑色汉堡帽之外，路克再也没有发现别的东西。“什么都没有，”他喊道，“你呢？”

“桌子上有你的电话留言。伯恩、海德上校和一个叫玛丽格尔德的打过电话给你。”

路克明白，安东尼读过了这些留言，认为它们没什么用，就没有销毁它们，而且还不会引起怀疑。

比莉说：“玛丽格尔德是谁，你知道吗？”

路克想了一会儿。他今天听到过这个名字。他想起来了。“她是我在亨茨维尔的秘书，”她说，“海德上校说她为我预订的机票。”

“你会不会把来华盛顿的目的告诉她？”

“我猜不会。我没告诉卡纳维拉尔角的任何人。”

“她不在卡纳维拉尔角。而且，比起其他人，你可能更信任自己的秘书。”

路克点头。“只要有可能，我就应该调查。这是目前为止最有希望的方向。”他又看了看记事簿和它后面的电话号码。“找到了，”他说，“玛丽格尔德——家庭电话。”他坐在桌前，拨上号码，心中盘算着皮特和其他探员什么时候能回来。

比莉似乎看出了他的想法，她开始把他的东西收拾进那只黑色的皮包。

一个睡意朦胧的女人接起了电话，她语调迟缓，有阿拉巴马口音。路克从她的音调猜测她是黑人。他说：“很抱歉这么晚打扰你，你是玛丽格尔德吗？”

“卢卡斯博士！感谢上帝，你终于打来了。你还好吗？”

“我很好，谢谢你。”

“你到底遇到了什么事？没人知道你在哪儿——我刚听说你失去记忆了，是真的吗？”

“是的。”

“好吧，那是怎么回事？”

“我不知道，但我希望你可能会帮助我弄明白。”

“如果我能的话……”

“我想知道为什么我会突然决定星期一到华盛顿去。我告诉过你原因吗？”

“当然没有，我很好奇。”

虽然料到她会这样回答，但路克仍有失望之感。“我说过什么能给你暗示的话吗？”

“没有。”

“我是怎么说的？”

“你说你需要从亨茨维尔坐飞机到华盛顿，你让我预订军事空运处的航班。”

军事空运处是军方的航空机构，路克猜想他有权在事关军队事务时乘坐军事空运处的飞机。但他还有不明白的地方：“我要从亨茨维尔坐飞机？”这点他是第一次听说。

“你说你要在亨茨维尔停留几个小时。”

“我想知道为什么。”

“然后你说了一些奇怪的话。你让我不要告诉任何人你要去亨茨维尔。”

“啊！”路克肯定这是一条重要线索，“这么说我是偷偷去的？”

“是的。我一直为你保密。陆军安全部和FBI都问过我了，但我没有告诉他们，因为你不让我说。当他们说你失踪了的时候，我不知道这样做对不对，但我觉得最好还是听你的。我做得对吗？”

“上帝，玛丽格尔德，我不知道，但我感激你的忠诚。”这时火灾警报的铃声停止了。路克意识到他该走了。“我现在得走了，”他告诉玛丽格尔德，“谢谢你的帮助。”

“好吧，你一定要小心，听到了吗？”她挂了电话。

“我打包了你的东西。”比莉说。

“谢谢，”路克说，他从衣橱里拿出自己的黑大衣和帽子穿戴整齐，“现在，让我们在特务们回来之前离开这里。”

他们开车来到FBI办公楼附近的一家整夜不打烊的餐厅点了咖啡，这里位于唐人街的拐角附近。“我想知道今早第一班到亨茨维尔的飞机什么时候起飞。”路克说。

“我们需要官方发布的航班指南。”比莉说。

路克环视整个餐厅，他看到两个警察在吃甜甜圈，四个醉醺醺的学生正在点汉堡，还有可能是妓女的两个衣着单薄的女人。“我觉得这儿的柜台应该查不到这种信息。”

“我猜伯恩有一本指南。作家们喜欢这类东西，他们总是查来查去。”

“他应该在睡觉。”

比莉站起来：“那么我来叫醒他。你有硬币吗？”

“当然。”路克还有一口袋昨天偷来的硬币。

比莉来到餐馆旁边的付费电话旁边。路克呷着咖啡看着她。比莉打电话时面带微笑，头微微倾斜，她在对着被自己吵醒的人展示魅力。她看上去引人入胜，路克再次感到了欲火的煎熬。

比莉回到桌边，说：“他准备带着指南过来找我们。”

路克看看手表，凌晨两点。“我打算从这里直接去机场，希望有早班机。”

比莉皱眉：“时间很紧张？”

“可能。我一直问自己：为什么我会放下一切事务赶到华盛顿？一定与火箭有关。此事除了对火箭的发射有威胁之外，难道还有别的可能吗？”

“有人想破坏发射？”

“是的。如果我是对的，我就要在今晚十点半之前拿出证据。”

“你希望我和你一起去亨茨维尔吗？”

“你还要照顾拉里。”

“我可以把他交给伯恩。”

路克摇头：“我不想这样……谢谢。”

“你总是单枪匹马。”

“不是那样的，”他说，他希望她能理解，“我愿意你陪我去，麻烦在于——我太希望你和我一起去了。”

她把手伸过塑料桌面，抓住他的手。“没关系。”她说。

“这让人困扰，你知道吗？我已经和别的人结婚了，但我不知道我对她的感觉。她什么样？”

比莉摇头道：“我不能和你谈论埃尔斯佩思，你得自己重新认识她。”

“我也这样想。”

比莉把他的手举到唇边，温柔地吻了一下。

路克咽了一下口水。“我过去总是这么喜欢你，还是刚刚喜欢上你？”

“过去就是。”

“我们似乎相处得很好。”

“不。我们吵得很凶，但我们互相爱慕。”

“你说我们曾经做过——在套房里。”

“别说了。”

“感觉好不好？”

她眼含泪水望着他：“是最好的。”

“那我为什么没有和你结婚？”

比莉哭了起来，娇小的身躯随着抽泣颤抖。“因为……”她擦着脸，深吸一口气，然后又开始哭。最后，她脱口而出：“我把你气疯了，你有五年没和我说话。”

第二章
1945年

安东尼的父母在弗吉尼亚州的夏洛茨维尔有一处马场，距离华盛顿两个小时的路程。马场中有一座巨大的白色木结构房屋，它的侧翼很长，有十多个卧室。此外还有一些马厩、几个网球场、一个湖、一条小溪、小牧场和林地。安东尼的母亲从她父亲那里继承了这个马场和五百万美元。

日本投降之后的第一个星期五，路克来到马场。卡罗尔夫人在门口欢迎了他。她是个神经质的金发女子，过去似乎十分漂亮。她让路克住在一间精致整洁的小卧室，卧室里铺着抛光木地板，还有一张高脚的老式床。

路克换下了制服——他现在是少校军衔——穿上黑色开司米大衣和灰色法兰绒裤子。系领带的时候，安东尼探头进来说："鸡尾酒在休息室里，你想什么时候喝都行。"

"我马上过去，"路克说，"比莉的房间在哪儿？"

安东尼为难地皱起眉头。"女孩们住在另一侧，"他说，"上将是个老派人，他在这方面作风古板。"安东尼的父亲在海军工作了一辈子。

“没关系。”路克耸肩道。过去三年中，他在欧洲的德占区执行过各种夜间任务，他能在黑暗中找到爱人的卧室。

当路克六点钟来到楼下时，发现所有的老朋友都在等他。除了安东尼和比莉，还有埃尔斯佩思、伯恩、伯恩的女朋友佩吉。战争期间，路克和伯恩、安东尼共度了大部分时光，而他每次休假都会和比莉在一起，但自1941年起他就没有见过埃尔斯佩思和佩吉。

上将递给他一杯马丁尼，路克满意地喝了一大口。这是一个真正值得庆祝的时刻。大家兴高采烈地谈着话。安东尼的母亲带着隐约有些高兴的表情观看着眼前的场面，他的父亲则以比任何人都快的速度喝着鸡尾酒。

晚餐期间，路克一直在研究着每一个人，把他们与四年前的年轻模样相比较，那时他们还在担心自己会被哈佛开除。在实行食物配给制的伦敦待了三年的埃尔斯佩思明显地消瘦了许多，甚至连她丰满的胸部都变小了。曾经大大咧咧、衣着随便的佩吉现在也学会了穿着得体，但她精致的妆容后面却流露出冷酷无情和愤世嫉俗的神色。二十七岁的伯恩看上去却像三十七岁，这是他参加过的第二次战争，他受过三次伤，面容憔悴，对自己和他人的苦难见惯不惊。

安东尼受到的影响最小。他虽然参加过一些行动，但大部分时间都在华盛顿，因此他的自信、乐观和插科打诨的能力都完好无损地保留了下来。

比莉的变化也同样轻微。她童年时就吃过苦，经历过丧亲之痛，也许这就是战争没有挫伤她的原因。她在里斯本干了两年地下工作，路克知道——尽管其他人不知道——她在那儿杀过一个人，就在这个人准备把秘密情报出卖给敌人的咖啡馆后面的院子里，比莉安静而迅速地割开了他的喉咙。但她仍然充满了活力，嬉笑怒骂、快意恩仇，她表情丰富的面孔是路克永远不会厌倦的研究对象。

显然，非常幸运的是，他们都还活着。大部分这样的群体都会至少失去一个朋友。“我们应该干一杯，”路克说，他举起酒杯，“致那些活下来的——和那些没能做到的。”

他们都喝掉了杯中的酒，接着伯恩说：“我还有句祝酒词，致那些从后方打破纳粹战争机器的人——苏联红军。”

他们都喝下去后伯恩说：“我还有一句，致那些破坏了纳粹战争的红色军队。”

他们又都喝了酒，但上将面色不豫：“够了，不要再说什么祝酒词了。”

伯恩那时仍然笃信共产主义，但路克肯定地觉得他已经不再为莫斯科工作了。他们达成了一项协议，路克相信伯恩信守了诺言。然而，他们的关系却再也不像往日那么亲密。信任一个人，如同用手掬起一捧水——很容易将水洒出，而且永远无法把洒出去的水收回来。每当想起自己和伯恩曾经的友谊，路克都会黯然，也为关系无法恢复而深感无奈。

休息室里上了咖啡，路克把杯子分给大家，他把奶油和糖递给比莉的时候，她低声道：“东翼，二楼，左边最后一扇门。”

“要奶油吗？”

她挑起一边的眉毛。

路克忍不住笑了一声，走开了。

十点半，上将执意邀请男人们到台球室去。餐具柜上放着烈酒和古巴雪茄，路克没有喝更多的酒：他还打算过一会儿溜到比莉的床上去抚慰她那温暖、饥渴的身体，他可不想到了关键时刻睡着。

上将在一只平底大玻璃杯中给自己倒上波本酒，带着路克到房间的另一头，给他看自己收藏的枪，这些武器陈列在墙上的一排锁住的展架中。路克家没有爱打猎的人，因此对他而言，枪是杀人的，而不是猎杀动物的，所以他不喜欢枪。他还坚信，枪和酒凑在一起是个糟糕的组合。然而，出于礼貌，他还是假装对上将的藏品感兴趣。

“我了解和尊重你的家庭，路克，”他们在检视一支恩菲尔德步枪的时候，上将说，“你的父亲是个很伟大的人。”

“谢谢你。”路克说。上将的话听起来像一篇早有准备的演说的开场白。二战时期，路克的父亲在物价管理办公室帮忙，但上将大概仍然把他的父亲想成银行家。

“你在选择妻子的时候，一定要考虑到自己的家庭，我的孩子。”上将继续说。

“是的，先生，我会的。”路克好奇这个老头儿在想什么。

“无论谁成为卢卡斯太太，都会跻身美国上流社会，你必须选择一个具备这种资格的女孩。”

路克开始看出他的意图。他烦躁地把手中的步枪放回架子上。“我会记住的，上将。”他说，然后转到一边。

上将一只手抓住路克的胳膊拦住他：“无论怎么做，都不要把你自己赔上。”

路克怒视着他。他已经决定不开口问上将他这番话是什么意思，他认为自己知道答案，而且心照不宣会更好一些。

然而上将却直接说了出来："不要和那个小犹太女人混在一起——她配不上你。"

路克咬牙道："请原谅，这种事情我更应该和我的父亲讨论。"

"但你的父亲不知道她，对吗？"

路克脸红了。上将说得在理。路克和比莉没有互相见过对方的父母。

他们共处的时间不多，两人的浪漫情事都是在战争期间的空隙发生的。但这不是唯一的原因。路克的内心深处有一个狭隘的小声音在提醒他，那个女孩来自肮脏贫穷的犹太家庭，他的父母不会认可这样的人成为自己儿子的妻子。然而父母最后会接受她的，路克肯定这一点——实际上他们会爱她，因为他爱她。但一开始父母可能会有些失望。因此，路克急于在合适的情况下将她引见给父母，在一个放松的场合，让他们更有时间了解她。

正因为上将含蓄的批评并不是没有道理的，路克变得更加愤怒了，他几乎控制不住自己的冲动："请原谅，我得提醒你，你的这些评论是对我个人的冒犯。"

房间里安静下来，但已经喝了不少酒的上将似乎对路克的威胁无动于衷："我理解，孩子，但我活得比你长，我知道自己在说什么。"

"抱歉，但我要说你并不了解此事的当事人。"

"噢，但我认为我可能比你还要了解那位女士。"

上将的语气中含有警告的意味，但路克过于愤怒，以至于忽略了它。"去你的吧。"他毫不掩饰地粗鲁地说。

伯恩想要打圆场："嗨，伙计们，听着，好吗？我们来打台球吧。”

然而现在没有什么能够阻止得了喝醉的上将。他圈住路克的肩膀：“听着，孩子，我也是男人，我理解你，”听他的语气似乎和路克关系很熟络，这正是路克讨厌的，“只要你不是当真的，和那个婊子玩玩也没关系，我们都是……”

他没能把话说完。路克转身朝向他，伸出双手在他胸前一推，上将踉跄着后退，胳膊扑腾着，波本酒杯飞向了半空。他没有站稳，一屁股坐在地毯上。路克冲他喊道：“闭上你的臭嘴，否则我会用拳头让你闭嘴！”

安东尼面色苍白地拽住路克的胳膊，说：“路克，看在上帝分上，你在干什么？”

伯恩站在他们和摔倒的上将中间。“你们都冷静冷静。”他说。

“去他妈的冷静，”路克说，“什么样的人会先把你请到他的房子里做客，然后侮辱你的女朋友？是时候给这个老傻瓜上一堂礼仪课了！”

“她是个婊子，”上将坐在地上说，“我应该知道的，天杀的。”他突然咆哮起来，“我为她堕胎出的钱！”

路克惊呆了：“堕胎？”

“该死，是的，”上将挣扎着站起来，“安东尼让她怀孕了，我付了一千美元让她弄掉那个小杂种，”他挤出一个恶毒的胜利的微笑，“现在，你还能说我不知道自己在说什么吗？”

“你撒谎。”

“问安东尼。”

路克看着安东尼。

安东尼摇头道："那不是我的孩子，我告诉我父亲孩子是我的，所以他给了我一千美元。但那是你的孩子，路克。"

路克尴尬透了。喝醉了的老上将完全把他当成了傻瓜，他却懵懂无知。他以为自己了解比莉，可她却把这么大的一个秘密隐瞒着他。他有过一个孩子，但他的女朋友却堕胎了，他们都知道，就他不知道，他完全被耍了。

路克旋风般离开房间，穿过大厅，冲进休息室，发现只有安东尼的母亲在那儿，女孩们一定睡觉去了。见到路克，卡罗尔夫人说："路克，我亲爱的，出什么事了吗？"他没有理她便转身出去，用力摔上了门。

他跑上楼梯，沿着东翼一直走，找到了比莉的房间，没有敲门就进去了。

她没穿衣服躺在床上读书，手托着头，深色鬈发波浪般倾泻而下。这番景象让路克暂时屏住呼吸，从她的娇小肩膀，沿着臀部和一条修长的腿，一直到红色的脚趾尖，床头灯的光给她的躯体镀上一道金边，但她的美丽只让他更加愤怒。

她抬头看他，脸上带着快乐的微笑，看清他的表情的时候，她的脸色变了。

路克嚷道："你骗过我吗？"

她直起身子坐起来，惊惧地说："没有，从来没有！"

"那个王八蛋上将说，他出钱为你堕胎。"

她的脸白了："噢，不。"

"是真的？"路克吼道，"回答我！"

她点点头，开始哭起来，双手捂脸。

"这么说你确实骗了我。"

“对不起，”她抽泣道，“我想生下你的孩子的——全心全意地想。但我联系不上你，你在法国，我不知道你还能不能回来，我不得不自己做决定，”她提高声音，“那是我人生中最糟糕的一段时间。”

路克失魂落魄。“我有过一个孩子。”他说。

比莉却在一瞬间变了脸。“别那么多愁善感了，”她讽刺地说，“操我的时候可没见你多么怜惜自己的精子，所以现在不要哭哭啼啼的了——太他妈的晚了。”

他仿佛被蜇了一下。“你应该告诉我的。即使当时你联系不上我，也应该一有机会就尽早告诉我的，比如我下一次回国休假的时候。”

她叹息道：“是的，我知道。但安东尼认为我不应该告诉任何人，而且，让一个女孩保守这样一个秘密并不难。没人需要知道此事，要不是那个该死的卡罗尔上将横插一脚的话。”

比莉镇静地谈论她的欺骗行为的样子让路克勃然大怒，似乎她唯一做错的事情就是被他发现了。“我忍受不了这个。”他说。

她的声音骤然变小：“你什么意思？”

“知道你欺骗了我之后——而且是在如此重要的事情上——我怎么能再次相信你？”她看上去极其痛苦：“你的意思是说我们完了。”路克没说话。比莉继续道：“我能看出来，我太了解你了，我说对了，是吗？”

“是的。”

她重新哭起来。“你这个白痴！”她边哭边说，“你什么都不知道，是吧，除了打仗之外。”

"战争教给我，最宝贵的莫过于忠诚。"

"放屁。你仍然不明白，人在压力之下都会撒谎。"

"甚至对我们爱的人撒谎？"

"我们对爱的人撒的谎更多，因为我们太他妈在乎他们了。为什么我们会对牧师、心理医生还有火车上遇到的陌生人说实话？因为我们不爱他们，所以不在乎他们怎么想。"

她的话虽然气人，但貌似有理。然而路克鄙视这样的简单借口："这不是我的人生原则。"

"你真走运，"她苦涩地说，"你来自一个幸福家庭，你从未体验过丧亲之痛或者被拒绝的滋味，你有大把朋友。战争期间你的任务很艰巨，但你既没有缺胳膊少腿，也没遭到折磨，而且，你的想象力不够，不足以成为胆小鬼。你从未遇到不幸的事。所以你不说谎——也出于同样的原因，卡罗尔夫人不会去偷汤罐头。"

她简直荒谬——竟然说服她自己路克是错的！和这种自我愚弄得如此彻底的人是没法谈下去的。感到恶心的路克转身离去："如果你就是这么看我的，我们分手一定会令你感到高兴的。"

"不，我不高兴，"她流泪道，"我爱你，我从没爱过别的人。很抱歉我骗了你，在那种危急时刻我做了错事，虽然问心有愧，但我不会被愧疚打败。"

他也不想让她活在愧疚之中，或者说根本不希望她做任何事。他只想远离她和他们的朋友，远离卡罗尔上将和这座可恶的房子。

路克的头脑深处有一个小声音在提醒他，他正在抛弃自己拥有的最珍贵的东西，而他将为今天的谈话后悔许多年，灵魂不得安生。但他太愤怒了，觉得太丢脸了，受的伤害太深，以至于听不进去任何人的话。

他走到门边。

“别走。”她恳求道。

“去死吧。”他说，然后走出门去。

第三章
凌晨两点半

由于使用了新式燃料和更大的燃料箱，朱庇特火箭的推力达到83000磅，燃烧时间从121秒延长至155秒。

“那时候安东尼是我真正的朋友，”比莉说，“我非常绝望，要一千美元！我可弄不到这么多钱。他从他父亲那里得到了钱，承担了罪责。他那时真是个好人。这也是为什么我现在无法理解他究竟在干什么的原因。”

“我不敢相信我竟然放弃了你，”路克说，“我理解你受过什么样的苦吗？”

“那全都是你的错，”比莉消沉地说，“那时我认为是你的错，但我现在已经看清了我在整件事中起到的作用。”似乎仅仅给路克讲述刚才这个故事已经令她疲倦不堪了。

他们在悔恨之中沉默地坐了一会儿。路克先是想着伯恩需要多长时间才能从乔治敦开车过来，接着他的思绪又回到比莉讲述的往事上。“我不是很喜欢你的故事中说到的我自己，”过了一会儿，他对比莉说，“我真的因为心胸狭窄和头脑顽固就失去了两个最好的朋友——你和伯恩？”

比莉犹豫了一下，接着她笑起来：“为什么用这种装腔作势的词？是的，你的确是这么做的。”

“所以你和伯恩结了婚。”

她又笑起来。“你还真是以自我为中心！”她和蔼可亲地说，“我不是因为你离开我才嫁给伯恩的。我嫁给他是因为他是世界上最好的男人之一。他聪明、善良，在床上也很棒。过了许多年我才走出你的阴影，摆脱你的影响之后，我爱上了伯恩。”

“我们又成为朋友了吗？”

“慢慢和好的。我们一直都爱你，我们所有人，即使你是个傲慢而顽固的浑蛋。拉里出生时我给你写过信，你来看了我。后来，第二年，安东尼过三十岁生日时开了个很大的派对，你也去了。你又回到哈佛读博士，我们剩下的人留在了华盛顿——安东尼、埃尔斯佩思和佩吉为CIA工作，我在乔治·华盛顿大学做研究，伯恩给全国公共广播电台写剧本——你每年都会来华盛顿一两次，我们就会在一起聚聚。”

“我什么时候和埃尔斯佩思结的婚？”

“一九五四年——我和伯恩离婚那年。”

“你知道我为什么和她结婚吗？”

她迟疑了。答案应该很简单，路克想。她应该说：“因为你爱她——当然是这样了！”但她没有这么说。“不该由我来回答这个问题。”她最后说。

“我会问问埃尔斯佩思。”

“我希望你问她。”

他看着她。比莉的话里有话。路克正在冥思苦想她的意思的时候，一辆白色林肯“大陆”汽车停在外面，伯恩跳下车来，走进餐馆。路克说：“很抱歉，我们叫醒了你。”

“没关系，”伯恩说，“比莉根本不懂当一个人睡觉时不能吵醒他的道理，要是她还没睡，大家就都应该醒着。如果你没有失忆的话是会知道她的这个特点的。给你。”他把一本厚书扔到桌子上。书的封面上写着：官方航班指南——每月出版。路克拿起来。

比莉说：“找找卡皮托尔航空公司——他们是往南飞的。”

路克找到了那几页。“有一架飞机六点五十五分出发——离现在只有四个小时，”他凑近一点看了看，“但是，该死，它每到迪克西的一个小镇都会停，今天下午两点二十三才会到亨茨维尔，当地时间。”

伯恩戴上眼镜，站到路克身后看过去。“下一班飞机九点才出发，但停留的地方少，而且它是‘子爵’涡桨式飞机，所以你会早一点到达亨茨维尔，十二点差几分钟就能到。”

“我会坐这班晚些出发的飞机，但我不打算在华盛顿多待。”路克说。

伯恩说：“你还有两个问题没解决。第一，我认为安东尼会派人在机场守着。”

路克皱眉。“也许我可以搞辆汽车，沿着航线开，在半路上飞机，”他看看时间表，“那架早班机要在一个叫纽波特-纽斯的地方停站，那儿是什么鬼地方？”

“在弗吉尼亚的诺福克附近。”比莉说。

“八点零二分它会在那里降落。我能及时到达那里吗？”

“大约有两百英里，”比莉说，“假设你路上用四个小时，那么还有一个小时的空闲时间。”

伯恩说：“另外，如果你开我的车，它的最高速度是一百一十五英里。”

“你把你的车借给我？”

伯恩微笑道：“我们互相救过对方的命，一辆车算什么。”

路克点头：“谢谢。”

“但你还有一个问题。”伯恩说。

“什么？”

“有人跟着我过来了。”

第四章
凌晨三点

燃料箱里面装有防止泼溅的隔板。测试火箭朱庇特-1B就是因为没有隔板，燃料箱里的液体剧烈晃动而导致火箭上天93秒后解体的。

安东尼坐在黄色凯迪拉克车里，距离路克他们所在的餐厅只有一个街区。他把车停在一辆卡车后面，这样他那辆显眼的汽车就不会被餐厅里的人发现，而他却能清楚地看到餐厅周围的情况，包括被里面透出的灯光照亮的人行道。餐厅里似乎在举行警察聚会：两辆巡逻车停在外面，还有比莉的红色“雷鸟”和伯恩的白色“大陆”。

阿奇·霍维茨一直守在伯恩·鲁斯坦的公寓外，直到路克出现为止——但是，当伯恩在半夜离开公寓时，阿奇认为他有必要不遵守命令，骑摩托车跟踪伯恩。伯恩刚抵达餐厅，阿奇就给Q楼打了电话，向安东尼发出警报。

只见阿奇穿着摩托皮衣，一手端着咖啡，另一手拿着一条糖果棒从餐厅里走出来，他来到安东尼的车窗旁，说：“卢卡斯在里面。”

“我知道。”安东尼的语气带着满意的恶毒。

“但他换了衣服。他现在穿着黑大衣，戴着黑帽子。”

“他把另一顶帽子留在了卡尔顿酒店。”

“鲁斯坦和他在一起，还有那个女的。”

“还有谁在里面？”

“四个警察在讲荤笑话，一个失眠症患者在看明天的《华盛顿邮报》早间版，还有个厨子。”

安东尼点头。警察在场，他不能把路克怎么样。“我们在这等路克出来，然后我们俩跟着他。这一次，我们不能弄丢他。”

“明白。”阿奇向停在安东尼的汽车后面的摩托车走去，坐在上面喝起了咖啡。

安东尼暗自筹划着接下来的方案。他打算在一条安静的街道上抓住路克，把他带到CIA在唐人街上的一处安全屋。到时候安东尼会支开阿奇，然后杀掉路克。

他感到一种冷酷的坚决。刚才在卡尔顿酒店的时候，他的情感曾出现过一丝软弱，但后来他又硬下了心，决定在事情结束之前不去想什么友谊和背叛之类的东西。他决定在完成自己的使命之后，再去处理后悔之类的事情。

餐厅的门开了。

比莉首先出来，明亮的灯光从她身后射出，虽然安东尼看不清她的表情，但他能从她娇小的身材和走路时特有的摇晃认出这是比莉。跟着出来的男人身着黑衣黑帽：路克。他们两人朝红色的“雷鸟”车走去。最后出现的穿双排扣外套的男人则走向那辆白色的林肯车。

安东尼发动了引擎。

雷鸟车移动了，后面跟着林肯车。安东尼等了几秒钟，接着开到了路上。阿奇骑着摩托车在后面跟着。

比莉向西走，小车队紧随其后。安东尼与前面的两辆车保持着一个半街区的距离，但因为马路上空荡荡的，所以前车的人很容易发现自己被跟踪了。虽然安东尼很清楚这一点，但他准备豁出去，没有必要再躲躲闪闪了：摊牌的最后关头到了。

他们来到第十四街，在红灯前停下，安东尼追上了伯恩的林肯，停在它的后面。交通灯变绿时，比莉的雷鸟突然向前冲去，林肯车却原地不动。

安东尼咒骂着倒退了几码，然后挂到前进挡，猛踩油门。他的大车蹿了出去，他迅速绕过前面的林肯，跟在雷鸟后面狂追。

比莉在白宫后方的大街小巷中曲折前进，连续闯红灯，无视各种转弯标志，还在单行道逆行。安东尼也在后面照做，拼命想要跟在比莉后面，但他的凯迪拉克在操控性上无法与雷鸟相比，比莉渐渐开远了。

阿奇超过了安东尼的车，直接跟在比莉后面。就在比莉逐渐拉开与安东尼的距离的时候，他猜出她的游戏计划是首先通过不停地左转右拐甩掉凯迪拉克，然后上高速路，凭速度甩掉摩托车，因为摩托车的速度无法与雷鸟125英里的最高时速相比。“该死。”安东尼骂道。

接下来好运转到了安东尼的这边。呼啸着转过一个街角后，比莉开进了一道“洪流”之中，水是从人行道边的一条排水沟里涌出来的，整条路上的积水足有两三英寸深。她的车失去了控制。雷鸟车的尾巴开始大幅度地甩来甩去，车身原地转出一个半圆形轨迹。紧跟其后的阿奇在雷鸟车旁紧急转向，摩托车从他身下滑出，他摔倒在地，滚到水里，但立刻站了起来。安东尼踩住凯迪拉克的刹车，在交叉路口打着滑停下来。雷鸟则旋转着停在了马路对面，后备厢与一辆停在路边的车仅有一英寸之隔。安东尼开到雷鸟前方，把它堵住。比莉这下逃不掉了。

阿奇已经冲到雷鸟车司机一侧的门边，安东尼跑到乘客座位那一侧。“下车！”他喊道，从内袋里拔出手枪。

车门开了，那个穿黑衣戴黑帽的家伙走了出来。

安东尼立刻发现那不是路克，而是伯恩。

他转身朝他们来的路望去，没有看到白色林肯。

安东尼气炸了。他们换了衣服，路克开着伯恩的车逃走了。“你这个该死的白痴！”他朝伯恩吼道，简直想一枪崩了他，“你不知道你做了什么！”

伯恩却满脸镇定，这更令安东尼愤怒。“那么，你来告诉我，安东尼，”他说，“我做了什么？”

安东尼转过身，把枪塞回大衣口袋。

“等一下，”伯恩说，“你必须解释一下。你对路克做的事情是违法的。”

“我没有必要对你解释任何事。”安东尼恶狠狠地说。

“路克不是间谍。”

“你又怎么知道？”

“我就是知道。”

“我不相信你。”

伯恩严厉地盯着他。“你当然相信，”他说。“你非常清楚路克不是苏联间谍。那么，你到底为什么要假装他是间谍？”

“去死吧。”安东尼一边说一边走开了。

比莉住在阿灵顿，这里是绿树成荫的郊区，位于波托马克河靠近弗吉尼亚州的那一侧。安东尼从她家所在的街开过，经过比莉的房子时，他看到路的另一边停着一辆属于CIA的深色雪佛兰轿车。他拐了个弯把车停好。

再过两三个小时比莉就会回来，她知道路克的去向，但她不打算告诉安东尼，他已经失去了她的信任。她现在将对路克保持忠诚——除非安东尼给她施加巨大的压力。

他正准备这么干。

我疯了吗？安东尼脑子里有个小声音一直在质疑这样做是否值得，他准备做的事有充分的必要吗？安东尼把这些怀疑放到一边，他很早之前已经选择了自己的目标，他不会受到其他问题的影响，甚至路克都不会令他动摇。

他打开自己的汽车后备厢，拿出一只和一本精装书差不多大小的黑色皮包和一只笔式手电筒，然后回到雪佛兰旁边。他钻进车厢，坐到皮特旁边的乘客座椅上，盯着比莉家的小房子黑漆漆的窗户。他想，这会是我做过的最坏的事。

安东尼看看皮特，问他：“你信任我吗？”

皮特那张破相的脸扭曲了一下，他尴尬地咧嘴笑道：“这算什么问题？是的，我信任你。”

大部分年轻探员都把安东尼当成英雄来崇拜，除此之外，皮特还有一个对安东尼保持忠诚的额外原因。安东尼发现了皮特的一件往事，这件事足以让皮特被CIA开除——他曾经因为招妓而被捕过——但安东尼为他保守了秘密。现在，为了提醒皮特不要忘恩负义，他说："如果我做了在你看来是不对的事，你还会不会支持我？"

皮特沉吟不语，当他再次开口时，语调中带着激动的哽咽。"我告诉你，"他透过挡风玻璃，看着前方路灯照耀下的街道说，"你就像我的父亲一样。"

"我准备做一些你不会喜欢的事情。我需要你信任我，相信我做的事情是正确的。"

"我告诉你——你得到了我的信任。"

"我要进去了，"安东尼说，"如果有人过来，你就按喇叭。"

他蹑手蹑脚地穿过车道，绕过车库，来到房子后门，打开手电，向厨房窗户里面照进去，黑暗中是他熟悉的桌椅。

他干了一辈子欺骗和背叛的事情，可这一次，他忍不住自我厌憎地想，这是他做过的最低级的勾当。

厨房门上安的是老式双向锁，门内侧的锁孔插着一把钥匙，安东尼用一支铅笔就能打开。他用嘴叼着手电，然后拉开皮包拉链，拿出一把类似牙科探针的工具，把它插进钥匙孔，把门内侧的钥匙顶了出来，钥匙无声地落在地垫上。安东尼转动探针，打开了门锁。

他安静地潜入漆黑一片的房子。

他熟悉室内的环境。他先查看了起居室，接着是比莉的卧室，都没有人。然后他去看了看贝基大妈，她正在熟睡，她的助听器放在床头柜上。最后，他来到拉里的房间。

安东尼拿着手电照了照梦乡中的孩子，强烈的负罪感甚至令他觉得恶心。他坐在床边，把灯打开。"嘿，拉里，醒醒，"他说，“快点。”

孩子的眼睛睁开了。他先是懵懂了一会儿，接着咧嘴笑道：“安东尼叔叔！”

“该起床了。”安东尼说。

“几点了？”

“还早。”

“我们要去干什么？”

“给你一个惊喜。”安东尼说。

第五章
凌晨四点半

燃料被以每秒大约100英尺的速度喷射到火箭引擎的燃烧室。几种液体相遇之后便开始了燃烧。火焰的热度很快会使液体汽化。压力增加到每平方英寸数百磅，温度蹿升至5000华氏度。

伯恩对比莉说："你还爱着路克，对吗？"

他们坐在比莉的车里，车子停在伯恩的公寓外面，比莉不想进去，她急于回到拉里和贝基大妈身边。

"爱？"她闪烁其词地说，"是吗？"她不确定自己想和前夫分享多少心事。他们是朋友，但并不亲密。

"没关系，"他说，"很早以前我就觉得你应该嫁给路克。我甚至不相信你会停止爱他。你也爱我，但方式不同。"

这是真的。她对伯恩的爱是一种温和、平静的感觉，和伯恩相处，她不会感到与路克在一起时那种飓风般的激情。当她分析自己对哈罗德的感觉时——是单纯的喜欢还是席卷一切的激情——答案很明显，是令她失望的前一种。想到哈罗德，她会有愉快的感觉，但属于那种淡然的愉快。她经历的男人不多——与之上过床的只有路克和伯恩——但直觉告诉她，从哈罗德那里，她永远不会得到路克能够给她的那种对性的渴望，这种欲望会让她变得软弱无助。

“路克结婚了，”比莉说，“和一个美丽的女人。”她想了一会儿，问道：“埃尔斯佩思性感吗？”

伯恩皱眉。“不好说。要是和对的人在一起，她应该是性感的。我认为她看起来比较冷漠，但除了路克，她从未看上过别人。”

“不过无所谓，路克是个专一的人。就算她是座冰山，他也会从一而终，仅仅是出于责任感，”她停顿了一下，“我有事情得告诉你。”

“好的。”

“谢谢你，因为你没有说‘我告诉过你’这种话，我应该感谢你的克制。”

伯恩笑了：“你想起我们吵翻天的那一次来了。”

比莉点头：“那时你说我的工作是用来给人洗脑的，现在你的预言成真了。”

“尽管如此，我还是错了。你的工作必须有人来做，我们需要了解人类的大脑。人们可以利用知识做坏事，但我们不能阻挡科学的进步。不过，听着，你觉得安东尼打算干什么？”

“我能想到的最有可能的情况是，路克在卡纳维拉尔角发现了一个间谍，他打算来华盛顿将此事报告五角大楼，但这个间谍是双重间谍，他实际上为我们工作，所以安东尼拼命要保护这个人。”

伯恩摇头道："设想得不够好。安东尼只要告诉路克那个人是双重间谍不就行了，他没必要抹掉路克的记忆。"

"我猜你是对的。安东尼几个小时前还朝路克开枪了。我知道这种秘密工作动辄就会取人性命，但我无法相信CIA居然为了保护一个双重间谍而杀死一个美国公民。"

"他们当然干得出来，"伯恩说，"不过可能没有必要。安东尼只要信任路克就行了。"

"你有更好的假设吗？"

"没有。"

比莉耸肩。"我现在觉得原因不那么重要了，事实就是安东尼欺骗和背叛了他的朋友们——谁又在乎原因呢？无论什么目的驱使他做出这样的事，我们都失去了他这个朋友。他曾经是个好朋友。"

"人生真是无趣！"伯恩说，他亲了亲比莉的脸颊，走出车外，"如果明天路克联系你，给我打电话。"

"好的。"

伯恩走进公寓楼，比莉开走了。

她穿过纪念桥，绕过国家公墓，曲折地穿过郊区的街道，来到家门口。她把车倒着开进车道，这是她的习惯，因为早晨出门的时候她总是匆匆忙忙的。她走进房子，把大衣挂到门厅的架子上，直接上楼，一边解连衣裙的扣子一边从头顶把它脱下来。她把衣服扔到一把椅子上，踢掉鞋子，去看拉里。

看到空空如也的床铺时，她尖叫起来。

她查看了浴室和贝基大妈的房间。"拉里！"她用最大的嗓门喊道，"你在哪儿？"她跑到楼下，搜寻每一个房间，又穿着内衣冲出家门，查看车库和院子。回到屋里，她又检查了每一个房间，打开衣橱、搜寻床底，不放过每一个足以藏匿一个七岁儿童的空间。

拉里不见了。

贝基大妈从卧室出来，布满皱纹的脸上现出恐惧。“怎么了？”她颤抖地问。

“拉里去哪了？”比莉咆哮道。

“在他床上，我以为。”贝基大妈说，意识到发生了什么，她的语调像是痛苦的呻吟。

比莉呆立了一阵子，她大口喘着气，努力压抑着恐慌。接着她走进拉里的卧室，开始研究里面的细节。

房里的东西很整齐，没有挣扎的痕迹。比莉看到衣橱里的架子上平整地叠放着拉里昨天晚上穿的蓝色泰迪熊睡衣，而她为拉里准备的今天上学穿的衣服不见了。无论发生了什么，他都是穿好衣服离开的，似乎他是跟着他信任的人走的。

安东尼。

最初她感觉松了一口气，安东尼不会伤害拉里。但她又想了想。他不会吗？她过去也说过安东尼不会伤害路克，可安东尼对路克开了枪。所以，安东尼能做出什么事，还真是不好说。拉里至少会被安东尼吓坏了，在这么早的时间起床，必须穿上衣服离开家，还不能见到他的母亲。

她必须尽快把拉里找回来。

比莉跑下楼给安东尼打电话。她还没走到话机旁边，电话铃就响了。她一把抓起听筒：“喂？”

“我是安东尼。”

“你怎么做得出来？”她尖叫道，“你怎么这么没有人性？”

“我不得不弄清楚路克在哪儿，”他镇静地说，“这件事的重要程度超出你的想象。”

“他走了……”比莉控制着自己的情绪，要是她告诉安东尼，手里就无牌可出了。

“去哪了？”

比莉深吸一口气：“拉里在哪儿？”

“他和我在一起，他很好，别担心。”

这些话激怒了她。“我怎么可能不担心，你这个王八蛋！”

“你只要告诉我我需要知道的东西，一切就都没事。”

比莉想要相信安东尼，她希望脱口回答他的问题，希望自己相信他会把拉里送回家，但她竭力抑制着这种冲动。“听我说，当我看到我的儿子时，就会告诉你路克在哪儿。”

“你不相信我？”

“你在开玩笑吗？”

安东尼叹道：“好吧。在杰克逊纪念堂见我。”

比莉觉得小有成就感：“什么时候？”

“七点。”

她看看手表，六点多了。“我会去的。”

“比莉……”

“什么？”

“就你一个人来。”

“好的。”她挂上电话。

贝基大妈一直站在她身边，看上去虚弱而苍老。“那是谁？”她问，“怎么回事？”

比莉试图表现出冷静的样子。“拉里在安东尼那里。他一定是在你们睡觉的时候进来了，我现在去接拉里。我们可以不用担心了。”

她上楼胡乱穿了几件衣服，然后把梳妆台前面椅子搬到衣柜旁边，她站到椅子上，从柜顶上拿下一只小衣箱，把箱子放到床上，打开它。

她展开箱子里的一个布包，里面是一把点四五柯尔特自动手枪。

战争期间，大家发到手的都是这种柯尔特手枪。她留下自己的枪作为纪念，但出于直觉，她经常清理它，给它上油。一旦有人朝你开过枪，那么如果不在某个地方藏上一把火器的话，你不会觉得自在的，她想。

她把位于扳机后方的拇指保险向枪柄的左侧一推，从枪柄中取出弹夹。箱子里有一盒子弹，她往弹夹里填了七发子弹，一颗一颗地把它们推进去压好，然后把弹夹塞进枪柄，直到感觉它被锁住为止。她拉动滑块，让子弹上膛。

比莉转过身，发现贝基大妈站在门口，盯着她手中的枪。

她沉默地看了母亲一会儿。

然后，她跑出房子，跳上了自己的车。

第六章
上午六点半

火箭第一节携有大约25 000千克燃料，将在两分三十五秒内用完。

伯恩的林肯“大陆”驾驶起来是一种享受，这是一款流线形的长脚车，巡航时速可以达到一百英里，在沉睡的弗吉尼亚州的沙漠公路上，开起来像飞一样，毫不费劲。路克甚至觉得他已经把噩梦甩在了身后，清晨的旅行令他有一种逃出生天的愉悦感。

赶到纽波特-纽斯的时候，天还没有亮，路克把车停在还没有开门的机场大楼旁边的小停车场。除了入口附近的一个电话亭里的一盏灯泡亮着之外，没有任何灯光。他熄掉引擎，在寂静中聆听着动静。夜空晴朗，机场上空星光闪烁。停放的飞机一动不动，仿佛站着睡觉的马匹。

路克已经超过二十四个小时没有睡觉了，他感到非常疲惫，而大脑却在高速运转。他曾经和比莉相爱，他们现在相距两百英里，他可以平静地向自己承认这个问题。但这意味着什么？他一直爱着她吗？还是一时的迷恋，就像1941年他迅速发展起来的那段恋情那样？还有，埃尔斯佩思是怎么回事？他为什么和她结婚？他问过比莉，而她拒绝回答。“我会问问埃尔斯佩思。”他说过。

他看看手表，离起飞还有一个小时，时间充足，于是下车来到电话亭。

埃尔斯佩思很快接起了电话，她似乎已经醒了。旅馆接线员告诉她，电话费会算到她的账单里，她说：“当然，当然，把他接进来。”

他突然觉得很尴尬。“啊，早上好，埃尔斯佩思。”

“你打电话来，我太高兴了！”她说，“我快担心死了——怎么回事？”

“我不知道从何说起。”

“你还好吧？”

“是的。我现在很好。简单来说，就是安东尼导致我失忆的，他给我使用了电击和药物的混合疗法。”

“上帝啊。他为什么做这样的事？”

“他说我是苏联间谍。”

“无稽之谈。”

“他就是这么告诉比莉的。”

“所以你一直和比莉在一起？”

路克听出了埃尔斯佩思的敌意。“她一直在帮忙。”他维护道。他想起自己曾经请埃尔斯佩思来华盛顿帮助他，但她拒绝了。

埃尔斯佩思换了话题：“你从哪儿打来的电话？”

他迟疑了。他的敌人可能轻而易举地窃听埃尔斯佩思的电话。“我不是很想说，以防有人窃听。”

“好吧，我理解。你接下来准备怎么办？”

“我得弄清楚安东尼希望我忘记什么。”

“怎么做？”

“我不想在电话里说。”

她怒道：“好吧，我很遗憾，你什么事都不能告诉我。”

“实际上，我打电话是想问你一些事。”

“好的，你说吧。”

“我们为什么不能有孩子？”

“我们也不知道。去年，你去咨询过一位生育专家，但他找不出原因。几周前，我在亚特兰大看了一位女医生，她进行了一些测试，我们现在正在等结果。”

“你能告诉我，我们为什么会结婚的吗？”

“我引诱的你。”

“怎么引诱的？”

“为了让你吻我，我假装眼睛里进了肥皂沫。这是书上教的最古老的办法，你居然上钩了，真让我难堪。”

他分辨不出她是在讲笑话，还是讥讽他，或是两者都有。“当时是什么情况？我是怎么向你求婚的？”

“当时我有很多年没见过你了，1954年我们又碰面了，在华盛顿，”埃尔斯佩思说，“我仍然在CIA上班，你在帕萨迪纳的喷气推进实验室工作。你乘飞机去参加佩吉的婚礼。我们吃早餐时坐在一起。”她停下来回忆了一阵，他耐心地等待着。当她再次开口时，语气变温柔了。“我们聊个没完——似乎中间隔的十三年都不存在了，我们还是大学里的两个小孩，人生之路刚刚开始。但我得早些离开——我是第十六街青年管弦乐队的指挥，我们要彩排。你于是跟我一起去了……”

第七章
1954年

管弦乐队的孩子们都来自贫穷家庭，大部分是黑人。彩排在一个贫民区的教堂大厅里举行。乐器有的是讨来的，有的是借来的，还有从当铺里买的。他们排练的是莫扎特的歌剧《费加罗的婚礼》的序曲。虽有诸般困难，他们演奏得还是不错的。

埃尔斯佩思便是个中原因，她是一位严师，任何音符或者节奏的错误都逃不过她的耳朵，但她会拿出无穷的耐心纠正她的学生。身材高挑的她穿着黄色连衣裙，以豪迈的气魄指挥整支乐队，她的红色头发舞动飞扬，修长精致的双手热情地引导出流畅的旋律。

彩排持续了两个小时，路克坐在一旁看完了全程，他已经入迷了。他看得出，乐队里的所有男孩都爱上了埃尔斯佩思，而所有的女孩都想像她那样。

“这些孩子的音乐才能一点都不比那些家里有施坦威钢琴的富人的孩子少，”彩排后她坐在车里说，“但我遇到不少麻烦。”

“为什么，看在上帝分上？”

“有人认为我偏爱黑人，”她说，“这很可能终结我在CIA的职业生涯。”

“我不明白。”

“任何把黑人当人看的人，都会被怀疑是共产党。所以我只能做秘书的工作，不过这倒也没什么，无论怎样，女人最多只能做到案件负责人。”

她把路克带到自己住的地方，一套整洁的小公寓，摆放着几件笨重的现代家具。路克调了马丁尼，埃尔斯佩思在小厨房里做了意大利面，路克告诉她自己从事了什么工作。

“我真为你高兴，”她充满热情地说，“你一直希望探索外太空，甚至在哈佛，我们还在约会的时候，你就谈论过这个梦想。”

他微笑道：“而那时候，大多数人觉得这是科幻小说作家的愚蠢白日梦。”

“我猜现在大家仍然不敢肯定探索外太空这种事情能够实现。”

“我认为能实现，”他认真地说，“最大的问题已经被二战时的德国科学家解决了，德国人建造的火箭能从荷兰发射，在伦敦着陆。”

“我那时在伦敦，我记得——我们叫它们‘嗡嗡弹’，”她颤抖了一下，“其中一颗差点击中我。当时发生了空袭，我就往办公室走，因为我得去通知一位几个小时之后就要空降到比利时的特工。我听到一颗炸弹在我身后爆炸了，发出‘嘎扎’的可怕爆裂声，接着是玻璃破碎和建筑倒塌的声音，一阵风带着无数烟尘和小石子刮过来。我知道要是自己回头去看，一定会吓得瘫倒在地，闭着眼睛，身体蜷缩成一个球。所以我目不斜视，一直向前走。”

路克被这幅画面打动了：年轻的埃尔斯佩思走过昏暗的街道，炸弹在她周围落下。他觉得很感恩，因为她还活着。“勇敢的女人。”他喃喃地说。

她耸耸肩。“我没觉得自己勇敢，只是害怕而已。”

“你当时在想什么？”

“你就不能猜一猜？”

他想起她在空闲的时候一般会思考数学问题。“素数？”他试探着问。

她笑起来：“斐波那契数列。”

路克点头。数学家斐波那契指出，假设有一对兔子，每个月生一对小兔子，两只小兔子出生后每个月再生一对小兔子，以这样的生育率继续下去，问一年后会有多少只兔子。答案是144，而每个月的兔子数量则组成了数学领域最有名的数列：1，1，2，3，5，8，13，21，34，55，89，144。每一个数都是前两个数的和。

埃尔斯佩思说：“当我到达办公室的时候，我已经算到了斐波那契数列的第四十个数。”

“你记得是多少吗？”

“当然，一亿零两百三十三万四千一百零五[①]。这么说，我们的火箭是根据德国的嗡嗡弹设计的？”

“是的，确切地说，是他们的V2导弹，”路克本来不应该谈论他的工作的，但谈话对象是埃尔斯佩思，而且，她的保密意识很可能比他还要强，“我们正在制造一枚能从亚利桑那飞到莫斯

① 斐波那契数列第四十个数应为102334155，但本书原文为102334105，在此遵照原文。

科引爆的火箭，如果我们能做出这个，就能飞上月球。”

“这么说，就是同样的东西，只是体积扩大了？”

比起路克遇到的其他女孩，埃尔斯佩思对火箭感兴趣得多。“是的，我们需要更大的引擎、更有效的燃料、更好的制导系统之类的东西。这些问题都是可以解决的。而且，德国科学家现在正为我们工作。”

“我听说过，”她换了话题，“你的生活怎么样？在和什么人约会吗？”

“现在没有。”九年前和比莉分手后，他和好几个女孩约会过，还和其中一些睡过觉，但实际上——他不打算告诉埃尔斯佩思——这些女孩里没有令他在意的。

曾经有个女人他或许爱过，她高个子，棕色眼睛，头发散乱，有着路克喜欢的比莉那种快活劲儿。他是在哈佛读博士的时候认识她的。后来，一天傍晚，两人在哈佛校园里散步，她握住他的双手，说：“我有丈夫了。”然后她亲了他一下，走掉了。在她说这句话之前，路克差点就要对她表白了。

“你怎么样？”他问埃尔斯佩思，“佩吉结婚了，比莉已经离婚了——你也不能落后啊。”

“噢，你了解我们这些政府女孩的。”这种典型的说法是报纸上学来的。很多年轻女子在华盛顿为政府工作，她们与单身男人的人数比例是五比一。因此，新闻媒体不分青红皂白，把她们全体视为一群孤独苦闷、急于找人约会的女人。路克不相信埃尔斯佩思也会这样，不过，要是她想通过这样说来回避他的问题，也无可厚非。

埃尔斯佩思要去梳洗，她请路克帮忙看着炉子，大号平底锅里煮了很多意大利面，旁边的小锅里是西红柿酱汁，正在冒着泡泡。路克脱下外衣和领带，拿起木勺搅动酱汁。马丁尼让他有微醺的感觉，食物闻上去很香，而且他是和自己真心喜欢的女人在一起。他觉得很快乐。

他听到埃尔斯佩思喊他，语气里有一种不符合她的性格的无助："路克——你能过来一下吗？"

他走进浴室。埃尔斯佩思的衣服挂在门后，她穿着无肩带桃粉色胸罩、与之配套的短衬裙、长袜和鞋子。虽然她身上的衣服比在海滩上时穿得多，但路克还是觉得穿着内衣的她有一种难以抗拒的性感。她的手放在脸上。"我的眼睛进了肥皂沫，该死。"她说，"你能帮我冲出来吗？"

路克往盥洗池里放冷水。"弯腰，脸靠近水池。"他一边说，一边伸出左手放到她的肩胛骨中间让她低头，感到她脊背上的苍白皮肤柔软温暖，他右手掬了一捧水，举到她的眼睛旁边。

"很有用。"她说。

他一遍又一遍地冲洗着她的眼睛，直到她表示刺痛已经消失了为止。然后，他扶她站直，用一条干净毛巾拍干她的脸。"你的眼睛有点充血，但我觉得没有关系。"他说。

"我看上去一定很邋遢。"

"不。"他凝视着她。她的一只眼睛是红的，同一侧的头发湿成一绺一绺的，但她就像他十多年前第一眼看到她的时候那样惊艳。"你美极了。"

虽然他已经给她冲洗完了眼睛，但她的头还是向上仰着的。她双唇微启，面带微笑。现在吻她真是再自然不过的事情。她回吻了他，先是有些犹豫，后来她的双手搂着他的脖子后面，把他拉过来，用力亲他。

她的胸罩顶着他的胸。这样应该很性感，但上面的线太硬，透过他的棉质衬衣，磨到了他的皮肤。过了一会儿，他向后退开，觉得自己挺傻。“怎么了？”她说。

他轻轻碰了一下她的胸罩，咧嘴笑道：“扎人。”

“你这个可怜的小东西。”她故作同情地打趣道。

她把手伸到背后，一下子把胸罩解开，它落在地板上。

他摸过几次她的胸，但都是很多年前的事情了，可他从未见过她裸露的乳房。它们又白又圆，浅色的乳头因为兴奋而皱缩起来。她环住他的脖子，紧靠着他的身体。她的胸又软又暖。“感觉应该是这样的。”她说。

过了一会儿，他抱着她走出浴室，把她放到床上。她踢掉鞋子。他抚摸着她衬裙的腰带，说：“我可以吗？”

她咯咯笑道：“噢，路克，你太有礼貌了。”

他也笑起来。这有点傻，但他不知道除此之外还能怎么做。她抬起臀部，他把她的衬裙脱下来。她的粉色衬裤也是和内衣配套的。

“不用问了，”她说，“直接把它们脱掉。”

他们做爱的过程既缓慢又紧张。她一直把他的头向自己这边拉，在他进进出出的时候亲他的脸。“我很早就期待着这样了。”她对他轻声耳语，后来她愉悦地叫了好几声，接着放平身体，筋疲力尽。

埃尔斯佩思很快陷入了沉睡，但路克醒着，躺在那里思考人生。

他一直想要有个家庭。对他而言，幸福就是有一座满是孩子、朋友和宠物的热闹的大房子。而现在已经三十三岁的他依然独身，岁月流逝的速度似乎也越来越快。从战争开始，他就把工作放在第一位，这是他的自我要求。战后，他回到了大学，希望弥补丢失的时光，但这不是他没有结婚的真正原因，实际上是因为只有两个女人拨动过他的心弦——比莉和埃尔斯佩思。比莉欺骗了他，但埃尔斯佩思现在就在他身边。他看到窗外杜邦环岛酒店的灯光透射进来，在她性感的躯体上投下光晕。还有什么样的生活比每天都像今晚这样，与一个聪明勇敢如同狮子，善于和孩子相处的女孩——而且，最重要的是她美丽惊人——共同度过更美好呢？

天亮的时候，路克起床冲了咖啡。他用一只托盘把咖啡端进卧室，发现埃尔斯佩思坐在床上，慵懒的模样赏心悦目。她开心地朝他微笑着。

“我有事问你，”他说，他坐在床边，拿起她的一只手，“你愿意嫁给我吗？”

埃尔斯佩思的微笑消失了，她看上去有些不安。“噢，我的上帝，”她说，“我能考虑一下吗？”

第八章
上午七点

火箭喷嘴中排出的废气就像一杯灌进雪人喉咙的热咖啡。

安东尼把车开到杰弗逊纪念堂，拉里坐在前排，夹在安东尼和皮特中间。天还没亮，附近空无一人。他把车掉了个头停好，以便车头灯能够照到经过的车。

纪念堂是一座圆形的柱廊式穹顶建筑，矗立在一座高大的平台上，后面有台阶可以上去。“杰弗逊的雕像有十九英尺高，重一万磅，”他告诉拉里，“是青铜制作的。”

“它在哪儿？”

“你从这里就能看到它，但它在那些柱子后面。”

“我们应该白天来。”拉里抱怨道。

安东尼以前带着拉里出来玩过。他们去过白宫、动物园和史密森尼博物馆，中午的时候通常吃热狗当午餐，下午去吃冰激凌，然后安东尼会给他买一件玩具，送他回家。他们总是玩得很开心。安东尼喜欢他的教子。然而今天拉里意识到事有蹊跷，他们出来得太早，他想要妈妈，而且，他八成已经觉察到车里的紧张气氛。

安东尼敞开车门。“在这待一会儿，拉里，我和皮特说句话。”他说。两个男人下了车，他们的呼吸在冷空气中形成白雾。

安东尼对皮特说：“我在这边等着。你带着孩子看看建筑，你们要在这一面活动，这样她过来的时候就能看到他。”

“好的。”皮特的语调冷漠生硬。

“我讨厌这么做。”安东尼说。实际上，他已经不在乎了。虽然拉里不高兴，比莉怕得发疯，但他们会克服这些的，他也不打算让这些情绪化的因素挡住自己的路。“我们不打算伤害这个孩子，或者他的母亲，”他说，试图安抚皮特，“但她要告诉我们路克去哪了。”

“然后我们就把孩子还给她。”

“不。”

“不还吗？”黑暗模糊了皮特的表情，但他听起来很诧异，“为什么？”

“以防我们需要从她那里得到更多信息。”

皮特一定感到为难，但他会勉强同意的，至少现在会，安东尼想。他打开车门。“过来，拉里，皮特叔叔带你去看雕像。”

拉里走出来，他带着小心翼翼的礼貌说：“我们看完之后，我希望能回家去。”

安东尼吃了一惊，拉里的勇敢几乎有些过分。过了一会儿，安东尼沉着地回应：“我们会问问妈妈的。现在去吧。”

孩子拉着皮特的手，两人绕过建筑的前方，朝后面的台阶走去。一分钟后，他们出现在柱廊前面，车灯打在他们身上。

安东尼看看手表。十六个小时之后，火箭就会升空，一切就都结束了——以这种或那种方式。十六个小时可是很长时间，足够让路克造成没有限度的破坏。安东尼必须抓住他，越快越好。

比莉现在应该来了，但他还是不太确定。她当然会来。她太害怕了，根本不会报警，或者做出什么惊人之举，他敢肯定这一点。

他是对的。几分钟后，一辆汽车出现了。安东尼看不清汽车的颜色，但可以确定它是福特雷鸟。它停在距离安东尼的凯迪拉克二十码的地方，一个娇小轻盈的身影从车里跳出来，车子没有熄火，传来引擎的震动声。

“你好，比莉。”安东尼说。

她的视线从安东尼转向纪念堂，看到皮特和拉里站在高台上打量着圆形的建筑。她僵在那里凝视着他们。

安东尼朝比莉走去。“别做过分的事——会吓着拉里的。”

“别跟我说什么怕吓着他，你这个婊子养的。”她的声音因为紧张而沙哑。她快要哭出来了。

“我不得不这么做。”

“没人会不得不做这样的事。”

她有敌意，这并不奇怪，但她轻蔑的态度令他吃惊。他说：“你知道这座建筑里面，用两英尺高的字母刻着托马斯·杰斐逊说过的一句话吗？他说：‘我已经在上帝圣坛前发过誓，永远反对笼罩着人类心灵的任何形式的暴政。’这就是我这么做的原因。”

“让你的动机见鬼去吧。无论你曾经有过什么理想，你早把它们忘光了。能做出这样的背叛行为，一定不是为了什么好事。”

和她争论不啻于浪费时间。“路克在哪儿？”他突然问。

她沉默了很久。最后，她说："路克搭乘一架飞机，去了亨茨维尔。"

安东尼满意地长叹一声，他终于得到了想要的信息。

比莉的回答也令他吃惊："为什么去亨茨维尔？"

"陆军在那里设计火箭。"

"我知道。但他为什么今天去那里？火箭发射应该是在佛罗里达。"

"我不知道为什么。"

安东尼企图读懂她的表情，但天太黑了。"我认为你有所隐瞒。"

"我不在乎你怎么认为。我要把我的儿子带走。"

"不，不行，"安东尼说，"我们要留着他一段时间。"

比莉愤怒地喊道："为什么？我已经告诉你路克去了哪里！"

"我们可能还会需要你的帮助。"

"这不公平！"

"你会适应的。"他转身走开。

他算错了一步。

在某种程度上，比莉希望见到这样的结果。

安东尼朝着他的汽车走过去的时候，比莉扑向他，用她的右肩朝他的后腰一撞。她体重只有一百二十磅，他比她重了五十磅，但比莉在震惊和愤怒时的爆发力不容小觑。安东尼踉跄几步，向前倒去，双手和双膝着地，发出惊讶和疼痛的呻吟。

比莉从大衣口袋掏出柯尔特手枪。

安东尼试图站起来，她又向他发起冲锋，这一次进攻的目标是侧面。他翻滚着跌倒在地。当他脸朝上的时候，比莉单膝跪在他的脑袋旁边，把枪管强行塞进他的嘴里。她感觉安东尼的牙齿似乎断掉一颗。

他全身都僵住了。

比莉故意慢慢打开保险，她盯着他的眼睛，从中看到了恐惧。他没想到她有枪。他的下巴上出现一条细细的血流。

比莉抬头向上看。拉里和那个男人仍然在看纪念堂，对这场争斗毫无察觉。她又转向安东尼。“我准备把枪从你嘴里拿出来，”她喘息着说：“要是你敢动，我就杀了你。如果你没死，就把你的同事叫来，告诉他我对你说的话。”她把枪从安东尼嘴里抽出来，枪口指着他的左眼。“现在，”她说，“叫他。”

安东尼迟疑不决。

她用枪管碰碰他的眼皮。

“皮特！”他吼道。

皮特茫然四顾。他先是愣了一会儿，然后疑惑地喊道：“你在哪儿？”安东尼和比莉没有站在车头灯照射的范围内。

比莉说：“告诉他，站在原地别动。”

安东尼什么也没说。比莉用枪口压着他的眼睛。安东尼喊道：“站在原地！”

皮特一手搭在前额上向黑暗中张望，寻找声音的来源。“怎么回事？”他问，“我看不到你。”

比莉喊道：“拉里，妈妈在这里，进雷鸟车！”

皮特抓住拉里的胳膊。

“他不让我走！”拉里尖叫。

“保持冷静！”比莉嚷道，“安东尼叔叔会告诉他让你走。”她使劲把枪管往安东尼的眼窝里一顶。

“知道了！”安东尼哀号。她的力道松了松。他大喊：“让那孩子走！”

皮特说：“你确定？”

“照我说的做，看在上帝分上——她用枪顶着我！”

“好的！”皮特放开拉里的胳膊。

拉里朝建筑后面跑去，又重新出现，几秒钟后，他来到地面上，跑向比莉。“不是这边，”她说，努力保持声音冷静，“上车，快点。”

拉里跑到雷鸟车旁钻了进去，使劲关上车门。

比莉使出全身力量，用枪迅速地照着安东尼脸的两侧抽了两下。他痛苦地号叫起来，但在他移动身体之前，比莉再次把枪管塞进他的嘴巴。他僵硬地躺着，呻吟着。她说：“如果你还打算绑架小孩，想想这一次。”

她站起来，从他嘴里抽出枪。“别动。”她命令道。她倒退着走向自己的车，一直用枪指着他。她朝上看了一眼纪念堂，皮特没有挪窝。

她钻进车里。

拉里说：“你有枪？”

她把柯尔特放回口袋。“你没事吧？”她问他。

他哭起来。

她挂到一挡，勉强把车开走了。

第九章
上午八点

为第二、第三和最后一节提供动力的那些小火箭使用的是一种叫作“T17-E2”的燃料，这是一种以高氯酸铵为氧化剂的聚硫化物。每枚火箭在太空中能够产生大约1600磅的推力。

伯恩把温热的牛奶倒在拉里的玉米片上，比莉搅开一只鸡蛋，准备做法式吐司。他们是在为自己的孩子准备压惊的食物，但比莉觉得大人也有必要得到安抚。拉里尽情地一边享受着早餐，一边听着广播。

“我要去杀了那个婊子养的安东尼，”伯恩嘟囔道，为了防止拉里听见，他的声音很小，“我向上帝发誓，我一定要杀了他。”

比莉已经不生气了，用手枪抽打安东尼的快意已经驱走了她的怒火。现在她只觉得担心和恐惧——一半是为了拉里，他吓得不轻，一半为了路克。“我担心安东尼可能企图杀掉路克。”她说。

伯恩往烧热的煎锅里扔进一块黄油，然后拿起一片白面包，浸在比莉调好的蛋液里。“路克不是那么好杀的。”

“可他以为自己逃脱了——他不知道我告诉了安东尼他的去向，”伯恩煎着吸收了蛋液的面包片的时候，比莉在厨房里走来走去，咬着嘴唇，“安东尼很可能正在赶往亨茨维尔的路上。路克坐的飞机速度很慢，安东尼可以坐军事空运处的飞机首先到达那里。我得想办法警告路克。”

“打电话到机场，给他留言？”

“这不可靠。我认为我应该亲自去一趟。九点钟有一架子爵飞机出发，对吗？航班指南呢？”

“就在桌子上。”

比莉拿起来。271航班九点离开华盛顿。和路克乘坐的飞机不同，这架飞机只停两站，中午11:56在亨茨维尔降落，而路克的航班下午2:23才能抵达。她可以在机场等他。“我能做到。”她说。

“那么你就应该去做。”

比莉犹豫了一下，她看看拉里，感到十分矛盾。

伯恩看出她的心思。“他会没事的。”

“我知道，但我不想离开他，特别是今天。”

“我会照顾他的。”

“你能不让他上学吗？”

“是的，我想这是个好主意，至少今天可以不上学。”

拉里说：“我吃完玉米片了。”

伯恩说：“你还必须吃点法式吐司，”他往一只盘子里丢了一片，“要枫糖浆配着吃吗？”

“是。”

“是的，什么？”

“是的，请。”

伯恩拿起盛枫糖浆的瓶子。

比莉坐在儿子对面，说：“我今天不想让你上学。”

“但我会错过游泳课的！”拉里抗议道。

“也许爸爸可以带你去游泳。”

“可我没生病！”

“我知道，亲爱的，但是你今天早晨已经很累了，你需要休息。”拉里的抗议让比莉放下心来。他似乎恢复得很快。无论如何，在整件事情解决之前，她还是不想让他上学。

她可以把儿子交给他的父亲。伯恩是个训练有素的特工，几乎可以保护他的孩子不受到任何事物的伤害。比莉决心已定，她要去亨茨维尔。“今天和爸爸好好玩，明天你也许就可以回学校了，好吗？”

“好吧。”

“妈妈现在必须走了。”她不想郑重其事地说再见，因为那样只能吓着孩子。“回见。”她若无其事地说。

走出门时，比莉听到伯恩说：“我猜你吃不下另一片法式吐司了。”

“我能！”拉里说。

比莉关上门。

Part 5

第一章
上午十点四十五分

火箭将以垂直姿态发射，然后沿着与地平线成四十度夹角的轨迹升空。在动力飞行中，第一节将由空气动力学尾翼和发动机排气管处的碳制舵制导。

路克一系好安全带就立刻睡着了，根本没有察觉到飞机从纽波特–纽斯起飞的瞬间。飞机在高空中时，他睡得很沉，但每次在弗吉尼亚和北卡罗来纳的几处小机场上的简易跑道降落时，他都会被惊醒。每当他睁开眼，都会感到一阵紧张，然后马上盯着手表，看看离中午还有几小时几分钟。这架小飞机在停机坪上滑行的时候，他都会觉得坐立不安。少数几个人会离开，一两个新乘客又上来，然后再次起飞。跟坐公交车差不多。

飞机在温斯顿–塞勒姆加油，乘客们趁此机会下机休息。路克在候机楼给红石兵工厂打电话，联系到他的秘书玛丽格尔德·克拉克。

“卢卡斯博士！”她说，“你还好吗？”

“我很好，但我只有几分钟的时间。火箭还是安排在今晚发射吗？”

“是的，十点半。”

“我在去亨茨维尔的路上——我的飞机下午两点二十三分落地。我想搞清楚星期一那天我为什么会去那里。”

“你还没有恢复记忆？”

“没有。你仍然不知道我为什么要去那儿。”

“我已经说过，你没告诉我。”

“我在那里做了什么事？”

“好的，我看看。我开着一辆陆军的汽车在机场和你见面，把你带到基地。你去了计算实验室，然后自己开车到南边去了。”

“南边有什么？”

“静态测试台。我猜你去了工程楼——你有时在那里工作——但我不能肯定，因为我没有和你一起。”

“然后呢？”

“你让我开车送你回你家，”路克听到她换成一本正经的语气，“我在车里等你，你进去待了几分钟。然后我送你去机场。”

“就这些？”

“我就知道这些。”

路克沮丧地嘟囔着。他本以为玛丽格尔德会提供一些线索的。

失望之余，他不甘心地问：“我当时什么表情？”

“看上去还不错，但你有些心不在焉，我只能说你有心事。我猜你在担心什么事。你们这些科学家总是这样。我就不会为了工作烦心。”

“我穿着平时的衣服？”

“你常穿的那种高级花呢外套。”

“我带着什么东西吗？”

“就一个小手提箱。噢，还有一个文件袋。”

路克屏住呼吸。“一个文件袋？”他咽了一下唾沫。

一位女空乘打断了他：“该上飞机了，卢卡斯博士。”

路克一只手捂住话筒，对她说：“就一分钟，”他接着问玛丽格尔德，“是什么特别的文件袋吗？”

“标准的陆军文件袋，薄纸板，浅黄色，足够大，装得下商务信函。”

“你觉得里面有什么？”

“看上去就是一些纸。”

路克努力保持正常的呼吸频率：“有多少张纸？一张？十张？一百张？”

“大约十五到二十张，我猜。”

“你看到纸上写着什么了吗？”

“没有，先生，你没把它们拿出来。”

“你送我去机场的时候，我手里还拿着这个文件袋吗？”

电话那头没有声音。

女空乘又走过来。“卢卡斯博士，如果你还不登机，我们就丢下你起飞了。”

“我就来，我就来，”他向玛丽格尔德重复刚才的问题，“我手里还拿着那个文件——”

“我听到你说的了，”她打断他，“我在回想。”

他咬着嘴唇：“别急。”

“至于你是否把它放在了家里，我不清楚。”

“那么在机场呢？”

“我不认为你那时还拿着它。我在回想你从我旁边走向候机楼的情景，我看到你一只手拿着你的包，另一只手里……什么都没有。”

“你确定吗？”

“是的，现在我确定。你一定是把文件袋留在什么地方了，要么在基地，要么在家。”

路克的大脑高速运转。那个文件袋就是他到亨茨维尔去的原因，他肯定地想。那里面有他发现的秘密，安东尼拼命想让他忘记的秘密。也许是一些复印件，他打算把它们送到安全的地方藏起来。所以他不让玛丽格尔德告诉任何人他去过亨茨维尔，虽然看似过于谨慎，但毫无疑问，他是在战争中养成了这样的习惯。

现在，如果他能找到文件袋，就能发现那个秘密。

女空乘已经放弃了他，他看到她跑着穿过停机坪。飞机的螺旋桨已经转起来了。

“我认为那个文件袋可能十分重要，”他告诉玛丽格尔德，“你能找一下，看它是否在基地吗？”

“我的上帝，卢卡斯博士，这里是陆军！你不知道这儿有几百万个浅黄色文件袋吗？我怎么知道哪个是你的？”

“你就随处转转，看看有没有什么文件袋出现在不该出现的地方。我一到亨茨维尔就去基地。”路克挂断电话，朝飞机跑去。

第二章
上午十一点

飞行计划已经提前安排好了。飞行过程中，遥测发射器将信号传送到电脑，激活制导系统，确保火箭沿轨道航行。

军事空运处飞往亨茨维尔的航班的乘客几乎全部都是将军，红石兵工厂不仅设计太空火箭，它还是陆军军械导弹司令部所在地。一直对此类事件保持关注的安东尼清楚，红石军事基地负责开发和测试各种武器——从地面部队用来对付敌军飞行器的网球拍大小的“红眼”，到地对地导弹“诚实约翰”。因此自然有很多佩戴将星的人物出入基地。

为了遮挡被比莉打出的黑眼圈，安东尼戴了太阳镜。他的嘴唇已经不流血了，断掉的牙齿只有在他说话的时候才会被人看到。虽然受了点伤，他还是斗志昂扬，路克逃不出他的手掌心。

他是否应该一开始就抓住机会杀掉路克？可以免除很多后患，但安东尼也担心自己并不知道路克的确切目的，他必须做出决定。然而，登上飞机的时候，他已经四十八小时没睡了，很快便沉入了梦乡。他梦见自己回到了二十一岁的时候，哈佛校园里的高大树木长出了新叶，他的未来充满各种辉煌的可能性，前途一片光明。安东尼正在梦中志得意满之际，皮特却将他摇醒，一位下士打开飞机舱门，阿拉巴马州的和煦微风扑面而来。

亨茨维尔有一处民用机场，但安东尼的飞机并不在那里落地。军事空运处的飞机在红石兵工厂内部的简易跑道降落。所谓的“候机楼”是一间木屋，“指挥塔”则是搭在钢架上面的一间飞行控制室。

安东尼一边摇晃着脑袋让自己清醒，一边穿过晒焦的草坪。他带的小包里装着他的枪、一本假护照和五千美元现金，这是他的应急包，每次搭飞机时必定随身携带。

他体内的肾上腺素飙升，未来的几个小时内，他会杀掉一个人，这是战争结束后的第一次。一想到这里他的胃部就发紧。要在哪里杀他？方案之一是在亨茨维尔机场等路克，在他离开机场时跟着他，在路上将其开枪打死，但这样风险太高，路克可能会发现他，然后逃得无影无踪。若是这样，安东尼就再也不能如此容易地找到他了。而且，如果他不小心行事，路克还有可能提前逃跑。

也许最好是弄清楚路克打算干什么，然后提前到他要去的地方伏击他。“我去基地打听一下消息，”安东尼对皮特说，“我希望你到机场去守着。如果路克到了，或者发生了别的事，你就到这里联系我。”

简易跑道的旁边，一个身着中尉制服的年轻人正举着一个写有“卡罗尔先生，国务院”的牌子，安东尼朝他挥挥手。“西克汉姆上校向您致意，先生，”中尉庄重地说，“应国务院的要求，我们为您准备了一辆汽车。”他指指一辆军绿色的福特。

“很好。”安东尼说。上飞机之前，他给基地打了电话，明目张胆地谎称奉CIA局长艾伦·杜勒斯的命令，要求陆军对一项细节保密的重要任务的执行予以配合。他的办法奏效了：这位中尉的态度十分殷勤。

“如果您能在方便的时候拜访我们的总部，西克汉姆上校会很高兴的。”中尉递给安东尼一份地图。这个基地很大，安东尼意识到。它向南延伸了好几英里，一直到田纳西河畔。“总部大楼的位置标在地图上，”中尉继续说，“我们收到一条口信，请您给华盛顿的卡尔·霍巴特先生打电话。”

“谢谢你，中尉。克劳德·卢卡斯博士的办公室在哪儿？”

“在计算实验室，”中尉拿出一支铅笔，在地图上标记了一下，“但那里的人这周都去卡纳维拉尔角了。”

“卢卡斯博士有秘书吗？”

“是的——玛丽格尔德·克拉克女士。”

她也许知道路克的动向。“好的。中尉，这是我的同事皮特·麦克赛尔，他需要到民用机场去接机。”

“我愿意开车送他去那里，先生。”

“谢谢你。如果他需要联系在基地的我，最好是该怎么做？”

中尉看着皮特：“先生，您随时可以打电话到西克汉姆上校的办公室留言，我会把留言转达给卡罗尔先生。”

“很好，”安东尼爽快地说，“我们走吧。”

他钻进福特车，看过地图，发动了汽车。这是一个典型的军事基地。笔直的道路穿过林地，沿途有些修剪得如同新兵的发型一样短的长方形草坪。这里的房子都是平顶的，用棕褐色的砖块垒成。路标设置得很到位，安东尼很容易就找到了计算实验室，这是一座两层高的丁字形建筑。安东尼好奇他们为什么需要这么大的地方来做计算工作，接着便意识到，这里一定有一台强大的计算机。

他把车停在外面，想了一会儿。他只有一个简单的问题要问：路克打算去亨茨维尔的哪里？玛丽格尔德很可能知道，但她通常会为路克保密，戒备陌生人的，特别是对一个两眼乌青的陌生人。不过，别的人都去了卡纳维拉尔角参与那件大事，只有她留在这里，她可能会觉得寂寞和无聊。

安东尼走进大楼，发现里面有一间开放式办公室，摆着三张小桌子，每张桌上都有台打字机，其中两张桌没有人，第三张桌子后面坐着一位黑人女性，大约五十岁，身穿印着雏菊的棉质连衣裙，戴着人造钻石镶边的眼镜。“下午好。”安东尼说。

她抬起头。他摘掉太阳镜。见到这副尊容，她惊奇地瞪大了眼睛。“你好！有什么事吗？”安东尼故作诚恳地说：“夫人，我想找一个不会打我的老婆。”

玛丽格尔德哈哈大笑。

安东尼拖来一把椅子，坐在她的桌子的另一侧。“我从西克汉姆上校的办公室来，”他说，“我找玛丽格尔德·克拉克。她在哪儿？”

“我就是。”

“噢，不是吧，我要找的克拉克女士是个成年女人，不是你这样的小姑娘。”

“你别哄我了。”她说，但她已经乐得合不拢嘴了。

“卢卡斯博士要过来——我猜你已经知道了。”

“他今天早晨给我打过电话。”

“他几点能来？”

“他的飞机两点二十三分落地。”

这是一条有用的信息。“这么说他大约三点就能过来。”

“不一定。”

啊哈。“为什么？”

她告诉了安东尼他想知道的东西。“卢卡斯博士说，他要先回家，然后来这里。”

太好了。安东尼简直不相信自己的运气。路克会直接从机场回家。安东尼可以去那等着，然后等他一走出家门就开枪打死他。也不会有目击者，如果他使用消音器，连枪声都不会有人听见。安东尼可以把尸体留在原地，开车溜之大吉。埃尔斯佩思远在佛罗里达，可能要好几天才会有人发现尸体。

“谢谢你，”安东尼对玛丽格尔德说，他站起来，“很高兴见到你。”没等对方询问他的姓名，他就离开了房间。

他开车来到总部大楼，那是一座三层的长条形混凝土建筑，看起来像一座监狱。安东尼找到了西克汉姆上校的办公室。上校不在，一位中士带他来到一个空房间，里面有一部电话。

安东尼给Q楼打了电话，但并没有找他的老板卡尔·霍巴特，而是直接联系卡尔的上司乔治·库伯曼。“怎么回事，乔治？”安东尼问。

“你昨晚朝别人开枪了吗？”库伯曼问，他的大烟嗓听起来比平时还要沙哑。

安东尼努力摆出一副虚张声势的做派，这正是库伯曼喜欢的。“噢，该死，谁告诉你的？”

“五角大楼的一个叫汤姆·厄里的上校，他在局长办公室说的。厄里还把这事告诉了卡尔·霍巴特，他巴不得听到这样的消息。”

“他们没证据，我把所有子弹都捡起来了。”

“这个上校在一堵破墙上发现一个洞，大约有九毫米宽，他猜出是什么造成了这个洞。你打到什么人了吗？”

“很遗憾，没打中。”

“你现在在亨茨维尔，对吗？”

“是的。”

“你应该立刻回来。”

“我还是假装没有给你打过电话好了。”

“听着，安东尼，我一直都尽量帮你，因为你办事有效果。但这一次我不能再帮你了，从现在开始你好自为之吧，伙计。”

“所以我才喜欢它。”

“祝你好运。”

安东尼放下话筒，坐在那里盯着电话机。他没有太多时间。与比莉和拉里的周旋已经消磨了他的意志力。他只能暂时违抗一下上司的命令，然后迅速解决眼前的事。

他给卡纳维拉尔角打电话，找到埃尔斯佩思。“你和路克通过话吗？”他问她。

“他今天早晨六点半给我打电话了。”她颤声说。

“从哪打的？”

“他不想说他在哪儿、准备去哪里或者打算干什么，因为他怕我的电话被窃听，但他告诉我你应该对他的失忆负责。”

“他正在来亨茨维尔的路上，我在红石兵工厂。我要去你家等他。我怎么才能进门？”

她用另一个问题回答他的问题：“你仍然在试图保护他吗？”

“当然。”

“他会没事吗？”

“我会尽力的。”

她停顿了一下，然后说：“后院里的三角梅盆栽下面有一把钥匙。”

“谢谢。”

“照顾好路克，好吗？”

“我说过，我会尽力的！”

“别对我这么凶。”她恢复了一点平时的个性。

“我会照顾他的。”他挂了电话。

他站起来准备离开，电话响了。

他犹豫着是接还是不接，可能是霍巴特打来的，但霍巴特不知道他在西克汉姆上校的办公室，只有皮特知道……他想。

他拿起听筒。

是皮特。“约瑟夫森医生来了！”他说。

“该死。”安东尼本以为她不会再插手了，“她刚下飞机？”

“是的，她坐的飞机一定比卢卡斯的快，她坐在候机楼里，似乎在等人。”

“等他，”安东尼肯定地说，“该死，她是来警告他我们在这里的。你必须把她从那里弄走。”

“怎么弄？”

“我不管——只要摆脱她就行！”

第三章
正午十二点

“探索者号”的轨道与赤道的夹角是34度。以地球表面为参照物，它将向西南穿过大西洋，到达非洲最南端，然后向东北穿过印度洋和印度尼西亚，抵达太平洋。

亨茨维尔机场虽小，却是一派繁忙。唯一的候机楼里设有赫兹租车公司的柜台、几台自动售货机和一排电话隔间。比莉一下飞机，就查看了路克的航班时间，发现它晚点了近一个小时，将在三点十五分抵达亨茨维尔。她要等待三个小时。

她从自动售货机里买了一条糖棒和一瓶“胡椒博士”饮料。她把装着柯尔特手枪的提包放在地上，靠墙站着想事情。她该怎么来处理现在的情况？一看到路克，她就要警告他安东尼也来了。路克必须弄清楚星期一的时候他在亨茨维尔做过什么，以及为了什么要到华盛顿去，为此他必须冒险，她能做点什么保护他的安全吗？

就在比莉绞尽脑汁的时候，一个穿卡皮托尔航空公司制服的女孩走过来：“你是约瑟夫森医生吗？”

“是的。”

“你有一个电话留言。”女孩给她一只信封。

比莉皱眉，还有谁知道她在这里？“谢谢。”她咕哝着把信封撕开。

“不用客气。如果还有需要我们服务的地方，请告诉我们。”

比莉抬起头微笑了一下。她已经忘记南方人是多么的彬彬有礼了。“当然，”她说，“谢谢你。”

女孩走开了，比莉看到留言写着：“请给亨茨维尔JE 6-4231的卢卡斯博士打电话。”

她被弄糊涂了。难道路克已经来了？他又是怎么知道她在这儿的？

只有一个办法搞清真相。她把饮料瓶扔进垃圾筒，找到一部公用电话。

她拨打的号码立刻接通了，一个男人说：“组件测试实验室。”

听起来路克已经去到红石兵工厂了。他是怎么做到的呢？比莉说：“请找克劳德·卢卡斯博士。”

“请等一下，”过了一会儿，对方回来了，“卢卡斯博士一分钟前出去了。请问你是？”

“辟拉·约瑟夫森医生，我接到一条留言，让我打这个电话找他。”

对方立刻换了语气。“噢，约瑟夫森医生，太好了，我们找到你了！卢卡斯博士急于联系你。”

“他在这干吗？我以为他还在飞机上。”

“陆军安全部在弗吉尼亚的诺福克找到了他，特地为他安排了飞机，所以他过来已经一个多小时了。”

听说路克是安全的，她放了心，但心中的疑惑尚未解开。“他在那里干什么？”

“我以为你知道。”

“好吧，我猜我知道。事情怎么样？”

“很好，但我不能透露给你细节，特别是在电话上。你能过来找我们吗？”

“你们在哪儿？”

“实验室在查塔努加路，距市中心大约一小时车程。我可以派一位陆军的司机去接你，但你自己叫出租车或者租车来的话更快一点。”

比莉从包里拿出笔记本。“告诉我怎么走，”她忽然想起了身为南方人的礼貌，“如果你愿意的话，谢谢。”

第四章
下午一点

火箭第一节的引擎必须迅速关闭，然后立刻脱离，否则推力的逐步衰减会导致第一节追上第二节并与之错开。一旦燃料管路内部的压力下降，阀门关闭，第一节就会在弹簧式爆炸螺栓爆炸五秒后脱离。螺栓能够将第二节的每秒速度增加2.6英尺，确保它能够干净利落地脱离。

安东尼知道去路克家的路。他曾在那儿度过一个周末，那是几年前，埃尔斯佩思和路克从帕萨迪纳搬来不久。他用了十五分钟就来到路克家，房子在埃克尔斯山，它所在的那条街上全是有些年岁的大房子，距市中心只有几个街区之遥。安东尼把车停到一个拐角处，以防路克提前看到他的车，知道有人已经来了。

他来到房子后面。他本该觉得信心满满，因为他手里握着全部的好牌：出其不意、时间领先，还有一把枪。相反的，他却是心烦意乱，前面两次他都认为路克已是瓮中之鳖，但每回都让路克逃脱了。

他仍然不知道路克为什么选择飞到亨茨维尔，而不是卡纳维拉尔角。这莫名其妙的决定说明还有安东尼不知道的事情，说不定什么时候它就会跳出来给他一个不愿看到的“惊喜”。

路克的房子是一座白色的二十世纪初的殖民风格建筑，有一个柱子支撑的阳台。对一位在陆军工作的科学家而言，这所房子实在是过于宏伟，但路克从来不会假装按照一位数学家的收入标准来生活。安东尼打开矮墙上的一扇门，走进院子。虽然这里很容易破门而入，但现在是没有必要的。他绕着后院走了一圈。厨房门边有个赤陶花盆，盆里的三角梅开得正盛，花盆下面有一把大铁钥匙。

安东尼开门进去。

虽然房子的外观保持了典雅老派的风格，但里面的陈设装潢却是最新潮的。埃尔斯佩思在厨房里配备了各式用具。门厅很大，色彩明亮柔和，起居室里有柜式电视和电唱机，餐室摆放着时髦的八字腿椅子和橱柜。虽然安东尼更喜欢传统家具，但他不得不承认室内的装潢很是漂亮。

他站在起居室，凝视着配有粉红色软垫的弧形沙发，当年在这里度过的那个周末仿佛历历在目，那时他只用了不到一个小时就判断出路克和埃尔斯佩思的婚姻出现了问题。埃尔斯佩思一直在卖弄风情，这是她感到焦虑不安的标志，而路克则强颜欢笑，做出一副愉快而好客的样子，这也不是他的性格。

星期六晚上，他们开了一个鸡尾酒派对，邀请了红石兵工厂的一些年轻的同事，于是，这个房间被探讨各种火箭问题的衣着邋遢的科学家、谈论自己晋升前景的下级军官，还有对军事基地里的各种阴谋诡计说长道短的漂亮女人占领了。留声机旁堆满了爵士乐黑胶唱片，当晚的背景乐听上去哀怨舒缓，而非活泼欢快。路克和埃尔斯佩思喝醉了——这对于两人来说非常罕见——

当路克越来越沉默的时候，埃尔斯佩思就更喜欢卖弄风情。看到自己喜欢的两个人如此不快乐，安东尼也感同身受，那个周末他的心情也一直不好。

然而现在，他们互相交织的人生终于走到了不可避免的抉择时刻。

安东尼决定搜查一遍房子。他不知道自己要找什么，但他也许能发现促使路克回家来的线索，了解是否存在未知的危险。他戴上从厨房里找到的一副橡胶手套，警察肯定会来谋杀现场进行调查的，他不想留下指纹。

他从书房开始，这个小房间里的架子上全都是科学方面的书籍。他坐在路克那张面向后院的写字台前，拉开抽屉。

他用了两个小时把整座房子翻了个底朝天，却一无所获。

他查看了路克满当当的衣柜里的每一件西装的每一个口袋，翻开书房里的每一本书，寻找夹在书页中间的纸片，他打开巨型双门冰箱里每一只特百惠容器的盖子检查，搜查了车库里那辆据报纸上说是全世界最快的限量版豪华轿车——优雅大气的黑色克莱斯勒300C——从它流线形的头灯到火箭尾翼，任何一个部位都没有放过。

搜查过程中，他也了解到一些不为人知的秘密：埃尔斯佩思给自己的头发染色、服用一位医生给开的安眠药，还有便秘。路克用的是去屑洗发水，订阅《花花公子》杂志。

门厅的一张桌子上有一小堆邮件——可能是女仆放在那里的。安东尼浏览了一遍，没发现什么有趣的东西：一家超市的海报、《新闻周刊》、夏威夷的罗恩和莫妮卡寄来的明信片，还有一些地址显示在玻璃纸后面的信封，说明里面装的是商业信函。

搜查毫无结果。他仍然不知道路克葫芦里卖的什么药。

他来到起居室，坐在粉红沙发上，从这个位置既能透过百叶窗帘看到前院，也能透过开着的门观察过道的情况。

安东尼拿出他的枪，确保子弹已经填满，安好消音器。

为了保险，他设想了一下将要发生的情况。他会看到路克过来，大概会坐在一辆从机场招来的出租车上，他看着路克走进前院，拿出钥匙，打开自家大门。路克步入门厅，关上门，向厨房走去。当他经过起居室时，会朝门口看一眼，发现安东尼坐在沙发上。路克停下来，惊讶地挑起眉毛，准备开口说话。他或许想说“安东尼？你怎么……”，但他也可能不会说出口，他的视线会落到安东尼端平在膝盖部位的枪上，在事情发生的前一秒钟明白自己的下场。

然后，安东尼会开枪打死他。

第五章
下午三点

仪器舱尾部装有压缩空气喷嘴系统，在太空中，它将控制机头部分的斜度。

比莉迷路了。

半个小时前她就意识到了这个问题。下午一点差几分钟的时候，她开着租来的福特车离开了机场，进入亨茨维尔市中心，然后沿59号公路前往查塔努加。她也怀疑过为什么组件测试实验室要离基地一个小时的车程，转念一想，又觉得这可能是出于安全考虑：也许测试过程中，组件有爆炸的危险。不过，对于这个问题，她并没有细想。

对方告诉她的路线是，从亨茨维尔出发，沿一条乡村公路开出三十五英里，然后向右拐，但相应的位置却根本没有右转的路口，没有完全灰心的她继续向前开，在几英里之外的下一个路口向右拐。

对方告诉她的走法过于精确，而且和她实际经过的路线并不怎么相符，虽然逐渐开始不安，她还是继续向前，选择最有可能的路线。她想，与自己通话的那个人听上去可靠，实际却不然，当时如果能和路克直接通话就好了。

视野逐渐变得更加开阔，东倒西歪的农舍、坑洼不平的道路和破损的篱笆映入眼帘，这番景象与她想象的相去甚远，随着沿路出现的界标越来越多，她终于承认不知自己身在何处。她既生自己的气，又埋怨那个告诉她路线的傻瓜。

她掉转车头，试图找路返回，但很快又来到不熟悉的路上。她开始怀疑自己正在转一个大圈。她看到一块农田里有一个穿粗布工作服、头戴草帽的黑人在用步犁翻地。便停下车对他说："我想到红石兵工厂的组件测试实验室去。"

他惊讶地说："军事基地？它在亨茨维尔，在镇子的另一面。"

"可他们在这边有一个部门。"

"我没见过。"

看来，她只能再给实验室打电话重新问路了。"我能用你的电话吗？"

"没电话。"

她刚想问他最近的公用电话在哪儿，却发现对方露出一丝恐惧的眼神。她意识到是自己，让他和一个脑子似乎不太清楚的白人女子单独待在一块农田里令他不安了。于是她匆匆谢过对方，开车走掉了。

又开了几英里，她来到一个年久失修的饲料店，店外有一部公用电话，便在路边停下。她仍然保留着路克发来的写有那个电话号码的留言。她把一枚硬币塞进投币口，拨上号码。

电话立刻接通了。一个年轻男人说："你好？"

“我能和克劳德·卢卡斯博士说话吗？”她说。

“你打错了，亲爱的。”

我还能做点对的事情吗？她绝望地想。“是亨茨维尔JE 6-4231吗？”

对方停顿了一下。“是的，拨号盘上是这么写的。”

她又看了看留言中的号码，确定自己并没有打错。“我想给组件测试实验室打电话。”

“好吧，你拨打的是亨茨维尔机场的公用电话。”

“公用电话？”

“是的，女士。”

比莉方才意识到她被耍了。

对方继续说：“我准备打电话给我妈妈，让她来接我，可我一拿起电话，却听到你说要找一个叫克劳德的人。”

“该死！”比莉说，她猛地摔下听筒，为自己如此轻易上当感到愤恨不已。

路克并没有在诺福克转乘陆军的飞机，她想，他也没去什么组件测试实验室。这完全是个骗局，目的是让她不要插手——而且骗局成功了。她看看手表，路克现在一定已经到了，而安东尼正在等着他——至于她，还不如老实待在华盛顿的好。

她绝望地想要知道路克现在是否还活着。

如果他还没死，她还有机会警告他，打电话到机场给他留言已经来不及了，但她一定可以给别的什么人打电话的。她快速地思索着，突然想起路克在基地有个秘书，她的名字是某种花……

玛丽格尔德[1]。

她打给红石兵工厂，表示要与卢卡斯博士的秘书通话，只听一个讲话慢条斯理、阿拉巴马口音的女人说："计算实验室，有什么可以帮你的？"

"是玛丽格尔德吗？"

"是的。"

"我是约瑟夫森医生，卢卡斯博士的朋友。"

"是的。"她听上去有些怀疑。

比莉希望对方信任自己。"我们过去说过话，我想。我的名字是比莉。"

"噢，当然，我记得。你好吗？"

"我很担心。我急需给路克带个口信，他和你在一起吗？"

"没有，女士。他回他家去了。"

"他在那儿干什么？"

"找一个文件袋。"

"文件袋？"比莉立刻意识到它的重要性，"也许是他星期一留在这里的文件袋？"

"我对这事完全不清楚。"玛丽格尔德说。

当然，路克告诉玛丽格尔德对星期一的事情保密。但现在这已经不重要了。"如果你见到路克，或者他给你打电话，能麻烦你帮我给他带个口信吗？"

"当然。"

"告诉他，安东尼来了。"

---

① "玛丽格尔德"在英文中又是金盏花的意思。

“就这些？”

“他会明白的。玛丽格尔德……有件事我不太想说，因为我怕你觉得我可能是疯了，但我猜我应该说——我相信路克有危险。”

“危险就是这个安东尼引起的？”

“是的，你相信我吗？”

“确实发生了一些奇怪的事。这一切都和他的失忆有关吗？”

“是的。如果你能把口信带给他，可能会救他的命。我说真的。”

“我会尽力而为，医生。”

“谢谢你。”比莉挂上电话。

路克还会给谁电话？比莉想到了埃尔斯佩思。

她打给接线员，要求转接卡纳维拉尔角。

第六章
下午三点四十五分

抛弃烧毁的第一节后，火箭会沿着一条真空轨迹滑行，空间高度控制系统将调节它的姿态，使其与地球表面平行。

卡纳维拉尔角的人最近脾气都不太好。五角大楼已经发出了安全警报。为此，今天早晨，虽然急于进行此次重要发射的最终检查，工作人员们却不得不在大门前排队接受安检。有人甚至已经在佛罗里达州的烈日下等待了三个小时，他们的汽车油箱已经干了，水箱里的水沸腾了，空调也不管用了，引擎停转后再也无法发动。每一辆车都被搜查过——前盖掀开、高尔夫球袋必须从行李箱中拿出来、备用轮胎也要去掉外罩接受检查。所有人的包、午餐盒必须打开，女人们不得不把自己手提包里的东西倒出来，堆在一张搁板桌上，以便海德上校手下的宪兵检查她们的口红、情书、卫生棉条和胃药。这种检查方式更加让人失去了耐性。

然而，这还不算完。当他们回到各自的实验室、办公室和工作间之后，又有一队人进来查看他们的抽屉、文件柜、振荡器和真空柜，把检视板从机床上拆下来。“我们还要在这发射该死的火箭！”大家抱怨个不停，然而安全部的人却咬紧牙关，充耳不闻，继续他们的检查。尽管他们的工作被粗暴地打断了，但火箭发射的时间仍然定在晚上十点半。

埃尔斯佩思却乐于见到这种混乱场面，这意味着没人会注意到她无心工作。她在时间表上出了点错，更新得晚了，但威利·弗雷德里克森却没有工夫责备她。她不知道路克的去向，而且不再觉得自己可以相信安东尼。

当她办公桌上的电话在四点差几分钟的时候响起时，埃尔斯佩思的心跳几乎停止了。

她一把抄起听筒。“喂？”

“我是比莉。”

“比莉？”埃尔斯佩思没有料到是她，“你在哪儿？”

“我在亨茨维尔，我想来找路克。”

“他在那儿干什么？”

“来这里找一个他在星期一留下的文件袋。”

埃尔斯佩思吃惊得下巴差点掉下来：“他星期一去亨茨维尔了？我怎么不知道？”

“没人知道，除了玛丽格尔德。埃尔斯佩思，你知道是怎么回事吗？”

埃尔斯佩思苦笑道：“我原以为我知道……可现在我不这么想了。”

“我相信路克有生命危险。”

“你为什么这么说？”

“昨天晚上，安东尼在华盛顿朝他开枪了。”

埃尔斯佩思浑身发冷："噢，我的上帝。"

"事情比较复杂，一时半会儿解释不清楚。如果路克给你打电话，你能告诉他说安东尼也在亨茨维尔吗？"

埃尔斯佩思试图掩饰她的震惊："噢……当然，我当然会。"

"这样做可以救他的命。"

"我明白。比莉……还有一件事。"

"说吧。"

"照顾好路克，好吗？"

比莉沉默了一下。"你是什么意思？"她问，"听起来你似乎快要死了一样。"

埃尔斯佩思没有回答。过了一会儿，她挂断了电话。

埃尔斯佩思的喉咙里发出一声呜咽，她拼命想要控制自己。流泪是没有用的，她严厉地告诫着自己，终于慢慢冷静下来。

然后，她开始给亨茨维尔的家打电话。

第七章
下午四点

“探索者号”的椭圆形轨道使其最远距离地球表面1800英里，最近187英里。卫星的轨道速度是每小时18000英里。

安东尼听到一辆汽车过来的声音。他从路克家前面的窗户望出去，看到一辆亨茨维尔的出租车停在人行道边。他打开手枪保险，觉得嘴巴发干。

电话铃响了。

曲线形沙发两头各有一只三角桌，电话就放在其中一只桌子上面。安东尼惊慌地盯着它，它又响了一声。他犹豫不决，以至于动弹不得。他朝窗外望去，看到路克从出租车上下来。来电者也许是想说一些琐事，也可能是打错了，还有可能涉及关键信息。

惧意在安东尼的体内升腾，他不能在接电话的同时向别人开枪。

电话又响了第三声。恐慌之下，他抓过听筒：“喂？”

“我是埃尔斯佩思。”

“什么事？什么事？”

她的声音低沉而紧张：“他在找一个文件袋，是他星期一留在亨茨维尔的。”

安东尼恍然大悟，自己在星期天找到的那份设计图，路克有两份复印件，他带着其中一份去了华盛顿，打算把它交给五角大楼——但安东尼截住了他，夺下了这一份复印件。然而，安东尼没有想到，路克把另外一份设计图复印件藏了起来以备不时之需。他忘记了路克曾经是身经百战的抵抗组织老兵，对安全问题的重视到了疑神疑鬼、患上妄想症的程度。“还有谁知道这件事？”

“他的秘书，玛丽格尔德。还有比莉·约瑟夫森——就是她告诉我的。可能还有别的人。”

路克正在给司机付钱。安东尼快没时间了。“我必须得到那个文件袋。”他对埃尔斯佩思说。

“我也这么认为。”

“它不在这，我刚刚彻底搜查了房子。”

“那它一定在基地。”

“这么说，在他去找它的时候，我得跟着他。”

路克向前门走来。

“我没时间了。”安东尼说，他迅速挂断电话。

安东尼跑过门厅，钻进厨房，与此同时，他听到了路克的钥匙刮动门锁的声音。他步出后门，轻轻把它关上，那把大钥匙仍然插在外面的锁孔里。他无声地拔出钥匙，俯身把它塞回花盆下面。

他趴到地上，沿着阳台匍匐前进，身体贴近房子，保持着不超过窗台的高度。以这样的姿势，他转过拐角，抵达房子前面，从这里一直到街上没有任何隐蔽物，他只能冒险一试了。

看起来最好的方法是趁着路克把包放下、挂起大衣的时候逃走，而且他现在向窗外看的可能性少多了。

安东尼心一横，向前冲了出去。

他迅速跑到大门边，克制着向后看的冲动，感觉自己似乎随时都能听到路克的喊叫：“嘿！站住！站住！否则我要开枪了！”

但什么都没有发生。

他来到街上，成功逃脱。

第八章
下午四点半

卫星包含两台微型无线电发射器，由汞电池供电，电池的大小与手电筒电池差不多。每一台发射器都有四个遥测通道。

起居室的柜式电视上面，竹子形台灯旁边，有一个与之相配的竹子相框，里面镶着一张彩色照片。照片上有一个红发、身着象牙白色丝绸结婚礼服的美艳绝伦的女子，她的旁边身穿灰色圆角礼服、黄色背心的男人正是路克。

他打量着照片中的埃尔斯佩思，她简直像个电影明星，高挑优雅，性感婀娜。娶到她的男人是幸运的，他想。

路克不太喜欢这座房子。当他看到房子外面紫藤缠绕着树影婆娑的阳台支柱的时候，曾经眼前一亮。但里面的布置却是冰冷生硬，到处是硬朗的直线、闪光的表面和鲜艳的油画，一切都过于整洁。路克突然意识到自己喜欢住在书多得从架子上堆到地上、狗在走廊里横着睡觉、钢琴上有咖啡杯的印子的房子里。而且，车道上还得有小孩骑的三轮车，不把它挪开，大人的汽车就开不进车库。

没有孩子生活在这所房子里，也没有宠物，所有东西都是一丝不苟，就像女性杂志里的广告画或是电视剧的背景一样。这让路克感觉住在此地的人都是些演员。

他开始搜寻。一只浅黄色的陆军文件袋应该比较容易找到——除非他把其中的文件拿走，又把袋子扔掉了。他坐在书房的写字台前——他自己的书房——翻看抽屉，并未找到什么重要的东西。

于是他又到楼上去。

他用了几秒钟看了看铺着黄蓝相间床罩的大号双人床，难以相信他每天晚上都是和结婚照片里的那位极其迷人的女子分享这张床的。

他打开衣橱，惊喜地发现满架子的海军蓝色和灰色的西装、花呢运动外套、孟加拉条纹和塔特萨尔格子花纹的衬衫，还有成堆的毛衣和擦亮的皮鞋。他已经穿着偷来的西装超过二十四小时了，非常想抽出五分钟时间洗个澡，换上自己的衣服，但他克制住这种欲望，没有多余的时间了。

他彻底搜索了房子。每翻找一处，他都会了解到一些自己和妻子的事情。他们喜欢格伦·米勒和弗兰克·西纳特拉，读海明威和司各特·菲茨杰拉德的小说，喝帝王威士忌，吃全麦条，用高露洁刷牙。埃尔斯佩思有很多昂贵的内衣，这是他在察看她的衣柜时发现的。路克本人一定爱吃冰激凌，因为冰箱里全是冰激凌，埃尔斯佩思的腰身那么纤细，她一定吃不了太多东西。

最后，路克放弃了搜寻。

他从厨房的一只抽屉里发现了车库那辆克莱斯勒车的钥匙，

他可以开着它到基地去，在那里找找看。

离家之前，他拿起门厅里的邮件，翻出几封信，看起来都是些公函、账单之类。急于寻找线索的他撕开信封，把每一封信都浏览了一遍。

其中一封是亚特兰大的一位医生写来的。

信的开头如下：

> 亲爱的卢卡斯夫人：
>
> 你的例行检查结束后，实验室的血液检测结果已经出来了，一切正常。
>
> 但是……

路克停了下来，他感觉自己不是那种喜欢翻看别人的信件的人。但是，这封信事关他的妻子，“但是”这个词让他有些担心。也许，这是一个他有必要立刻了解的关乎妻子健康的问题。

因此他开始读下一段。

> 但是，你的体重不足，还有失眠，我看到你的时候，你显然曾经哭过，虽然你表示并没有什么事。这些都是抑郁的症状。

路克皱眉，这有点麻烦，她为什么抑郁？他又是个怎样的丈夫？

> 造成抑郁的原因可能是身体化学环境的变化、尚未

解决的精神症结（如婚姻问题）或者童年时期的创伤（如亲人的早亡），治疗方法包括抗抑郁药物和/或精神治疗。

看起来更糟了。埃尔斯佩思有精神病吗？

对于你的情况，我毫不怀疑它与你在1954年接受的输卵管结扎术有关。

输卵管结扎术是什么？路克走进书房，打开台灯，从书架上拿下一本《家庭健康百科全书》查找了一下，答案令他震惊：这是一种不想要孩子的妇女最常选择的女性绝育手术。

他一屁股坐下，把百科全书放到桌上。读到这种手术的细节描述时，他意识到当女人们说她们“结扎”了就是做过了这种手术的意思。

他回想起今早和埃尔斯佩思的谈话。他问过她为什么他们没有孩子。她说：“我们也不知道。去年，你去咨询过一位生育专家，但他找不出原因。几周前，我在亚特兰大看了一位女医生，她进行了一些测试，我们现在正在等结果。”

一派胡言。她十分清楚他们为什么没有孩子——她做了绝育手术。

她确实去亚特兰大看过医生，但不是做什么生育测试——而是例行检查。

路克的心情差极了，这是可怕的欺骗行为。她为什么要说谎？他接着读下一段。

> 这种手术可能导致任何年龄的抑郁，而且，你是在离结婚还有六周的时候做的……

路克惊得张大嘴巴，这句话非常不对劲，埃尔斯佩思是从他们快要结婚的时候开始欺骗他的。

她是怎么瞒着他去做手术的？他记不起来了，但可以猜测，她可能对他说过自己要去做个小手术，也许会含混地表示这是“女人的事情”。

他把整段话读完。

> 这种手术可能导致任何年龄的抑郁，而且，你是在离结婚还有六周的时候做的，所以出现抑郁是不可避免的，你应该找为你手术的医生定期咨询。

意识到埃尔斯佩思受到了怎样的折磨，路克的怒火平息了。他重新读了一遍：“你的体重不足，还有失眠，我看到你的时候，你显然曾经哭过，虽然你表示并没有什么事。”她一定把自己置于某种难以忍受的煎熬之中。

但是，虽然路克可怜她，两人的婚姻却显然建立在谎言的基础上。想到自己刚刚才搜索的这座房子，路克意识到它对他来说并不像是一个家。除了在这间小书房里觉得惬意，在敞开衣橱的时候有种熟悉的感觉之外，这座房子其余的地方都让他对自己的婚姻有一种陌生感。他不在乎那些厨房用具和精巧的现代家具，反倒宁愿使用老旧的地毯和祖传的家具。最重要的是，他想要孩子——而孩子恰好是她刻意不想给他的，而且，她在这方面一撒谎就是四年。

震惊令他不知所措。他坐在书桌前，盯着窗子，夜幕笼罩着后院里的山核桃树。他怎么能让自己的人生错到如此地步？他回想着三十六个小时以来他从埃尔斯佩思、比莉、安东尼和伯恩口中得来的对自己的了解。他是慢慢地迷失了道路，就像离家在外寻找父母的孩童那样的吗？抑或是在某个明显的转折点，做出了错误的决定，选择了错误的岔路？他是个缺乏人生目标、被不幸推着走的弱者吗？还是在性格方面有什么重大的缺陷？

我对人的判断力一定相当糟糕，路克想。我跟安东尼的关系一直很密切，可他却想杀了我。我和伯恩绝交过，他却一直是个忠实的朋友。我和比莉吵过架，娶了埃尔斯佩思，可比莉却放下一切来帮我，埃尔斯佩思则欺骗我。

一只大蛾子撞在关着的窗户上，把路克从他的遐思中唤醒。他看看手表，吃惊地发现已经七点多了。

如果他想解开自己人生的谜题，就得从那个神秘的文件袋开始。既然家里没有，它只能在红石兵工厂。他应该关上灯，锁上房门，然后钻进车库里的黑色轿车，到基地去。

时间紧迫，按照计划，火箭应该在十点半发射。他只有三个小时找出阻拦发射的办法。然而，他却坐在书桌边没有动，盯着窗外黑漆漆的花园，脑中一片空白。

第九章
下午七点半

无线电发射器虽然功率强大，使用寿命却不长——两周就会报废。自此信号变弱，但还能再持续两个月。

比莉开车来到路克家时，发现房子里没有亮灯，这说明什么？有三个可能性。第一，房子里没有人。第二，安东尼坐在黑暗中，等着击毙路克。第三，路克倒在血泊中，已经死了。这种不确定令她恐惧得发疯。

她已经把事情搞砸了，也许还会造成严重后果。几个小时前，她本来有机会提醒路克，救他的命的——可接下来她却被一个简单的骗局哄得团团转。她用了好几个小时才返回亨茨维尔，找到路克的家。她不知道路克是否接到了自己的警告留言。她因为自己的无能感到愤怒，也为路克可能因为她的错误而丧命感到恐惧。

比莉把车停在下一个街角。她不停地深呼吸，以便冷静地思考。她必须搞清楚谁在房子里。但要是安东尼在里面怎么办？她想偷偷溜进去，给他来个出其不意，但这太危险。吓唬一个手里有枪的人永远都不是明智的做法。她可以直接到前门去按门铃。他会不会冷血地射杀她，只因为她来到了这里？他也许做得出来，而她也没有权力满不在乎地冒险——她的孩子需要她。

比莉身边的车座位上放着她的公事包。她打开包，拿出柯尔特手枪。她不喜欢手中这块黑铁沉重的质感。战争期间，她的男同事们都喜欢枪，无论是握住手枪枪柄、转动左轮的弹筒还是把步枪扛到肩窝瞄准都能给他们带来愉悦。而她却感受不到，对她来说，枪是野蛮残忍的，是用于撕碎有血有肉的鲜活生命的，是会令她毛骨悚然的东西。

她把枪放在膝盖上，给车子掉头，回到路克家门口。

汽车戛然停住，比莉猛然推开车门，抓起手枪，跃出车外。她以房子里的人来不及反应的速度跳过了矮墙，穿过草坪，冲到房子的一侧。

她没有听到房子里有任何声音。

她跑到房子后面，蹲着身子越过后门，透过窗户向里看。借着远处一盏街灯的昏暗光线，她发现锁住窗户的只有一根插销。房间里似乎没人。她倒转枪柄，朝玻璃砸去，同时一直担心着会有人朝自己开枪，结束她的生命。但什么都没有发生。她把手伸进玻璃上的破洞，打开了插销，拉开窗户，爬了进去，右手拿枪，身体贴着一堵墙。她能够依稀分辨出家具的形状：一张书桌和几个书架。看来这是一间小书房。直觉告诉她，房子里除了她以外没有别人，但她很怕在黑暗中踩到路克的尸体。

比莉缓慢移动着穿过房间，来到门口，逐渐适应了黑暗的眼睛看到的是空无一人的走廊。她小心地来到门外，手里的枪做好开火的准备。她在黑暗中挪动着，每走一步都会担心看到倒在地板上的路克。然而，所有的房间都是空的。

最后，她来到最大的那间卧室，望着路克和埃尔斯佩思的双人床，盘算下一步该怎么办。没有发现路克死在房子里，她简直庆幸得要哭了。可他在哪儿呢？他是不是改变了计划，决定不来了？还是说安东尼把他的尸体扔到别的地方去了？安东尼没有杀死他吗？难道路克接到了她的警告？

有可能回答这些问题的人之一是玛丽格尔德。

比莉回到路克的书房，把灯打开。桌上摊着一本医学辞典，翻开的那一页是关于女性绝育的。比莉疑惑地皱起眉头，但她没有细想。她给基地的信息台打了电话，询问玛丽格尔德·克拉克的电话号码，但过了一会儿，对方却给她一个亨茨维尔的号码。

一个男人接了电话。“她去参加歌唱排练了，”他说，比莉猜想他是玛丽格尔德的丈夫。“卢卡斯夫人去了佛罗里达，所以在她回来之前，玛丽格尔德得替她指挥合唱团。”

比莉想起埃尔斯佩思是拉德克里夫合唱团的指挥，后来又成了华盛顿的一个黑人儿童管弦乐团的指挥。似乎她在亨茨维尔也从事着类似的活动，玛丽格尔德是她的副手。“我真的很需要和玛丽格尔德通话，”比莉说，“你认为我可以打断他们的排练一小会吗？”

“我觉得可以。他们在米尔街的加略山福音教堂排练。”

“谢谢你，你帮了我大忙。”

比莉回到车上，在赫兹公司提供的地图上找到米尔街，驱车赶到那里。教堂是一座精致的砖砌建筑，位于一个贫穷的街区。一打开车门，她便听到合唱的声音。步入教堂，音乐如潮水般涤荡着她的心灵。歌手们站在大厅的另一头，虽然只有大约三十来名男女，但听起来却像有一百人在合唱：“人人在那里都将度过美好时光——噢！荣耀归主！哈利路亚！”他们一边拍手、摇晃身体，一边演唱。钢琴师开始弹奏一首节奏感强的爵士乐，一个大块头的女人背对着比莉，正在起劲地指挥着。

排列整齐的教堂长椅是木质的，座位可以折叠起来。比莉在后排坐下，音乐拨动着她紧张不安的心弦。她生于得克萨斯，对她而言，这激奋人心的旋律代表着南方的灵魂。

虽然急于向玛丽格尔德提问，但比莉相信，如果表示出应有的尊重，等歌曲结束之后再找她的话，对方会给予更好的回应。

他们在一个高位和弦处停止了演唱，指挥立刻四下张望。“我想知道是什么分散了你们的注意力，”她对合唱团说，“稍微休息一会儿。”

比莉沿着过道走过去。“很抱歉打扰你，”她说，“你是玛丽格尔德·克拉克吗？”

“是的，”对方警惕地说，她大约五十来岁，戴着一副怪异的眼镜，“但我不认识你。”

“我们刚才通过电话，我是比莉·约瑟夫森。”

“噢，你好，约瑟夫森医生。”

她们朝与人群相反的方向走开几步。比莉说：“你听到过路克的消息吗？”

“最近的一次是今天早晨。我以为他今天下午会到基地来，但他没来。你认为他还好吗？”

“我不知道。我到过他的家，但那里没有人。我怕他可能被人杀了。”

玛丽格尔德不解地摇头道：“我为陆军工作了二十年，从未听说过这种事。”

“即使他还活着，也处于很大的危险之中，”比莉说，她直视着玛丽格尔德的眼睛，“你相信我吗？”

玛丽格尔德迟疑了好一阵子。“是的，女士，我相信。”她最后说。

“那你必须帮助我。”比莉对她说。

第十章
晚上九点半

来自功率更高的发射器的无线电信号可能被全世界的业余电台捕获。较弱的信号只能被拥有特殊设备的电台接收到。

安东尼回到红石兵工厂，他坐在陆军提供的福特车里，盯着窗外的夜幕，不安地观察着计算实验室门口的动静。他身处总部大楼前方的停车场，距离大楼有几百码。

路克正在实验室中寻找他的文件袋。安东尼却知道路克不会在那儿找到文件袋的，就像在他的家里也是一无所获那样——因为他安东尼早就在实验室里搜寻过了。但是，安东尼已经无法预测路克的行动，他只能等待路克自行决定下一步的方案，然后设法跟踪他。

不过，安东尼占有时间的优势，时间每过去一分钟，路克对他的威胁就减少一些。一小时后，火箭就会发射。路克能在一个小时里破坏一切吗？安东尼只知道，过去的两天里，他的老朋友已经证明了他的能力是不容低估的。

他正想着这些的时候，实验室的大门敞开了，透出黄色的灯光，一个人影出现，朝停在路边的那辆黑色克莱斯勒走去。如安东尼所料，路克空手而出，只见他钻进车里，很快便开走了。

安东尼的心跳加快。他发动引擎，打开头灯，跟在后面。

道路笔直地向南延伸。开出一公里之后，路克在一座长条形的一层建筑前减速，把车停在旁边的停车场。安东尼则继续往前开，朝着黑暗中加速，前进了四分之一英里后，等他看不到路克了，才掉转车头，当他回来的时候，路克的车还在，但人已经不见了。

安东尼在停车场把车停好，关掉引擎。

路克觉得他一定能在计算实验室找到文件袋，那里有他的办公室，所以他在那里找了很长时间。他查看了自己房间里的每一份文件，又在秘书所在的主办公室寻找，但一无所获。

尽管如此，还有另外一个可能性。玛丽格尔德说过，他星期一还去了工程楼，而他不会无缘无故到那里去，无论如何，这是最后的希望。如果文件袋不在那里，他就不知道该去哪里找了。而且，到时候他的时间也就用光了，火箭要么很快就会发射——要么发射行动被破坏。

工程楼与计算实验室的气氛非常不同。计算实验室里一尘不染，这是为了保证计算火箭动力、速度和轨道的大型计算机的平稳运行。相比之下，工程楼杂乱破旧，有一股机油和橡胶的味道。

路克匆忙穿过一条过道，过道墙壁的上半部分漆成浅绿色，下半部分是深绿色。大部分的门上挂着的名牌都写着“××博士”，所以，路克感觉里面办公的都是些科学家，但令他失望的是，没有一块牌子写的是“克劳德·卢卡斯博士”，他很有可能在这里没有办公室，但也许会有一张办公桌。

走廊尽头有一个开放式的大房间，摆着六七张钢制桌子，远处那头有一扇开着的门，通向一个实验室，实验室里是花岗岩面的工作台，安着绿色的金属抽屉，再远一点是一道双扇门，似乎通往外面的堆货场。

路克的左手边靠墙放着一排锁柜，每只都有名牌，其中一个是他的，他可能把文件放在了里面。

他拿出钥匙圈，找出一把差不多的钥匙，居然奏效了，他用它打开了柜门，柜子里面最上层的格子里放着一顶安全帽，帽子下面的钩子上挂着一套蓝色工作服，最下面是一双黑色橡胶靴，看上去是他的尺码。

靴子旁边，有一只浅黄色的陆军文件袋，这一定是他要找的东西。

文件袋里有几页纸，一把它们拿出来，他就立刻看出这是火箭部件的设计图。

路克的心在胸膛里狂跳，他快步走到一张钢桌边，把这些文件在一只台灯底下摆开，研究了几分钟之后，他毫无疑问地确定这是朱庇特-C型火箭的自毁系统设计图。

他吓坏了。

每一枚火箭都有自毁系统，因此，如果火箭偏离了轨道并威胁到人类生命时，可以在半空中将其引爆。朱庇特火箭的主体中有一根爆炸导火索，它与火箭等长，导火索顶端有一只点火帽，从这里引出两根线。路克从图中看出，如果在这两根线之间施加一个电压，点火帽就会引燃导火索，撕裂燃料箱，致使燃料着火倾泻，进而毁掉整个火箭。

爆炸是由一段编码的无线电信号引发的。设计图上标有两个对等插件，一个在地面的发射器上，另一个在卫星的接收器上。其中之一将无线电信号转化为一段复杂的代码，另一个负责接收信号，如果代码是正确的，就会在两根引线之间施加电压。还有一张单独的示意图，它并不属于设计图的一部分，而是匆忙绘制的草稿，这张图说明的正是两个插件是如何对接的，所以，拥有这张图的人可以复制正确的代码并发出信号。

路克意识到，这样做非常聪明，破坏者无须自己准备炸弹或者定时设备——只需利用火箭内置的自毁系统，也无须靠近火箭就能将其引爆。只要他们拥有代码，甚至连卡纳维拉尔角都没有必要潜入，在几公里外用无线电发射器就可以向火箭发出自毁信号。

最后一张纸是一份影印件，复印的内容是一个写有“先锋旅馆西奥·帕克曼收”字样的信封。那么，路克是否成功阻止了破坏者邮寄图纸原件？他本人无法肯定。标准的反间谍程序是，保留敌人的间谍网络并利用它来散布假情报。但是，即便路克没收了原件，破坏者也可以把设计图的副本邮寄出去。无论如何，西奥·帕克曼现在一定在可可海滩的某个地方，守着一台无线电发射器，做好了在火箭发射后几秒内将其引爆的准备。

不过，路克现在可以阻止他的破坏。他扫了一眼墙上的电子钟，十点十五分。他还有时间给卡纳维拉尔角打电话，设法延迟发射。于是，路克抓起桌上的电话。

这时，一个声音说：“把它放下，路克。”

路克慢慢转过身，手中拿着听筒。安东尼站在门口，他还穿着那身骆驼毛的大衣，两眼乌青，嘴唇肿胀，手里拿着一把安着消音器的枪，枪口对准路克。

路克缓慢而不情愿地把听筒放回去。“你就在我后面的车上。”他说。

“我知道你急着找东西。”

路克盯着这个他一直以来都错看了的人。他是否忽略了安东尼身上的某些能够提醒他这个人可能是个叛徒的迹象？安东尼的相貌虽丑，却不难看，这说明他具有强大的人格魅力，而并非一个表里不一的人。“你为莫斯科工作多长时间了？”路克问他，“从战争的时候开始吗？”

“比那还要长，从哈佛的时候就开始了。”

“为什么？”

安东尼的嘴巴一扯，露出一个奇怪的笑容：“为了一个更好的世界。”

路克知道，曾几何时，很多明智者都相信过苏联的体制。但他也知道，后来斯大林的统治摧毁了这些人的信念。“你仍然相信那一套？”他满腹狐疑地问。

“算是吧。虽然发生了一些事，但它仍然是最大的希望。”

也许是这样的。路克不知道该如何判断，但这并非问题所在，对他来说，安东尼个人的背叛是他难以理解的。“我们曾经是二十年的朋友，”他说，“可你昨天晚上向我开了枪。”

“是的。”

“你会杀死自己时间最长的朋友吗，为了一个你半信半疑的理由？”

“是的，换作是你，你也会的。战争期间，我们把我们自己和同胞们的生命全都置于危险之中，因为这样做是正确的。”

“但不能因为这个理由，我们就要互相撒谎，更不用说自相残杀了。”

“如果有必要的话，就应该这样做。”

“我不这么认为。”

“听着，如果我现在不杀你，你会阻止我逃跑的——对吗？”

虽然感到恐惧，但路克还是愤怒地承认了事实：“该死，是的。”

“即使你明知道我一旦被捕，就会死在电椅上？”

“我猜是……是的。”

“所以，你也想杀死自己的朋友。”

路克哑口无言，他就不能给安东尼保密吗？“我也许会把你交给法律来判决，但这不是谋杀。”

“无论你怎么做，我都是死路一条。”

路克缓缓点头：“我猜是的。”

安东尼稳稳地举起手枪，对准路克的心脏。

路克立刻躲到钢桌后面。

无声手枪轻咳了一下，子弹打在桌面上，发出金属的撞击声。这是一件廉价的家具，铁皮比较薄，但足以抵挡子弹的冲击。

路克在桌子底下滚了一圈，他猜想安东尼现在正从房间另一头跑过来，企图再给他来上一枪。他拱起身子，后背顶着桌子朝下的一面，双手抓住一侧的两条桌腿，将桌子举起，同时站直身体。桌子离开地面，摇晃着向前移动，路克顶着桌子乱跑，希望能够撞到安东尼。桌子朝地板上倒去。

然而安东尼不在下面。

路克被翻转过来的桌子绊倒了，双手和膝盖着地，头撞在一条钢桌腿上，他就地朝侧面一滚，变成坐姿，浑身疼痛，头晕眼花。路克抬起头，看到安东尼正站在通向实验室的过道里，面对着他，双脚分开，双手举枪朝他瞄准。看来他已经避开路克的胡冲乱撞，将他逮个正着。路克现在只能坐以待毙，安东尼随时都能开枪打死他。

这时一个声音响起："安东尼！住手！"

是比莉。

安东尼僵住了，但手中的枪仍然指着路克。路克慢慢转头向后看。比莉站在门边，她的红色毛衣与军绿色的墙壁形成鲜明的对比。她平稳地端着一支手枪，枪口对准安东尼。她旁边有一位中年黑人妇女，表情惊惧。

"放下枪！"比莉喊道。

路克有些希望安东尼开枪，他要是个真正的共产党人，一定愿意牺牲自己的生命，但这样做没有什么意义，因为比莉会看到设计图并打电话警告卡纳维拉尔角。

安东尼缓缓放下胳膊，但没有把枪扔掉。

"扔掉它，否则我就开枪！"

安东尼再次露出扭曲的微笑。"不，你不会开枪的，"他说，"你没有那么冷血。"枪口对着地板，他开始往后退，向通往实验室的那扇门退过去。路克记起，那扇门看上去是通往外面的。

"别动！"比莉喊道。

"你不相信火箭比人命还重要，即便是一个叛徒的命。"安东尼说，他继续朝后退着。他现在距离那扇门只有两步之遥了。

"别试探我！"她叫道。

路克盯着她，猜不透她会不会开枪。

安东尼转过身，箭一般冲向门口。

比莉没有开枪。

安东尼跳过一个试验台，朝双扇门扑过去，一下子把它撞开，他消失在黑暗中。

路克一跃而起，比莉张开双臂朝他走来。他看看墙上的表，十点二十九分。他只有一分钟时间警告卡纳维拉尔角了。

他转身背对着比莉，拿起电话听筒。

第十一章
晚上十点二十九分

卫星上的科学仪器经得起发射升空时产生的超过地球重力100倍的压力。

打给火箭发射场地堡的电话接通后，路克说："我是路克，我要和发射总指挥通话。"

"现在他正在……"

"我知道他在干什么！让他接电话，快！"

对方停顿了一下。路克从电话中听到倒数的声音："二十、十九、十八——"

一个紧张而不耐烦的新声音从听筒中传出："我是威利——到底怎么回事？"

"有人搞到了自毁代码。"

"该死！谁？"

"我非常肯定，那是一个间谍。他们打算炸掉火箭，你必须取消发射。"

背景音又传来倒计时的声音："十一、十——"

“你怎么知道的？”威利问。

“我找到了编码插件的连接图，还有寄给一个叫西奥·帕克曼的人的信封。”

“那不是证据，我不能凭这点理由就取消发射。”

路克叹了口气，只得听天由命：“噢，上帝，我还能说什么？我把我知道的都告诉你了，决定权在于你。”

“五、四——”

“该死！”威利提高了嗓门，“停止计时！”

路克跌坐在椅子里。他做到了。他抬头看到比莉和玛丽格尔德担忧的表情。“他们取消发射了。”他说。

比莉掀起毛衣的褶边，把手枪插进滑雪裤的腰带。

“哎呀，”玛丽格尔德几乎连话都说不出来了，“哎呀，天哪！”

路克听到电话那头的地堡里，人们愤怒地询问为什么中止了发射。一个新的声音传来：“路克，我是海德上校，究竟是怎么一回事？”

“我发现了我星期一匆忙赶到华盛顿的原因，你知道西奥·帕克曼是谁吗？”

“啊，是的，我想他是个报道火箭发射的自由撰稿人，为几家欧洲报纸写文章。”

“我发现了一个信封，收信人是他，信封里有‘探索者号’的自毁系统的设计图，还有编码插件的接线草图。”

“天啊！掌握这些信息的人能在半空中引爆火箭！”

“所以我要说服威利中止发射。”

“感谢上帝，你做到了。”

“听着，你必须马上找到这个帕克曼，信是寄到先锋旅馆的，你可能会在那里找到他。”

“明白。”

“帕克曼和一名CIA特工串通，这人是个双重间谍，名叫安东尼·卡罗尔，就是他在我到五角大楼报告此事之前拦截了我。”

“我还和他说过话！”海德难以置信地说。

“我敢肯定。”

“我会给CIA打电话，通知他们。”

“好的。”路克挂了电话。他已经尽力而为了。

比莉说：“接下来怎么办？”

“我猜我得去卡纳维拉尔角，发射将定在明天的这个时间进行，我希望到现场去。”

“我也想去。”

路克微笑道：“你应该去，你拯救了火箭。”他站起来拥抱她。

“我救了你的命，笨蛋。让什么火箭见鬼去吧，我救的是你。”她吻了他。

玛丽格尔德咳嗽起来。“你们已经错过了从亨茨维尔机场出发的最后一班飞机。”她一本正经地说。

路克和比莉不情愿地分开了。

“下一班是一架军事运输处的飞机，早晨五点半从基地起飞，”玛丽格尔德继续说，“还有一趟南方铁路系统的火车，从辛辛那提开往杰克逊维尔，凌晨一点在查塔努加停站，你们可以开着你们的那辆好车，两个小时左右就能到查塔努加。”

比莉说：“我想坐火车。”

路克点头。“好的，”他看着翻倒的桌子，“得有人向陆军安全部解释这些弹孔是怎么回事。”

玛丽格尔德说：“早晨的时候我去说。你肯定不想留在这里回答各种问题。”

他们来到外面。路克自己的车和比莉租来的车都在停车场。安东尼的汽车已经不见了。

比莉拥抱了玛丽格尔德。“谢谢你，”她说，“你太棒了。”

玛丽格尔德有点不好意思，只好用公事公办的语气掩饰：“你想让我帮你把车还给赫兹租车公司吗？”

“谢谢你。”

“你们去吧，剩下的一切都交给我。”

比莉和路克钻进克莱斯勒开走了。

他们上了高速公路，比莉说：“还有个问题我们没有讨论过。”

“我知道，”路克说，“是谁把设计图寄给西奥·帕克曼的？”

“一定是卡纳维拉尔角内部的人，而且属于科学家团队。”

“正确。”

“你知道是谁？”

路克皱眉道：“是的。”

“那你为什么不告诉海德？”

“因为我没有任何证据，甚至连理由都没有，只是直觉而已。但是，无论如何，我敢肯定是这个人。”

“谁？”

路克满心悲伤地说：“我认为是埃尔斯佩思。”

第十二章
晚上十一点

遥测编码器使用磁滞回线芯材料，建立了一系列卫星仪器输入参数。

埃尔斯佩思几乎不敢相信，就在火箭点火几秒钟之前，发射被延迟了，她差一点就成功了。她原本已经胜券在握——但胜利又从她的手指缝里溜走了。

她没在地堡——只有关键人物才能到场——而是在行政楼的屋顶平台上，和一小群秘书、文员们一起通过望远镜观看灯火通明的发射台。佛罗里达的夜晚很热，空气潮湿。随着时间的推移，看着矗立在地面的火箭，他们越来越紧张。而现在，发现穿着制服的技术人员从地堡里蜂拥而出，开始解除所有系统的戒备状态时，大家发出了沮丧的抱怨。当移动服务塔缓缓地沿着铁轨向前移动，把白色的火箭拖回钢架的时候，他们明白发射的确中止了。

埃尔斯佩思处于无奈的痛苦之中。到底出了什么乱子？

她一言不发地离开屋顶，回到R机库，甩动长腿直奔目的地，当她走进自己的办公室，电话响了，她拿起听筒：“喂？”

“怎么回事？”是安东尼。

“他们中止了发射，我不知道原因——你知道吗？”

“路克找到了文件，他一定是打了电话。”

“你没能阻止他？”

“他已经在我眼前了——这是真的——但比莉闯进来，带着枪。”

一想到安东尼举枪对准路克，埃尔斯佩思就感到恶心。而比莉的介入只能让事情更糟。“路克还好吗？”

“是的——我也是。但西奥的名字在那些文件上，你还记得吗？”

“噢，该死。”

“他们现在一定打算逮捕他。你必须首先找到他。”

“让我想想……他在海滩上……我十分钟就能赶过去……我认得他的车，是一辆哈德逊大黄蜂……”

“那就快去！”

“好的。”她放下电话，跑出大楼。

她跑过停车场，跳进自己的车，她的白色雪佛兰克尔维特是带有折篷的，但她没有打开，连车窗都是紧闭的，因为卡纳维拉尔角的蚊子十分猖狂。她迅速开到大门边，警卫挥手准许她离开，虽然进入需要通过严格的安检，但出去不用。她向南开去。

并没有通往海滩的大路，下了高速公路后，只有几条狭窄的土路穿过沙丘，延伸到海边。埃尔斯佩思决定先选择离自己最近的那条土路，然后往南到海滩去，这样她就不会找不到西奥的车。她一边透过沿路的野生灌木丛向外看，一边在车头灯的照明下循着路面前行，虽然时间紧急，她也必须放慢速度，因为可能会错过岔道。过了一会儿，她看到一辆汽车出现了。

这辆车的后面跟着一辆车，第二辆的后面又有一辆。埃尔斯佩思打开左转灯，减慢车速。一条车流从海滩的方向涌动而出。它们是观看火箭发射的人的车，车主们知道发射取消了——毫无疑问，他们也是通过望远镜看到服务台架返回原位才意识到这一点的——于是全部打道回府。

埃尔斯佩思等着向左拐，令人气愤的是，这条路太窄了，容不下两车并行。她后面的一辆车不耐烦地响着喇叭。意识到自己无法从这条路去到海滩，她恼怒地抱怨着，关掉转向灯，把油门踩到底。

她很快又来到一处岔路口，但这里同样拥堵：一条连贯的车流在土路上移动，路面窄得无法同时容纳两辆车。“该死！”她大声说。虽然车里开着空调，她还是冒汗了，现在到海滩去是不可能了。她必须另想别的办法。能不能到高速路上等着，看是否能发现他的车呢？这样做太不确定了。离开海滩之后，西奥还能做什么？他最有可能的是回到旅馆，在那里等待机会。

她加快了车速，在夜幕中飞驰。她不知道海德上校和陆军安全部是否已经抵达了先锋旅馆。他们也许首先会通知警察或者FBI。她知道，他们需要批准才能逮捕西奥——尽管执法人员一般都有办法绕过这一类麻烦的步骤。无论如何，他们都需要一段时间才能整装出发。如果速度快的话，她还有机会赶在他们前面。

先锋旅馆是一栋位于高速公路旁边的长方形商业建筑，夹在加油站和渔具店中间。旅馆前面有一个大型停车场。旅馆周边并没有警察或陆军安全部已经到达的迹象：她来得正是时候。但西奥的车也不在这。她把车停在旅馆办公室附近，关掉引擎，在这里可以清楚地看到进出旅馆的人。

她并没有久等，两三分钟之后，只见一辆黄褐相间的哈德逊大黄蜂开了进来，把车放在停车场的另一头靠近路边的地方之后，西奥走下车，他是个小个子男人，头发稀疏，穿着斜纹棉布裤和沙滩衬衫。

埃尔斯佩思下了车。

她朝停车场另一头的西奥喊了一声，正在这时，两辆警车到了。

埃尔斯佩思僵住了。

它们是可可郡治安官的车，车速很快，但既没有闪警灯也没有拉警笛，后面还跟着两辆没有标记的车，四辆车在入口处横着停下，确保没有车能够离开这里。

最初，西奥并没有看到它们。他径直穿过停车场，朝埃尔斯佩思和旅馆办公室的方向走过来。

她瞬间意识到自己应该怎么做——然而做起来决不能慌张。保持冷静，她告诉自己。她做了个深呼吸，然后朝西奥走过去。

来到近前的西奥认出是她，于是便大声说："到底怎么回事？他们中止发射了吗？"

埃尔斯佩思压低声音说道："给我你的车钥匙。"她伸出一只手。

"干什么？"

"看你后面。"

他回头瞥了一眼，看到了警车。"妈的，他们想干什么？"他颤声说。

“来抓你。保持冷静，给我钥匙。”

他把钥匙丢到她的手里。

“一直走，”她说，“我的车后备厢没锁，进去。”

“到后备厢里？”

“是的！”埃尔斯佩思与他擦肩而过。

她认出对方来的人里面有海德上校和另外一个卡纳维拉尔角的熟面孔，此外还有四名当地警察、两个衣着讲究的高个子年轻人，他们可能是FBI探员。但这些人都没有朝她这边看，他们簇拥着海德。埃尔斯佩思远远听到海德上校说：“我们需要两个人查看停车场里的汽车牌号，其余的人到旅馆里面去。”

她来到西奥的汽车旁边，打开后备厢，里面有只皮箱，无线电发射器就装在里面。她不确定自己是否应该拿着它，她把箱子拖到后备厢边缘，把它拽出来，箱子嘭的一声落到地面上。她迅速关上后备厢的盖子。

她四下张望，海德正在给手下下命令，她看到在停车场的另一头，自己的车的后备厢盖子正在缓缓地合上，似乎是它自动关闭的一般。西奥进去了。问题解决了一半。

她咬紧牙关，抓住箱子的把手，把它提起来。它就像装了一箱子铅块那样沉重。她走了几码，尽可能地提着箱子。当手指变得麻木的时候，她就把箱子放到地上，改用左手提着，又走出十码，然后再次放下箱子。

在她身后，海德上校及其手下正穿过停车场朝旅馆办公室走。埃尔斯佩思祈祷不要让海德看到她的脸。黑夜不会让海德上校那么容易认出她来。当然，假如被发现了，她会编个理由解释自己为什么会在这里，但如果他问箱子里有什么的话又该怎么办？

她再一次换手，喘息着用右手握住箱把，但这次她提不动了。于是她开始在水泥地上拖动箱子，同时期望噪音不会引起警察的注意。

终于，她回到自己的汽车旁边，打开后备厢，这时，其中一个便衣警察走过来，脸上挂着愉快的微笑。“我来帮你，女士？”他礼貌地说。

后备厢里的西奥紧盯着她，苍白的脸上带着恐惧。

“我能行。”她咬着牙对警察说道。她双手举起箱子，把它推进后备厢。箱子的一角挤到了西奥，他疼得轻轻哼了一声。埃尔斯佩思迅速关上后备厢盖，身体靠在上面。她感到自己的两条胳膊似乎都要掉了。

她看看那个警察。他是否看到了西奥？警察茫然地朝她一笑。埃尔斯佩思说：“我爸爸告诉过我，不要往箱子里装太多东西，省得连我自己都搬不动。”

“真是个强壮的姑娘。”警察似乎有些不满地说。

“无论如何，谢谢你。”

其他人也走过来，他们没有停留，而是径直朝旅馆办公室走去。埃尔斯佩思小心地不去看海德的眼睛。刚才那个警察又多待了一会儿。“退房了？”他问她。

“是的。”

“就你一个人？”

“没关系。”

警察弯腰朝车窗里面看了看前排和后座，又直起身子。“小心开车。”他说完便走开了。

埃尔斯佩思上了自己的车，发动引擎。

两个便衣警察留在后面检查停在外面的汽车车牌。埃尔斯佩思把车停到他们旁边。“你们能让我出去吗，还是说我必须在这里留一晚上？”她努力挤出一个友好的微笑。

一位警察查看了她的车牌号码：“你是一个人吗？”

“是的。”

他透过车窗朝后座看了看，她屏住呼吸。“好吧，”他最后说，“你可以走了。”

她从几辆汽车的间隙之中开了出去，上了高速路，然后踩下油门。

突然之间，她觉得松了一口气，身体不由自主地瘫软下来，胳膊颤抖着，她不得不放慢车速。“全能的上帝啊！”她喘息道，“刚才真是好险。”

第十三章
午夜十二点

卫星上的四根伸缩天线向全球的接收站发送无线电信号。“探索者号”的唯一发射频率是108MHz。

安东尼必须离开阿拉巴马，现在他的战场在佛罗里达。他二十年来所有努力的成败，将由未来二十四小时内发生在卡纳维拉尔角的事情决定，他必须到那里去。

亨茨维尔机场还没有关闭，跑道上依然亮着灯。这说明今晚至少还有一架飞机起飞。他把陆军的福特车停在候机楼前方的路边，他的车前面是一辆大型豪华轿车和两辆出租车。机场里空荡荡的，他没有费时锁车便冲进了候机楼。

室内虽然安静，却不是空无一人。一个女孩坐在航空公司的柜台后面，在一本书上写着什么，两个穿制服的黑人妇女在拖地。三个男的站在那里等人，其中之一身着司机制服，另外两个穿着起皱的衣服，戴着出租司机常戴的鸭舌帽。皮特坐在一张长椅上。

安东尼必须甩掉皮特，这是为了皮特本人好。比莉和玛丽格尔德已经在红石兵工厂工程楼中目击到安东尼朝路克开枪，她们两人中的一个很快就会报告此事。陆军会向CIA提出投诉。库伯曼已经说过，他不会再包庇安东尼了，而且，安东尼也无法再继续假装执行所谓合法的CIA任务。游戏结束了，皮特最好在受到伤害之前回家去。

在机场等候了十二小时的皮特可能早已感到厌烦，然而，当他看到安东尼的时候，却立刻既兴奋又紧张地跳起来。“你终于来了！”他说。

“今晚起飞的有哪些航班？”安东尼着急地问。

“没有。只有一架飞机要落地，从华盛顿来的，但是上午七点之前不会有飞机离开。”

“该死，我必须到佛罗里达去。”

“五点半有一班军事空运处的飞机从红石出发到帕特里克空军基地，靠近卡纳维拉尔角。”

“这架飞机就行。”

皮特面有难色，他似乎是硬着头皮说道：“你不能去佛罗里达。”

看来这就是他显得紧张的原因。安东尼沉着地问：“为什么？”

“我和华盛顿通话了。卡尔·霍巴特亲自与我谈过，我们必须回去——不能有任何借口，这是他的原话。”

安东尼气疯了，但他只是装出一副泄气的样子。“那些浑蛋，”安东尼说，“躲在总部里是不能指挥外勤探员的行动的！”

皮特却不为安东尼的话所动。“霍巴特先生说，我们必须承认，现在不需要任何行动，从现在开始，陆军接手这件事。”

“我们不能交给他们，陆军安全部完全无法胜任。”

“我知道，但我认为我们别无选择，长官。”

安东尼努力保持正常的呼吸。这种情况迟早会出现。虽然CIA现在还不相信他是双面间谍，但他们已经知道他做得过分了，因此，他们想尽量低调地阻止他插手此事。

然而，安东尼多年来一直处心积虑地培植自己的党羽，因此，他的威信应该还是有的。“我们得这么做，”他对皮特说，“你回华盛顿，告诉他们我拒绝听从命令，你也没有办法——所以，现在一切责任都由我担。”他半转过身子，似乎在征求皮特的同意。

“好吧，”皮特说，“我猜你也会这么说的，他们也不指望我把你绑架回去。”

“这就对了。”安东尼若无其事地说，心里却暗自松了一口气——皮特没有和他争执。

“但还有别的事。”皮特说。

安东尼转过身来，愤怒溢于言表：“又怎么了？”

皮特脸一红，那块胎记都变成了紫色：“他们让我拿走你的枪。”

安东尼开始觉得自己可能不会那么容易脱身，要让他交出武器是不可能的。他皮笑肉不笑地说：“那么，你告诉他们，我拒绝了。”

“对不起，长官，你不知道我有多抱歉，但这是霍巴特先生特别命令的，如果你不交枪，我就必须报告当地警察。”

安东尼意识到自己不得不除掉皮特。

他先是瞬间感到一种没顶的悲哀，他已经到了多么背信弃义的地步了啊。二十年前，他把自己的人生奉献给一项高贵的事业，而现在这种情况似乎与当年他许下的承诺极为矛盾。紧接着，他变得出奇的平静。战争期间，他就体验过抉择的艰难，虽然这是一场不同的战争，但形势都是同样的迫切。一旦卷入其中，就必须获胜，无论付出何种代价。“这样的话，我想一切都结束了，”他发自内心地叹了一口气，“我认为这是个愚蠢的决定，但我想我会尽量配合。”

皮特并没有掩饰他的释然。“谢谢你，”他说，“我很高兴你能接受。”

“别担心，我不会因此责怪你。我知道你必须服从直接来自霍巴特的命令。”

皮特的脸上露出果决的神情：“那么，你现在愿意把枪给我吗？”

“当然。”枪在安东尼的大衣口袋里，可他却说：“在我的后备厢里。”他想让皮特和他一起到自己的汽车那里，却欲擒故纵地表示：“你在这等一下，我去拿。”

如他所愿，皮特怕他是想逃跑。“我和你一起去。”皮特犹豫地说。

安东尼故作迟疑，然后表现出就范的样子。“无所谓。”他走出大门，皮特跟在后面。汽车停在人行道边，距离机场入口三十码，安东尼没看到附近有人。

他掀起后备厢盖。“就在里面。”他说。

皮特弯腰在后备厢里翻找。

安东尼从大衣内袋中拔出安着消音器的手枪。他突然有种疯狂的冲动，想要把枪管塞到自己嘴里，扣下扳机，结束这场噩梦。

然而，他并没有这么做，这是最大的错误。

皮特说："我没看到什么枪。"他转过身来。

他的反应很快。安东尼还没来得及把带着累赘的消音器的枪端平，皮特就向旁边一闪，躲过枪口，用力挥拳打来，正中安东尼的脑袋一侧，安东尼摇晃起来，皮特又挥出另一只拳头，捣在安东尼下巴上，安东尼向后踉跄着跌倒，然而，就在接触地面的时候，他举起了枪。皮特意识到接下来会发生什么，他的脸因为恐惧而扭曲，他高举双手，似乎这样就能保护自己不挨枪子，然而安东尼却迅速地连扣三次扳机。

三颗子弹全部打在皮特的胸部，血从他灰色的马海毛西装上的三个弹孔中喷涌出来，他重重地倒在路上。

安东尼急忙站起来，把枪放回口袋。他四下张望，没发现有人进入机场，也没有人从候机楼出来，便弯腰查看皮特的情况。

皮特看着他。他还没死。

克制着反胃的感觉，安东尼抱起流血的皮特，把他扔进汽车敞开的后备厢，接着他再次拔出枪，皮特躺在后备厢里，痛苦地抽搐着，恐惧地瞪着安东尼。胸部的伤口不一定总是致命：如果快些送皮特到医院，应该还有救。安东尼拿枪指着皮特的头，皮特试图说话，但血从他的嘴里涌出来，安东尼扣动了扳机。

皮特颓然倒下，合上了眼睛。

安东尼关上后备厢盖，接着便瘫倒在上面。一天之内，他被人狠狠揍了两次，脑袋一直犯晕，然而比身体伤害还要糟糕的是，他清楚自己都做了些什么。

一个声音传来："你还好吗，伙计？"

安东尼猛然直起身子，把枪塞进口袋，循声望去。一辆出租车在他身后停下，司机走过来，他是个头发花白的黑人，看上去挺担心安东尼。

刚才那一幕，这个人看到了多少？但安东尼不知道自己是否还有勇气连他也一起除掉。

出租司机说："不管你往后备厢里放了什么，看起来它挺沉的。"

"一块地毯。"安东尼喘息着说。

对方带着小城镇人常有的坦率的好奇神情看着安东尼："有人把你的眼睛打青了？是两个人揍的你？"

"小事故而已。"

"进来吧，喝杯咖啡什么的。"

"不，谢谢，我没事。"

"好吧，你随意。"司机从容地走进候机楼。

安东尼钻进车里开走了。

第十四章
凌晨一点半

无线电发射器的第一个任务是发出能够让地球上的追踪站跟踪卫星的信号——以证明卫星在轨。

火车缓缓停在查塔努加站。局促的隔间里，路克脱下他的外衣挂好，然后坐在下铺边缘，解开鞋带。比莉盘腿坐在卧铺上，看着他。车站的灯光先是闪烁，随着车头的加速逐渐消失不见，列车驶入南方的夜幕，奔向目的地——佛罗里达州的杰克逊维尔。

路克松开领带，比莉说："要是你在跳脱衣舞，表演得可不怎么性感啊。"

路克苦笑了一下。他动作迟缓的原因是有些犹疑不定。他们被迫使用一个隔间：火车上只剩下这个隔间了。他一直渴望着把比莉拥入怀中。根据他对自己的了解和心中的直觉，他认为比莉应该是与自己共度一生的女人。然而，尽管如此，他还是迟疑了。

"怎么了？"她问，"你在想什么？"

"这太快了。"

"难道十七年不算什么？"

“对我来说只有两天，这是我唯一能记得的。”

“可我感觉就像永远那么长。”

“我和埃尔斯佩思还是夫妻。”

比莉严肃地点头道：“但她骗了你很多年。”

“所以我就应该从她床上跳下来，到你的床上去？”

她看上去受到了冒犯：“你应该做你想做的。”

他试图解释：“我不喜欢找理由，”见她没有回应，他补充道，“你不认同我的看法，对吗？”

“当然不，”她说，“我今晚就想和你做爱。我记得那种感觉，我还想要，现在就开始。”她瞥了一眼窗外，火车正经过一个小镇：他们暴露在灯光下，十秒钟后又陷入黑暗。“但我了解你，”她继续说，“你从来不是享受此时此刻的那种人，甚至在我们年轻的时候都不是。你需要时间思考，说服自己相信你在做正确的事情。”

“有那么糟吗？”

她微笑道：“不是。我喜欢你的这种性格，这让你像磐石一样可靠。如果你不是这样，我猜我不会……”她的声音越来越小。

“你想说什么？”

她看着他的眼睛：“我不会这么爱你，并且爱了你这么长时间。”接着她又急于说些无关紧要的话来掩饰自己的不好意思：“无论如何，你需要洗个澡了。”

这是真的。路克还穿着三十六个小时之前他偷来的衣服。“每次我想换衣服的时候，就有些紧急的事情出来打扰，”他说，“我包里有干净衣服。”

“没关系。你为什么不到上铺去，给我让点地方，我要脱鞋。”

路克顺从地爬上从上铺放下来的梯子。他侧躺在床上，胳膊肘放在枕头上，枕着自己的手。“失去记忆就像是人生重新开始了一样，”他说，“似乎获得了新生，可以重新审视自己的每一个决定。”

比莉踢掉鞋子，站了起来。“我不喜欢这样。”她说。她轻巧地脱掉黑色滑雪裤，穿着毛衣和白色短裤站在那里。发现他的眼神躲闪，比莉笑道：“没关系，你可以看。”她把手伸进毛衣里面，从后背解开胸衣的扣子。接着脱掉左边的衣袖，右手伸进衣服里，把文胸的带子从肩膀上拉下来，又把左胳膊伸进袖子，像变魔术那样把文胸从右边的袖口扯出来。

“精彩。”路克说。

她若有所思地看了他一眼：“那么，我们现在睡觉？”

“我猜是的。”

“好吧。”她站在下铺的边缘，和路克处在同一高度，仰起脸等他亲吻。他向前倾身，用嘴唇碰了碰她的。她闭上眼睛。他感到她的舌头在自己的唇间轻拂，接着她便向后退去，缩回下铺。

他平躺在上铺，想着只有几英寸之遥躺在下铺的她，想着她光洁的腿和隐藏在柔软的毛衣下面浑圆的胸脯，不知不觉中便睡着了。

他做了一个十分色情的梦。他成了《仲夏夜之梦》里面的人物波特姆，有一对驴耳朵，提塔尼亚的仙女们不停地亲吻他毛茸茸的脸，这群仙女是些裸体姑娘，有着修长的腿和圆圆的乳房。提塔尼亚的仙后本人亲自解开他的裤子纽扣，就在这时他听到了火车隆隆前进的声音。

他慢慢醒了过来，不想离开梦中的仙境，回到存在铁路和火箭的世界。他的衬衣敞开着，裤子没有脱下来。比莉正躺在他的身边吻着他。“你醒了？”她在他的耳边低语——那是一只正常的耳朵，不是驴耳。她咯咯笑道：“睡着了的人的便宜，不占白不占。”

他开始触碰她，一只手在她的体侧轻抚。她还穿着毛衣，但短裤不见了。“我醒了。”他沙哑地说。

她双手撑起身体，双膝分别跪在他的身体两侧，在天花板到床铺的狭窄空间里保持着平衡。她直视他的眼睛，俯身贴在他的身上。他极为愉悦地叹息着滑进她的身体。火车在铁轨上左摇右晃，车轮和轨道撞击的声音仿佛一支情色的旋律。

他把手伸进她的毛衣里摸她的胸。她的皮肤柔软温暖。她咬着他的耳朵：“它们很想你。”

他觉得自己似乎还在半梦半醒之间，火车摇晃着，比莉吻着他的脸，美利坚广袤大地的风景从窗外飞速掠过。他的双臂绕在她的背后，紧拥着她，似乎只有这样才能说服他自己，她是有血有肉的真人，不是童话中的幻影。就在他希望这一切永远都不要结束的时候，身体的感觉占了上风，他紧紧抓住她，快感的波涛汹涌袭来，将他吞没。高潮刚过，她就说：“别动，抱紧我。”他于是停住不动。她把脸埋进他的脖子下面，灼热的呼吸喷在他的皮肤上。他保持着在她身体里面的姿势，翻身把她压在下面。她抽搐起来，身体内部一次又一次地痉挛，直到最后，她深深地叹息了一声，紧绷的身体才软了下来。他们又躺了几分钟，但路克并不想睡。比莉也开始清醒了，她说：“我有个主意，我们去洗洗。”

他笑了：“好吧，我当然需要洗一洗。”

她从他身上滚下来，爬到地上，他跟在后面。在隔间的角落里有一个小水池，上方是一只橱柜，比莉在里面找到一条手巾和一小块肥皂。她在池子里放满热水。“我帮你洗，然后你帮我洗。”她说。她浸湿毛巾，在上面打好肥皂，开始给路克擦洗起来。

这是一种令人愉快的亲密，也非常性感。路克闭上眼睛享受。比莉给他的肚子打了肥皂，然后蹲下来洗他的腿。“你错过了一点。”他说。

“别着急，我把最好的部分留在后面。”

她帮他洗完后，他也开始给她洗，整个过程更加催情。然后他们再次躺下来，这次是在下铺。

“现在，”她说，“你还记得口交的感觉吗？”

“不记得了，”他说，“不过，我可以重新了解一下。”

Part 6

第一章
上午八点半

为了准确地跟踪卫星，喷气推进实验室开发了一种新的无线电技术，叫作微波锁定。微波锁定基站使用一种相控锁追踪系统，它能够锁定最远来自20 000英里之外的千分之一瓦特的信号。

安东尼乘一架小飞机前往佛罗里达，从亚拉巴马到佐治亚州的路上，每刮一阵稍微大点的风，飞机都要颠簸一番。与他同机的有一位将军和两位上校，如果他们知道安东尼此行的目的，一定会开枪将他当场击毙的。

他在帕特里克空军基地落地，这里离卡纳维拉尔角只有几英里。空军基地的一座机库后方的候机楼里面有几个小房间，安东尼想象着一队西装整齐、皮鞋闪亮的FBI探员正坐在里面等着逮捕他，而实际上等候他的只有埃尔斯佩思。

她看上去十分疲惫。安东尼第一次从她身上看出人到中年的迹象。她苍白的脸上现出皱纹生发的痕迹，颀长的身躯略微有些佝偻。她领着他来到外面，她的白色克尔维特停放在艳阳下。

两人一上车，安东尼就问："西奥怎么样？"

"受到严重惊吓，不过会缓过来的。"

"当地警察知道他的特征吗？"

"是的——海德上校告诉他们的。"

"他藏在哪儿？"

"我的旅馆房间里。他会在那儿待到天黑。"她把车开出基地，上高速路向南行驶，"你怎么样？CIA会把你的外貌特征通告警察吗？"

"我不认为会这样。"

"这么说，你可以相当自由地活动。这很好，因为你得买一辆车。"

"CIA更喜欢解决他们自己的问题。现在，他们只是认为我做得过头了，他们唯一关心的就是如何在我让他们出糗之前阻止我插手此事。一旦他们相信了路克的话，就会意识到多年来他们养着的是一个双重间谍——但这样也许会让他们更希望掩盖事实。虽然无法肯定，但我猜他们不会大张旗鼓地搜捕我。"

"现在也没有人怀疑我。所以，我们三个人现在暂时安全，这是个好机会，我们可以完成这件事。"

"路克没有怀疑你？"

"他没有理由怀疑。"

"他现在在哪儿？"

"在火车上，是玛丽格尔德说的，"她的声音中有一丝苦涩，"和比莉在一起。"

"他什么时候能到这里？"

"我不确定。夜车会把他送到杰克逊维尔，但从那里他必须坐一趟沿海岸行驶的慢车，我猜他也许下午才能到。”

他们沉默了一阵子。安东尼想让自己冷静下来。二十四小时之后，一切都会结束。为了自己为之奉献生命的事业，他们会完成一次历史性的引爆，从而青史留名——如果失败了，美苏之间的太空竞赛就会出现势均力敌的局面。

埃尔斯佩思瞥了他一眼：“今晚之后你打算干什么？”

“出国，”他敲打着膝盖上放的小箱子，“我带着自己需要的所有东西——护照、现金，还有一些伪装用的简单道具。”

“然后呢？”

“去莫斯科，”他在飞机上的大部分时间都在考虑这件事，“我想我会加入克格勃华盛顿事务分部。”安东尼是克格勃的上校。埃尔斯佩思在克格勃的资历比他老——实际上，是她在哈佛招募的安东尼。“他们会给我一个高级顾问的职位，”他继续说，“毕竟，在苏联阵营那边，我更了解CIA。”

“你怎么会喜欢苏联的生活方式？”

“你是说那里是工人的天堂？”他苦笑道，“你读过乔治·奥威尔。有些动物比其他动物公平。我猜今晚的事情将起到很大的决定作用。如果我们成功了，就会成为英雄。否则……”

“你不紧张吗？”

“当然紧张。一开始去到那里我可能会感到孤独——无亲无故，而且不会讲俄语。但我可能会结婚，生几个小共产党员，”他试图用油腔滑调掩饰自己的紧张，“很久以前，我就决定把个人生活奉献给更重要的目标。”

“我也做了同样的决定，但我仍然不愿想到要去莫斯科生活。”

“你不会去的。”

“是的，他们想让我留在这里，保持现状，不惜任何代价。”

她显然和自己的管理者——无论对方是谁——谈过了。安东尼并不奇怪他们决定让埃尔斯佩思留在美国。过去四年中，苏联科学家已经掌握了美国太空项目的一切细节，他们看过每一份重要报告和所有测试结果，还有陆军弹道导弹署的每一份设计图——埃尔斯佩思于此功不可没。能让红石兵工厂的人为苏联的项目服务是再好不过的。埃尔斯佩思是苏联能够在太空竞赛中痛击美国的原因，因而她绝对称得上是冷战期间最重要的间谍。

安东尼清楚，她的工作需要做出巨大的个人牺牲。她嫁给路克的原因是可以侦查美国的太空项目，但她对他的爱是真心实意的，欺骗和背叛路克令她心都碎了。然而，苏联在太空竞赛中的胜利就是她最大的成功，今晚两个国家即将决出胜负。一旦苏联胜出，她所做的一切牺牲都将是值得的。

与埃尔斯佩思的成功相比，安东尼的成就只能退居其次。作为苏联间谍，他成功地打入了CIA高层。那条他在柏林修的用来窃听苏联通信的地道，实际上是故意泄露虚假情报的工具。克格勃用它误导CIA浪费了数百万美元调查那些不是特务的人和根本与共产党无关的组织，抹黑那些实际上亲美的第三世界政治家。如果日后他在莫斯科的公寓中感到寂寞的话，也许可以回想自己的辉煌成就以求快慰。

透过前方路边的棕榈树，他看到一个巨大的火箭模型竖立在一家叫作“蓝锆石”的汽车旅馆的牌子上方。埃尔斯佩思放慢车速。旅馆办公室在一座带有多角形支柱的低层建筑中，颇有一股未来感。埃尔斯佩思把车停到离大路尽量远的地方。旅馆的二层客房是围着一座大游泳池修建的，几只早春的鸟儿已经在池边享受日光浴了。安东尼看到泳池的另一边过去就是海滩。

尽管埃尔斯佩思再三保证，但安东尼还是希望看到自己的人越少越好。所以，他把帽檐压低，下车后快步来到她在二楼的房间。

旅馆把它的太空风格表现得淋漓尽致，连台灯都是火箭形状的，墙上挂着抽象画，描绘的是行星与恒星。西奥站在窗户旁边，俯瞰大海。埃尔斯佩思介绍两人认识，又让客房服务送来咖啡和甜甜圈。西奥对安东尼说："路克是怎么发现我的——他告诉过你吗？"

安东尼点头。"他当时在用R机库的施乐复印机，机器旁边有一本安全登记簿，复印的人必须把复印日期、时间和复印的数量登记在上面，然后签名。路克注意到，有十二份文件上签着'WvB'字样，是沃纳·冯·布劳恩的缩写。"

埃尔斯佩思说："我一直用冯·布劳恩的名字登记，因为他是老板，没人胆敢问他为什么需要复印。"

安东尼继续说："但路克知道一些你和其他人不知道的事情——冯·布劳恩当天在华盛顿。路克的直觉让他警惕起来，他去了邮件收发室，找到一个寄给你的信封。但他完全不知道寄信人是谁，于是他决定不相信基地的任何人，所以，他独自去了华盛顿。幸运的是，你给我打了电话，我才能在路克告诉别人之前拦截他。"

埃尔斯佩思说："但是，现在我们又回到了星期一时的情况，路克再次发现了我们让他忘记的东西。"

安东尼问她："你认为陆军现在会怎么做？"

“他们可以把火箭的自毁系统关闭，然后再发射。但如果这样做的消息传出去，他们就得付出惨痛的代价，公众的哗然会抵消他们的成功。所以，我的猜测是，他们会更改代码，所以，要用不同的信号引爆火箭。”

“怎么改？”

“我也不知道。”

有人敲门。安东尼紧张起来，但埃尔斯佩思说：“我叫了咖啡。”西奥躲进浴室，安东尼则背对着门。为了显得自然，他打开衣柜，假装研究里面的衣服。里面挂着路克的一件西装，是灰色人字呢的，还有一叠蓝衬衫。埃尔斯佩思没让服务员进来，她站在门口签了单，给对方小费，然后接过托盘，关上了门。

西奥走出浴室，安东尼再次坐下。

安东尼说：“我们能做什么？要是他们换了代码，我们就无法让火箭自毁。”

埃尔斯佩思放下咖啡托盘。“我得弄清楚他们的计划，然后想出对策。”她拿起自己的手提包，套上外衣，“去买辆车，天一黑就开到海滩去。把它停在离卡纳维拉尔角的围墙最近的地方。我会在那儿与你们碰面。喝咖啡吧。”她出去了。

过了一会儿，西奥说：“你不得不相信她的能力，她非常镇定。”

安东尼点头：“她需要保持镇定。”

第二章
下午四点

西经65度线附近，从北到南分布着一连串的跟踪站，每当卫星从该地区飞过，这个网络将接收来自它的信号。

倒数计时停留在X减390秒。

到现在为止，这个时间是与实际时间同步的，但埃尔斯佩思知道，倒计时可能不会顺利继续下去，如果发生了出乎意料的事情，造成了发射的延迟，倒计时也就停止了。问题解决之后，倒计时会从停止的地方开始，就算已经过去了十分钟或十五分钟，也不会因此更改。随着发射的时间邻近，倒计时的时间与实际时间之间的差别会拉大，远远落后于实际时间。

今天，倒数计时是从上午十一点半开始的，起点是X减660秒。埃尔斯佩思一刻不停地在基地里走动，更新时间表、提醒大家计划的更改。她还没有听说科学家们打算如何防止破坏——她已经开始感到绝望了。

现在人人都知道西奥·帕克曼是个间谍，先锋旅馆的前台服务员已经告诉人们，海德上校和四名警察、两个FBI探员搜查了旅馆，他们向前台要了西奥的房间号。关心火箭发射的人们立刻把这个新闻和最后一秒取消火箭发射的事情联系起来。而官方给出的解释则是因为晚间的天气预报说将出现强烈的高空急流，所以才取消了发射，卡纳维拉尔角内部的人都不相信这个理由。当天早晨，人人都在谈论火箭发射遭到破坏的事情，但似乎也没人知道到底哪里遭到了破坏，如果他们知道的话，就不会把消息传出去了。随着下午的到来，埃尔斯佩思越来越紧张。为了避免引起怀疑，她还没有直接询问相关的人，但她很快就会顾不得那么多了。如果不快些知道新的安保计划，就会来不及实施对策。

路克还没有出现。她既渴望又害怕见到他。晚上没有他的陪伴的时候，她会思念他。但当路克回到她身边，她又会一直想到自己的秘密工作破坏了他的梦想。埃尔斯佩思清楚，她的欺骗荼毒了他们的婚姻。无论如何，她都期盼看到他的脸，听到他稳重而彬彬有礼的声音，碰触他的手，让他微笑。

地堡里的科学家们正在休息，他们坐在操作台前吃三明治、喝咖啡。平时，当一位迷人的女士走进来，大家都会有说有笑，而今天的气氛则安静而紧张。他们等待系统出现故障：警示灯亮起、过载、部件损坏或者系统失灵。一旦出现差错，大家的心情就会改变，投入到问题的分析之中，他们会变得更加振奋，试图找出原因和解决方案，着手进行修理。他们是那种在东西修好的时候才觉得最快乐的人。

埃尔斯佩思坐在她的老板威利・弗雷德里克森旁边，他的脖子上挂着耳机，正在吃烤奶酪三明治。“我猜你知道大家都在谈论有人企图破坏火箭的事。”她开门见山地说。

威利投来不赞许的目光，她认为这是他知道自己在说什么的标志。还没等他开口回应，一位技术员从房间后部走过来。“威利。”技术员碰碰他自己的耳机。

威利放下三明治，戴上耳机，说：“弗雷德里克森，请讲。”他听了一分钟，然后对着话筒说：“好的，请尽快，”他又抬头说道，“停止倒计时。”

埃尔斯佩思紧张起来。这是她一直在等待的线索吗？她期待地拿起笔记本和铅笔。

威利摘下耳机。“发射将推迟十分钟。”他说。听他的语气，不太像是遇到了普通的小毛病。他又咬了一口三明治。

为了钓取更多的信息，埃尔斯佩思说：“我能问为什么吗？”

“我们需要置换一个吱吱叫的旁路电容。”

有可能，埃尔斯佩思想。对跟踪系统而言，电容十分关键，而“吱吱叫”——随机的小流量放电——可能是设备坏掉的信号。但她并不完全相信威利的说法，她决心弄个明白，如果她能做到的话。

她草草做了记录，然后面带微笑地起身离开了。地堡外面，下午的太阳将所有东西的影子都拉长了。“探索者一号”的白色机身如同指向天堂的路标般矗立着。她想象着它在火焰的推动下缓缓离开发射架、升入夜空的样子，接着，她似乎看到火箭爆炸时发出的比太阳还要明亮的光芒，金属碎片像碎玻璃一样漫天散落，一个红黑相间的火球在夜空中燃烧，全世界的穷人和可怜虫终于因为美国的失败而可以扬眉吐气了。

她轻快地穿过沙质草地，绕过混凝土吊架，来到它底部的钢制舱室，这里是办公室和机房的所在地。发射架主管哈利·兰恩正在打电话，还拿着一根木工铅笔在纸上记着什么。等他挂了电话，她说："推迟十分钟？"

"可能不止那么长时间。"他没有看她，但这不代表什么：他一直比较粗鲁，不喜欢在发射台看到女人。

埃尔斯佩思在笔记本上边写边问："原因？"

"置换有故障的部件。"他说。

"你能告诉我是什么部件吗？"

"不。"

这令人恼火。她仍旧分辨不出他是在给安全措施打掩护还是在表现一贯的粗鲁。她转身欲走。就在这时，一个穿着油迹斑斑的工作服的技术员走进来。"这是原来的那个，哈利。"他说。

他的脏手里拿着的是一个插头。

埃尔斯佩思相当清楚这是什么：编码自毁信号的接收器。从它上面伸出的针脚的接线错综复杂，只有正确的无线电信号才能使它引燃点火帽。

在哈利能够看到她脸上的胜利表情之前，她快步走出门去，心激动地跳着，迅速回到自己的吉普车上。

她坐在驾驶座上理清思路。为了防止破坏，他们换掉了插件。新插件的接线跟旧的不一样，只能使用新的代码才能激活。与之对应的广播插件必须与发射机相配。新插件很可能已经在今天早些时候从亨茨维尔空运了过来。

这个假设说得通，她满意地想。至少她知道了陆军在干什么。但是，有什么相应的对策吗？

插件一般有四个，多出来的那一对是备用件，以防出现故障。上个星期天，埃尔斯佩思看到的就是备用插件，她当时把接线情况画了下来，寄给了西奥，以供他模拟出无线电编码，引爆火箭。现在，令她担心的是，她还要再做一遍：找到备用件，拆下发射器插件，画下它的线路图。

她发动吉普车，快速开回机库。她没有去自己办公的R机库，而是进了D机库，来到遥感室。上次她就是在这里找到了那一对备用的插件。

汉克·米勒正靠在工作台上，和另外两名科学家一起严肃地盯着一台精密的电气设备。看到埃尔斯佩思进来，他面露喜色："八千。"

他的同事们嘲弄地发出夸张的哀叫，纷纷走开。

埃尔斯佩思抑制着心中的急躁，她必须先和他玩数字游戏。"它是二十的立方。"她说。

"不够好。"

她想了一会儿，说："好吧，它是四个连续数字的立方之和：$11^3+12^3+13^3+14^3=8000$。"

"非常好。"他给她十美分硬币，用期待的眼神看着她。

她绞尽脑汁想出了一个有趣的数字："16830的立方。"

他皱起眉头，一副受到冒犯的样子。"我算不出来，我需要计算机！"他愤慨地说。

"你没有听说过吗？结果是从1134到2133之间的所有连续数字的立方之和！"

"我不知道！"

"我上高中时，我父母家的门牌号码就是16830，所以我知道。"

"这是你第一次带走我的硬币。"他的沮丧表情看上去挺滑稽。

她现在无法搜寻实验室：必须先获得他的同意。幸运的是，其他人站得比较远，暂时听不到他们的谈话。于是，她直截了当地问："从亨茨维尔运来的新备用插件在你这里吗？"

"没有，"他回答，看上去甚至更沮丧了，"他们说这里不够安全，就把插件放到一只保险柜里了。"

她释然地发现他没有问她为什么会提这种问题。"什么保险柜？"

"他们没告诉我。"

"没关系。"她假装在本子上记了一下，然后走了出去。

她火速赶回R机库，脚蹬高跟鞋在沙地上奔跑。虽然感到乐观，但她仍然有很多事情要做。她注意到，天已经黑了。

就她所知，这里只有一个保险柜，它就在海德上校的办公室里。

回到自己的办公桌旁，她把一只军用信封放到打字机里，在上面打出"W. 弗雷德里克森博士，亲启"字样。接着，她把两张白纸叠起来塞进信封，封好口。

她来到海德的办公室，先是敲敲门，然后径直进去。办公室里只有海德一个人，他正坐在自己的桌子后面抽烟斗。见到埃尔斯佩思，他抬头微笑：像大部分男人一样，海德乐于见到美丽的面孔。"埃尔斯佩思，"他用惯有的慢条斯理的腔调说，"我能为你做点什么？"

"你能帮威利把这个放到保险柜里吗？"她把信封递给他。

"当然，"他说，"这是什么？"

"他没告诉我。"

“当然。”他转动椅子，打开身后的一只柜子。埃尔斯佩思越过他的肩膀看到一扇带拨号盘的钢制门。于是她又靠近了一点。拨号盘的刻度是0到99，但只用数字标出了10的倍数，其他数字都是用刻痕表示的。她窥视着拨号盘。虽然她的视力很好，但仍然难以看清海德把旋钮停留在哪里。她向前探身，靠在桌子上。第一个数很容易判断：10，接着他拨了一个30以下的数，29或28，最后，他把旋钮转到10和15之间。密码似乎是10–29–13，这一定是他的生日，1911、1912、1913或1914年10月28日或29日，因此，共有八种可能性。如果她能单独进到他的办公室，在几分钟内就能把所有可能的密码组合全部试一遍。

海德打开保险柜门，里面有两只插头。“尤里卡[①]。”埃尔斯佩思小声说。

“什么？”海德问。

“没什么。”

他咕哝了一声，把信封扔进保险柜，关上门，打乱拨号盘。

埃尔斯佩思已经准备出去了。“谢谢你，上校。”

“不客气。”

现在，她必须等他离开办公室。从她的办公桌那里无法完全看到他的办公室门，然而，他的办公室在走廊最里面，所以，他只要出来，就必须经过她的办公室门口。于是，她用东西顶住自己办公室的门，使它保持开启状态。

她的电话响了，是安东尼。“我们几分钟后就离开这里，”他说，“你得到我们需要的东西了吗？”

① 译注：希腊语，意思是“我找到了”。

“还没有，但我会的。”她希望自己真的能和自己说的那样成功得手，“你们买了什么样的车？”

“一辆浅绿色水星蒙特利，五四型，老派风格，不带尾翼。”

“我会认出它来的。西奥怎么样？”

“他在问我今晚之后他该做什么。”

“我猜他会到欧洲去，继续为《世界报》工作。”

“他担心他们会追踪他到欧洲。”

“我觉得他们有可能会，他应该和你一起去。”

“他不想去。”

埃尔斯佩思不耐烦地说：“别对他承诺什么，只要确保他为今晚做好了准备就行。”

“好吧。”

这时，海德上校经过她的门口。“我得走了。”她说，挂了电话。

她走出办公室，但海德没有消失，他在隔壁门口和几个打字室的女孩说话。他还能看到自己的办公室，埃尔斯佩思现在不能进去。她只好闲逛了一阵，希望他能够走掉。然而，海德又回他的办公室去了。

他在那里待了两个小时。

埃尔斯佩思几乎要疯了。她知道了密码组合，只需要进去开启保险柜就可以，但海德却还不离开。他甚至派自己的秘书去一个他们称其为“蟑螂教练”的流动小食档买咖啡，他甚至连厕所都没去过。埃尔斯佩思开始思索除掉他的办法。在OSS的时候，她曾经学过如何用尼龙长筒袜勒死一个人，但她从未试过。而且，海德是个大块头，他一挣扎就够她受的。

她没有离开自己的办公室，而且早就忘了更新时间表的事情，威利·弗雷德里克森会暴跳如雷的，可那又怎么样?

她每隔几分钟就要看看手表。八点二十五分，海德终于走过她的办公室门口。她一跃而起，来到门边。她看到他朝楼梯走去，还有两个小时左右就要发射火箭了，他大概要到地堡去。

还有一个男人正沿着过道向她走来。他用她熟悉的一种不确定的语调说道："埃尔斯佩思？"她的心跳停住了，两人的视线相遇。

是路克。

第三章
晚上八点半

来自卫星记录仪的信息将通过无线电以乐音的形式传输。不同的仪器使用不同频率的声调，因此，在接到信息后，可以用电子装置把各种“语音”分开。

路克一直害怕这个时刻的到来。

他把比莉送到了蓝锆石旅馆，她打算在那里订个房间休息一下，然后坐出租车到基地观看发射。路克径直去了地堡，得知新的发射时间定在晚上十点四十五分。威利·弗雷德里克森提醒过他的团队，让他们防止有人破坏火箭。路克还没有完全放心，他希望西奥·帕克曼被捕，还想知道安东尼在哪里。但是，没有正确的代码，他们两个人无法造成任何破坏。而威利告诉他，新的插件锁在一只保险柜里。

看到埃尔斯佩思时，他的担心稍有减轻，他没有告诉任何人自己对她的怀疑——部分原因是他不愿意指控她，还因为他没有证据。但是，当他直视她的眼睛，让她告诉自己真相的时候，他就会知道她的意图。

他心情沉重地走上R机库的楼梯，他必须与埃尔斯佩思谈谈她的背叛，还要向她承认他对她不忠。他不知道哪一条更糟糕。

当他来到楼梯顶端时，遇到一个穿着上校制服的男人，对方边走边对他说："嘿，路克，很高兴看到你回来，我们地堡见。"接着他看到一个高个子红头发的身影从一间办公室出来，看上去有些焦急，不过，她还是泰然自若地站在走廊中，越过路克，看着上校走下楼梯。她本人看上去比结婚照上还要漂亮，苍白的脸庞散发着淡淡的光芒，就像黎明时的湖面。他心下一惊，仿佛胳膊上挨了一枪，一股强烈的对她的柔情蜜意从心底升起。

他叫了她一声，她才注意到他。"路克！"她快步走向他。她张开双臂拥住他，吻了他的嘴唇。他意识到自己不应该吃惊——她是他的妻子，他们一周没有见面了，因此，拥抱是最自然不过的举动。她还不知道他已经怀疑她了，所以她继续表现得像是一个正常的妻子。

他提前结束了亲吻，从她的怀抱中挣脱出来。她皱起眉头，紧盯着他。"怎么了？"她说。她抽抽鼻子，紧接着勃然大怒。"你这个婊子养的，你身上有股骚味，"她把他推开，"你操了比莉·约瑟夫森，你这个杂种！"路过的一位科学家震惊地听到了她的脏话，但她毫不在意，"你在天杀的火车上操了她。"

他无言以对。虽然她的背叛比这还糟，但是，他为自己所做的感到羞愧。无论他说什么，听起来都会像是借口，他也讨厌借口。借口只会让一个人显得可悲。所以，他什么都没说。

她的情绪再次转换，令人应接不暇。"我没有时间说这个。"她说。她打量了一下整个走廊，一副既不耐烦又心不在焉的样子。

路克疑惑地说："还有什么比我们谈的内容更重要？"

"我的工作！"

"别担心那个。"

"你到底在说什么？我必须走了。我们以后再谈。"

"我不这么认为。"他坚定地说。

她被他的语气吓了一跳："你什么意思？你不这么认为？"

"回家的时候我打开了一封写给你的信，"他从外衣口袋拿出信来交给她，"是一个亚特兰大的医生寄来的。"

她的脸一下子失去了血色。她把信拿出来，开始读。"噢，我的上帝。"她小声说。

"你在我们结婚六周前结扎了输卵管。"他说，直到现在他都很难相信。

她流泪了。"我不想做的，"她说，"我不得不做。"

他想起医生描述的埃尔斯佩思的情况——失眠、消瘦、突然大哭、抑郁——他涌起一股怜悯之情。他轻声说："我很抱歉，你一直不快乐。"

"别对我好，我受不了。"

"我们到你的办公室去。"他拉着她的胳膊，把她领进房间里，关上门。她木然地走到自己的桌前坐下，从手提包里掏出一条手绢。他把她上司的椅子从办公桌后面拖出来，靠近她坐好。

她擤着鼻子。"我差点就没做手术，"她说，"它让我的心都碎了。"

他小心翼翼地看着她，尽量保持冷静和超脱。"我猜是他们强迫你做的，"他停顿了一下，她睁大眼睛，"是克格勃，"他继续说，她盯着他，"他们命令你和我结婚，这样你就能得到太空项目的情报，他们逼你做绝育手术，你就不会因为孩子减少对他们的忠诚。”他看到她的眼神变得极为悲伤，便意识到自己说得对。“别说谎，”他语速很快地说，“我不会相信你的。”

“好的。”她说。

她已经承认了。他坐直身子。都结束了。他觉得喘不过气来，全身疼痛，似乎刚从一棵树上摔下来。

“我那时一直没有下定决心，”她说，泪珠从她的脸颊滑落，“早晨的时候我还决定做手术，而中午我给你打电话时，你总会说找一座带大院子的房子，让孩子在里面跑来跑去的话，我就会想要违抗他们的命令。接着，到了晚上躺在床上的时候，我会想到如果和你结婚了，他们会多么需要我能得到的信息，而我一定会全力以赴，把他们想要的给他们。”

“你不能两样同时做吗？”

她摇摇头：“我无法忍受在爱你的同时又监视你，如果我们有了孩子，我就做不到了。”

“最后是什么让你做出决定的？”

她抽抽鼻子，擦了一下脸。“你不会相信我的，是危地马拉发生的事情，”她古怪地笑了一下，“那些可怜的人只想让自己的孩子上学，建立一个能保护他们的工会，以及得到赚钱养家糊口的机会。但是，如果想实现他们的目的，就要把香蕉价格提高几美分，联合水果公司不同意，那么，美国人做了什么？我们推翻了他们的政府，安置了一个奉行法西斯主义的傀儡。当时我为CIA工作，所以我知道真相。我愤怒极了——华盛顿那些贪得无厌的家伙就那么心安理得地毁掉一个国家，拍拍屁股走掉了，还为此说谎，让报纸告诉美国人，危地马拉的反共分子发动了起义。

你会说，对这种事投入感情是很奇怪的，但是，我无法向你形容当时我有多生气。”

“气愤到伤害你自己的身体。”

“还有背叛你，毁掉我们的婚姻。”她昂起头，露出自豪的表情，“但是，我可以为这个世界做点好事，因为一个满是贫苦农民的国家在山姆大叔的践踏下陷在泥潭中无法自拔。我唯一后悔的是拒绝给你生孩子，这是不对的。对于其余的事，我都感到骄傲。”

他点头道：“我想我理解了。”

“很好，”她叹息道，“你打算怎么办？给FBI打电话？”

“我应该这么做吗？”

“要是你这样做了，我会上电椅，就像罗森堡夫妇那样。”

他的脸扭曲起来，似乎被人捅了一刀。“上帝啊。”

“还有个办法。”

“什么？”

“让我走，我会搭乘第一班飞机，到巴黎、法兰克福、马德里，欧洲的任何地方，再从那里坐飞机去莫斯科。”

“这就是你所希望的？在那里度过余生？”

“是的，”她苦笑道，“我是克格勃的上校，你知道。在美国，我永远当不了上校。”

“你必须现在就走，马上。”他说。

“好的。”

“我护送你到大门口，你得把你的通行证给我，这样你就进不来了。”

“好的。”

他看着她，试图把她的样貌刻画在自己心中。“我猜该说再见了。”

她拿起手提包。“我能先去下厕所吗？”

“当然。”他说。

第四章
晚上九点半

发射卫星的主要目的是测量宇宙辐射，这是爱荷华州立大学的詹姆斯·范·艾伦博士设计的实验。卫星上最重要的设备是一台盖革计数器。

埃尔斯佩思走出她的办公室，向左转，经过女盥洗室，进入了海德的办公室。

里面空无一人。

她关上身后的门，靠在门上，如释重负地颤抖着。她的眼中饱含泪水，看到的影像飘忽不定。她即将获得人生中最大的胜利，然而，她却刚刚结束了自己的婚姻，和她所认识的最好的男人分道扬镳，而且她答应离开自己出生的国家，到一个她从未见过的国家度过余生。

她闭上眼睛，强迫自己缓慢地深呼吸：一、呼、二、呼、三、呼。过了一会儿，她感觉好了一些。

她转动插在办公室门上的钥匙，把门锁好，然后来到海德办公桌后面的柜子旁边，在保险柜前跪下。她双手都在发抖，只得依靠意志力勉强稳定下来。不知怎的，她想起在学校里上拉丁语课的时候，还有那句拉丁谚语“Festina lente”——忙而不乱。

她重复了自己看到的海德转动旋钮的动作。首先，逆时针转动四次，在10的地方停住。然后，顺时针转动三次，停在29。最后，逆时针转两次，停在14。她试着转动柜门把手，没有反应。

她听到外面传来脚步声，还有一个女人说话的声音。走廊里的这些声音听上去不自然地极为响亮，如同噩梦中的噪音。但是，脚步声和讲话声都慢慢消失了。

她知道第一个数字是10，于是又拨了一遍，第二个数字可能是29或28，这一次她拨的是28，然后又拨了14。

把手仍然转不动。

她已经否定了两种可能性，她的手指因为出汗变得滑腻，她在裙边上把手擦干，接着又尝试了10、19、23和10、28、23。

已经试过一半的备选组合了。

她听到远处传来汽笛的声音，这是可能出现爆炸的预警——两声短，两声长，连响三次。这意味着所有人员都要撤离发射台所在区域。发射还有一个小时就要开始了。她无意识地朝门那边看了一下，然后集中精力对付拨号盘。

备选方案“10、29、12”没有用。

但10、28、12是正确的。

她欣喜若狂地转动把手，拉开沉重的柜门。

两个插头还在里面，她露出了胜利的微笑。

没有时间拆卸它们，画下接线图了。她不得不带着它们到海滩去，要么让西奥照着样子接线，要么直接把它们用在他的发射器上。

她意识到一个潜在的危险：在一个小时之内，会不会有人注意到备用插件不见了呢？海德上校到地堡去了，不太可能在发射前返回，所以，她必须冒险把插件带走。

办公室外面传来脚步声，有人想要开门。

埃尔斯佩思屏住呼吸。

一个男人叫道："嘿，比尔，你在里面吗？"听起来像是哈利·兰恩。他想干什么？球形的门拉手不停晃动。埃尔斯佩思屏息静气，一动不动。哈利说："比尔一般不会锁门，对吗？"

另一个声音回答："我不知道，我猜安全部的负责人如果愿意的话，有权锁上他的门。"

她听到有人离去的脚步声，接着便是哈利小声的嘀咕："什么安全部，胡说八道，他只是不想让人偷他的威士忌。"

她从保险柜中拿出插头，塞进自己的手提包。然后关上柜门，打乱拨号盘，又关上外面的柜子门。

她走到办公室门边，转动钥匙把门打开。

哈利·兰恩站在外面。

"噢！"她故作惊讶地说。

他皱起眉头，用责备的眼光盯着她说："你在那里干什么？"

"噢，没事。"她小声说，想要从他身旁绕过去。

他紧紧抓住她的胳膊。"如果没什么事，你为什么要锁门？"他捏得她疼起来。

这个举动激怒了她，她不再假装不好意思。"放开我的胳膊，你这个大块头的笨蛋，否则我就把你的眼珠子扒出来。"

他吃惊地松开手，向后退去，但嘴上还说着："我仍然想知道你在那里干什么。"

她灵光一现："我得整理我的吊袜带，女盥洗室有人，我就趁比尔不在用了他的办公室，我敢肯定他不会介意的。"

"噢，"哈利现出一副蠢相，"对，我猜他不会介意的。"

埃尔斯佩思放软了口气："我知道我们要有安全意识，但也没必要弄青我的胳膊。"

"是的，对不起。"

她喘息着从他身边走过。

她再次走进自己的办公室。路克仍然坐在原处，表情严肃。"我准备好了。"她说。

他站起来。"你离开这里之后，直接去汽车旅馆。"他说。

他的口气听来轻描淡写，但她看得出他在压抑着强烈的情感。她只说了一个词："好的。"

"明天早晨，你开车到迈阿密，乘飞机离开美国。"

"好的。"

他点点头，表示满意。他们一起走下楼梯，来到室外，这是一个温暖的夜晚。路克送她来到她的汽车旁边，她敞开车门，路克说："我现在要拿走你的通行证。"

她打开提包，突然惊慌起来，因为那两个插头就在包里，在一个黄色的化妆包上面闪闪发光，十分显眼。然而路克没有看到它们，他正看着别的方向，因为过于重视礼节而绝对不愿偷窥女士的手提包。她拿出自己在卡纳维拉尔角的通行证，交给路克，然后啪嗒一声合上提包。

他把通行证放进口袋，说："我会开吉普车跟着你到大门那里。"

意识到两人即将分别，她说不出话来。她上了自己的车，关上车门。

她把眼泪咽进肚里，发动了汽车。路克的吉普车灯在后面照着她的车。经过发射台时，她看到吊架沿着轨道缓慢地朝后退去。发射准备已经做好，巨大的白色火箭独自留在探照灯下，有一种摇晃不定的感觉，似乎轻轻一碰就能把它推倒。她看看手表，十点差一分。她还有四十六分钟。

她没有停留地开出基地，路克的车头灯在她的后视镜中变得越来越模糊，终于在她转过一个弯后完全消失了。“再见，我的爱。”她大声说，接着便哭了起来。

这一次，她再也无法控制自己。沿着海岸公路前行时，她毫无顾忌地大哭起来，泪水倾泻而下，她发出痛苦的呜咽，透过模糊的泪眼，只能影影绰绰地看到别的汽车从窗外迅速掠过。她险些错过通向海滩的路口。当她看到那条路时，她猛地拉住刹车，车子旋转着横穿路面，迎着对面的车流开过去，一辆出租车紧急刹车转向，响着喇叭朝道路一侧滑去，差点撞到克尔维特的车尾。埃尔斯佩思的车落到颠簸不平的海边沙地上，慢慢停了下来，而她的心还在怦怦直跳。她差点把一切都搞砸了。

她用袖子擦干脸上的泪水，继续向海滩开去，这一次慢了许多。

埃尔斯佩思离开后，路克坐在吉普车里，在大门口等待比莉。他气喘吁吁，震惊的心情尚未平复，他似乎刚刚全速跑向一堵墙，撞在上面，现在正躺在地上，试图恢复全身的感觉。埃尔斯佩思承认了一切。虽然，他在过去的二十四小时中就已经确定埃尔斯佩思是为苏联工作的，但是，当自己的想法得到了别人的证实的时候，那种震惊还是不可阻挡的。当然，世界上不乏各种间谍，大家都清楚这一点，艾瑟尔和朱利叶斯·罗森堡夫妇都因为间谍罪死在电椅上，但是，从报纸上读来的新闻往往给人的触动并不大，而得知他本人和一个间谍有过四年的婚姻，却是让他非常难以接受的。

十点十五分，比莉乘出租车抵达。路克帮她在保安处登了记，然后他们上了吉普车，朝地堡开去。“埃尔斯佩思走了。”路克说。

“我想我看到她了，”比莉回答，“她是开着一辆白色的克尔维特吗？”

“是的，那就是她。”

“我坐的出租车差点撞上一辆车，她就在我们眼前横着停在路上。我们的车和她的车相隔只有一英寸。”

路克皱眉道：“她为什么停在你们前面？”

“她准备拐到岔道上去。”

“她告诉我，她会直接回蓝锆石旅馆。”

比莉摇头道：“不，她去了海滩。”

“海滩？”

“她顺着沙丘之间的一条小路开过去了。”

“该死。”路克说，他立刻掉转车头。

埃尔斯佩思沿着海滩缓缓前进，盯着那些聚在这里观看发射的人群。一看到小孩或者女人，她的视线就迅速移开，但也有很多全是男人的火箭爱好者群体，他们敞着衬衫扣子站在自己的汽车周围，有的举着望远镜或照相机，有的在抽烟，还有的喝着咖啡或者啤酒。她紧盯着他们的汽车，寻找一辆开了四年的水星蒙特利。虽然安东尼告诉过她车是绿色的，但是夜间光线不足，看不清楚颜色。

她开始从海滩靠近基地一头的拥挤的人群中搜寻，然而安东尼和西奥不在那里，她猜想他们选择了一处更偏远的地方。唯恐错过他们的埃尔斯佩思慢慢朝南驶去。

终于，她看到一个穿着老式背带裤的高个男人，他靠着一辆浅绿色的汽车，正举着望远镜观察卡纳维拉尔角的灯光。她停下车，跳了出来。“安东尼！”她说。

对方放下望远镜，她发现他不是安东尼。“对不起。”她说，又继续向前开。

她又看了一下手表。十点三十分，时间几乎没有了。她拿到了插件，万事俱备，就差在海滩上找到那两个人了。

开出一百码后，她发现沿途的汽车越来越少，便加快了速度，她靠近一辆看起来差不多的车，但车上似乎没有人，于是又开始加速——然后那辆车的喇叭响了起来。

她放慢车速，向后张望。一个男人从车上下来，朝她招手，正是安东尼。“感谢上帝！”她说。她把车倒回去停下，接着一跃而出。“我拿到了备用插件。”她说。

西奥从另一辆车里钻出来，打开后备厢。“把它们给我，”他说，“快点，看在上帝的分上。”

第五章
晚上十点四十八分

倒数计时数到了零。

地堡里，发射调度宣布："点火命令！"一位工作人员拉动一只金属环，又扭了一下。这是火箭点火的动作。

单向进火阀开启，燃料开始流动，液氧通风口关闭，火箭周围的白烟突然消失了。

发射调度说："燃料箱加压。"

接下来的十一秒钟，什么都没有发生。

吉普车以最高速度在海滩上行驶，在观光的人群中穿梭。路克查看着沿途的汽车，他的车轮掀起的沙子扬到了人们的身上，他们发出抗议的喊叫，路克却无暇顾及。比莉站在他旁边，抓着挡风玻璃的顶部。他在吵吵嚷嚷的声音中朝比莉喊道："看到一辆白色克尔维特了吗？"

她摇摇头。"应该比较显眼！"

"是的，"路克说，"他们到底在哪儿？"

最后一根连接软管与火箭脱离。一秒钟后，启动用燃料点火，第一节引擎发动。随着推力的增加，火箭底部喷出一条巨大的橙色火舌。

安东尼说："看在上帝分上，西奥，快点！"

"闭嘴。"埃尔斯佩思说。

他们凑在水星蒙特利敞开的后备厢旁边，看着西奥摆弄他的无线电发射器，他把线连到埃尔斯佩思给他的其中一个插头的针脚上。

远处传来一阵仿佛打雷的隆隆声，他们全都抬起头来，循声望去。

"探索者号"以极为缓慢的速度离开发射台，地堡里面有人喊道："去吧，宝贝！"

比莉发现一辆白色克尔维特停在一辆深色轿车旁边。"在那里！"她尖声叫道。

"我看到他们了。"路克喊道。

深色轿车后面，有三个人正围着敞开的后备厢站着。比莉认出其中两人是埃尔斯佩思和安东尼，另外那个男人大概就是西奥·帕克曼，但他们的注意力不在后备厢里，而是抬头望着沙丘另一面卡纳维拉尔角的方向。

比莉立刻猜出这是怎么回事。发射器在后备厢里，他们正在设置机器，从而发射自毁信号。但是，他们为什么会朝上面看呢？她转身看看卡纳维拉尔角，并没有什么异常，这时，她听到一种低沉的轰鸣声，仿佛钢厂里的鼓风炉发出的声音。

火箭升空了。

“我们没时间了！”

“抓紧了！”路克说。

她抓住挡风玻璃，路克操纵吉普车拐了一个弧形的大弯。

火箭突然加速，刚才它似乎还在发射台上徘徊不前，转瞬之间，它就像枪管中飞出的子弹那样，拖着一条火焰组成的尾巴射入夜空。

在火箭的咆哮声中，埃尔斯佩思听到了另一种声音：汽车飙出高速时引擎的尖叫。紧接着，一道车头灯的光束照在水星蒙特利后面的三个人身上。她抬头一看，一辆吉普车正以它最快的速度朝他们直冲过来。她意识到司机打算撞他们。“快点！”她尖叫道。

西奥接好了最后一根线。

他的发射器上有两个开关，一个标着“武器”，另一个是“摧毁”。

吉普车眼看就要撞过来了。

西奥扳动“武器”开关。

海滩上，上千双眼睛看着货真价实的火箭笔直地升入天空，人群中爆发出巨大的欢呼声。

路克对准水星蒙特利的尾部直开过去。

转弯的时候，吉普车的速度有所下降，但车速仍然保持在每小时二十英里左右。比莉跳出车厢，以跑动的姿势落在地面上，然后就地一滚。

埃尔斯佩思在最后一秒闪避了吉普车的冲撞。接着传来震耳欲聋的爆裂声和玻璃破碎的声音。

水星蒙特利的车尾被撞碎了，车体向前飞出一码远，后备厢的盖子砰然落下。路克认为西奥或者安东尼的其中之一在两车相撞时夹在了中间，但他不能确定。他被重重地向前甩去，胸膛的下半部分撞在方向盘的底部，传来肋骨断裂的刺痛。接着，他的前额撞到方向盘的顶部边缘，他感到热乎乎的血从脸上流下。

他直起身子去看比莉，她的情况比他好，正坐在地上揉着胳膊，似乎并没有流血。

他越过吉普车的引擎盖向前看，西奥躺在地上，身体呈大字形，一动不动。埃尔斯佩思没有受伤，她爬起来，冲到水星蒙特利旁边，企图打开后备厢。

路克从吉普车里跳出来，向她跑去。后备厢盖开启时，他朝她身侧推了一下，她倒在地上。

安东尼喊道："别动！"

路克循声望去。安东尼正挟持着比莉，用手枪顶着她的后脑勺。

路克抬头看到"探索者号"尾部喷出的红色火焰把它变成了一颗划过夜空的流星。只要还能看到火箭，自毁系统就仍然有效。火箭的高度到达六十英里时，第一节会完全烧毁，到那时，肉眼就看不到它了——因为第二节喷射的火焰较少，亮度不够，无法在地面上看到——这也标志着自毁系统已经失效，因为装有引爆器的第一节已经脱离箭体，最后掉进大西洋。

而第一节将在点火两分二十五秒后脱离。路克估计,现在火箭点火已经两分钟了，所以，应该最多还剩二十五秒的自毁有效时间。

对于扳动一只开关来说，这点时间已经足够。

埃尔斯佩思再次站起。

路克看看比莉，她单膝跪地，就像起跑线上的运动员那样蓄势待发，安东尼枪口上的消音器正对着她的黑色鬈发。安东尼的手稳稳地端着枪。

路克想知道自己是否会为了挽救火箭而牺牲比莉。

他的内心给出的回答是，不会。

然而，他想，如果自己动一下，安东尼会不会杀掉比莉？也许会。

埃尔斯佩思再一次弯腰打开汽车的后备厢。

这时，比莉动了。

她猛地把头向旁边一偏，接着向后一退，肩膀撞在安东尼的腿上。

路克扑向埃尔斯佩思，把她推离汽车。

安东尼和比莉在地上扭打成一团的时候，无声手枪发出了咳嗽声。

路克恐惧地盯着他们。安东尼开枪了，他打中比莉没有？只见她滚到一边，显然没有受伤，路克又能呼吸了。然后，安东尼抬起他握着枪的手，瞄准路克。

面对死亡，路克十分镇定，一种奇特的平静攫住了他。他已经做了所有能做的事情。

安东尼迟疑了很久，后来他咳嗽了一声，血从他嘴里流出来。他在倒地的时候扣动扳机，朝自己开了一枪。现在，枪已经从安东尼的手中滑到地上，他重重跌在沙滩上，眼睛盯着天空，却什么也看不见了。

埃尔斯佩思一跃而起，试图第三次操作发射器。

路克向上看看，火箭的焰尾已经变成了萤火虫一般大的小点，正在闪闪发光。

埃尔斯佩思扳动开关，抬头望向天空，然而为时已晚。火箭的第一节已经烧毁并脱离了箭体，导爆索可能已经引燃了，但根本没有燃料炸毁火箭，而且，无论如何，卫星都已经不再与第一节相连了。

路克叹息一声，一切都结束了。他挽救了火箭。

比莉把一只手放在安东尼胸口，然后检查了他的脉搏。“没有动静，”她说，“他死了。”

路克和比莉不约而同地看向埃尔斯佩思。“你又撒谎了。”他对她说。

埃尔斯佩思瞪着他，眼睛里闪烁着歇斯底里的光芒。“我们没错！”她嚷道，“我们没错！”

她的身后，那些前来观光的男女老少和游客都在收拾东西，而且离他们也比较远，所以没人注意到几个人的打斗：他们的眼睛都盯着天上。

埃尔斯佩思看着路克和比莉，似乎还有话要说。然而，过了好一会儿，她还是转过身去，钻进汽车，发动引擎。

她没有朝路上拐过去，而是朝着大海开。路克和比莉恐惧地看着她径直开进水里。

克尔维特停了下来，波浪拍打着它的挡泥板，埃尔斯佩思走出来。借着车头灯的光，路克和比莉看到她开始朝海里游去。

路克想要去追她，但比莉拽住他的胳膊，把他拉回来。

“她会杀了自己的！”他心急如焚地说。

“你现在追不上她，”比莉说，“你会杀了你自己的！”

路克仍然不死心，还想试一试。但这时埃尔斯佩思已经逐渐离开车头灯照射的范围，她奋力地游动着，路克意识到，在黑暗中，他是不会找到她的。他沮丧地垂下了头。

比莉张开双臂拥抱着他，过了一会儿，他也抱住了她。

突然之间，三天以来累积的压力像一棵大树一样压在他的身上。他的身体摇摇欲坠，比莉只好搀扶着他。

过了一会儿，他感觉好了一些。两人相互拥抱着站在海滩上，同时抬起头来朝天上望去。

夜幕之下，已是繁星满天。

后　记
1969年

“探索者一号”上的盖革计数器探测到的宇宙辐射强度是预计的一千倍。这一信息使得科学家们能够绘制地球上方的辐射带，即范艾伦辐射带，以设计了这个实验的爱荷华州立大学的科学家范艾伦命名。

陨石实验确定，每年大约有2000吨的宇宙尘雨降落到地球上来。

人们发现，地球的形状原来比他们想象的扁了1%。

对于空间探索的先驱者而言，最重要的是，“探索者号”的温度数据显示，可以对火箭内部的温度进行有效控制，从而实现载人太空旅行。

路克是把“阿波罗11号”送上月球的NASA团队的成员之一。

那个时候，他已经搬到休斯敦的一座宽敞舒适的老式房子里，和比莉住在一起，比莉已是贝勒大学认知心理学系的负责人。他们生了三个孩子：凯瑟琳、路易斯和简（他的继子拉里也和他们住在一起，但每年七月份拉里都会去拜访他的父亲伯恩）。

7月20日那天，路克恰好不用值班，所以，快到晚上九点的时候，他可以和家人一起看电视，就像那天晚上地球上一半的人都在做的那样。他和比莉坐在一张大沙发上，最小的孩子简坐在他的膝头。其他孩子和家里的狗坐在地毯上。狗的名字叫西德尼，是一条黄色的拉布拉多犬。

尼尔·阿姆斯特朗踏上月球的那一刻，一滴泪珠从路克的脸上滑落。

比莉抓起他的手，紧紧握住。

九岁的凯瑟琳长得最像母亲，她的棕色眼睛严肃地注视着路克。过了一会儿，她问比莉："妈妈，爸爸为什么哭了？"

"这是个很长的故事，亲爱的，"比莉说，"将来的某一天，我会讲给你听的。"

人们原本预计"探索者一号"会在太空中停留两到三年。实际上，它环绕地球足足十二年。1970年3月31日，它终于再次进入大气层，出现在复活节岛附近的太平洋上空，并于早晨五点四十七分烧毁。它一共环绕地球58 376圈，行程总计16.6亿英里。

肯·福莱特经典作品

世纪三部曲　各国读者平均3个通宵读完

《巨人的陨落》2016年5月出版

从危险的煤矿到华丽的宫殿，从代表着权力的走廊到爱恨纠缠的卧室，五个家族迥然不同又纠葛不断的命运，将展现一个我们自认为了解，但从未如此真切感受过的20世纪。

《世界的凛冬》2017年3月出版

时代的剧变，让一群处于人生黄金时代的少男少女困惑不已。父辈的命运因一战而变，如今世界再次破碎，但这就是他们的时代！在时间永恒的流动中，每个人都在创造历史。

《永恒的边缘》2017年5月出版

如果说《巨人的陨落》是祖辈的传奇，《世界的凛冬》是父辈的人生，那么，《永恒的边缘》就是新一代的奋斗。世上只有一种英雄，就是在认清生活真相之后，依然热爱生活。

悬疑经典　各国读者平均1个通宵读完

《针眼》2017年11月出版

获爱伦·坡优秀小说奖，美国《出版人周刊》《时代杂志》等媒体强烈推荐的畅销小说。

《危险的财富》2017年11月出版

一部维多利亚时代浮华糜烂的家族史诗，交织着贪婪和仇恨、自私与残忍、冷血的谋杀和虚幻的爱情。

《寒鸦行动》2017年11月出版

一群代号为“寒鸦”的女人，在拼命抗击纳粹的同时，却被出卖。一张天罗地网正等待着“寒鸦”们……

《大黄蜂奇航》2017年11月出版

一名少年无意间闯入了德军秘密基地，发现了纳粹的秘密。翻看本书，直面二战的现场与真相。

《鹰翼行动》2017年11月出版

奥斯卡获奖影片《逃离德黑兰》前传！没有任何一个好莱坞编辑能像肯·福莱特一样完美地讲述这场著名的冒险。

《突然亡命天涯》2017年11月出版

致命的三角关系、危险的秘密任务、异国的场景、巧妙的情节……在这条亡命之路上，幸福与和平能否最终来临？

《燃烧的密码》2017年12月出版

在尼罗河上的船屋里，充满了阴谋与血腥、欲望与爱情。紧张的局势就像不停收紧的绳索，每一个意想不到的反转都让人尖叫！

《飞剪号奇航》2017年12月出版

33小时的致命旅程，19个人的绝境求生，紧张地让人头皮发麻！不要害怕改变，去折腾，去受伤，去热烈地生活！

《军方的怪物》2018年1月出版

到底我是一个什么样的人？到底是什么决定了我是谁？一次突如其来的栽赃嫁祸，揭开了身世之谜背后的滔天阴谋。

《边缘人的战争》2018年1月出版

为了守护自己生存的地方，以神甫为代表的一帮离群索居的老嬉皮士，向整个外部世界发起威胁，与FBI特工展开一场惊险刺激的较量。

图书在版编目（CIP）数据

致命谎言 / (英) 肯·福莱特 (Ken Follett) 著；
孙璐译. -- 南京：江苏凤凰文艺出版社, 2018.5

书名原文: Code to Zero

ISBN 978-7-5594-1453-3

Ⅰ.①致… Ⅱ.①肯… ②孙… Ⅲ.①长篇小说—英
国—现代 Ⅳ.①I561.45

中国版本图书馆CIP数据核字(2017)第295279号

图字：10-2012-580号

书　　名　致命谎言

著　　者　（英）肯·福莱特
译　　者　孙　璐
责任编辑　丁小卉　姚　丽
特邀编辑　牟雪莲　黄迪音
责任监制　刘　巍　江伟明
策　　划　读客文化
版　　权　读客文化
封面设计　读客文化　021-33608311
出版发行　江苏凤凰文艺出版社
出版社地址　南京市中央路165号，邮编：210009
出版社网址　http://www.jswenyi.com
印　　刷　三河市龙大印装有限公司
开　　本　890mm x 1270mm　1/32
印　　张　13.5
字　　数　290千
版　　次　2018年5月第1版　2018年5月第1次印刷
标准书号　ISBN 978-7-5594-1453-3
定　　价　59.90元

如有印刷、装订质量问题，请致电010-87681002（免费更换，邮寄到付）